uma vez

ANNA CAREY

eva VOL. 2

Tradução de
Fabiana Colasanti

1ª edição

— **Galera** —

RIO DE JANEIRO

2015

CIP-BRASIL. CATALOGAÇÃO NA FONTE
SINDICATO NACIONAL DOS EDITORES DE LIVROS, RJ

Carey, Anna
C273u Uma vez / Anna Carey; tradução Fabiana Colasanti. – 1ª ed. – Rio de Janeiro: Galera Record, 2015.
(Eva; 2)

Tradução de: Once
Sequência de: Eva
ISBN 978-85-01-09276-2

1. Ficção americana. I. Colasanti, Fabiana. II. Título. III. Série.

14-15849
CDD: 813
CDU: 821.111(73)-3

Título original em inglês:
Once

Copyright © 2012 by Alloy Entertainment and Anna Carey.
Publicado mediante acordo com Rights People, London.

Todos os direitos reservados.
Proibida a reprodução, no todo ou em parte,
através de quaisquer meios. Os direitos morais da autora foram assegurados.

Texto revisado segundo o novo Acordo Ortográfico da Língua Portuguesa.

Composição de miolo: Abreu's System
Adaptação de layout de capa: Renata Vidal

Direitos exclusivos de publicação em língua portuguesa somente
para o Brasil adquiridos pela
EDITORA RECORD LTDA.
Rua Argentina, 171 – Rio de Janeiro, RJ – 20921-380 – Tel.: 2585-2000,
que se reserva a propriedade literária desta tradução.

Impresso no Brasil

ISBN: 978-85-01-09276-2

Seja um leitor preferencial Record.
Cadastre-se e receba informações sobre nossos
lançamentos e nossas promoções.

Atendimento e venda direta ao leitor:
mdireto@record.com.br ou (21) 2585-2002.

*Para minha família
(de Baltimore a Nova York)*

UM

Avancei pelas pedras, agarrando a faca em uma das mãos. A praia estava cheia de barcos castigados pelo sol, há muito tempo naufragados na costa. A embarcação diante de mim havia sido trazida pela maré naquela manhã mesmo. Tinha 6 metros de altura, quase duas vezes maior do que as outras. Subi pela lateral, sentindo o vento frio vindo da água. O céu estava denso por causa da neblina.

Conforme eu perambulava pelo convés descascado do barco, senti Caleb ao meu lado, a mão apoiada nas minhas costas. Ele apontou para o céu, me mostrando os pelicanos mergulhando no mar e o jeito como a neblina tomava o topo das montanhas, cobrindo tudo com uma camada de branco. Às vezes eu me flagrava falando com ele, murmurando palavras doces e abafadas que só eu conseguia ouvir.

Fazia quase três meses desde a última vez em que eu o tinha visto. Eu estava morando em Califia, o acampamento feminino fundado há quase dez anos como refúgio para mulheres e meninas em território selvagem. Nós éramos de todos os lugares, tendo cruzado a ponte Golden Gate para entrar no condado de Marin. Algumas haviam ficado viúvas depois da praga e não se sentiam mais seguras morando sozinhas. Outras escaparam de gangues violentas que as tinham mantido como reféns. Outras, como eu, eram fugitivas das Escolas do governo.

Crescendo naquele complexo murado, eu vivera todos os dias olhando para o prédio sem janelas do outro lado do lago — a escola de ofícios para onde iríamos depois da formatura. Mas, na noite antes da cerimônia, descobri que minhas amigas e eu não aprenderíamos ofícios para contribuir com a Nova América. Com a população dizimada pela praga, eles não precisavam de artistas ou professoras — precisavam de crianças, e nós estávamos destinadas a fornecê-las. Eu quase não consegui fugir, e ainda descobri que meu verdadeiro destino era muito pior. Como oradora da Escola, eu havia sido prometida ao Rei como futura esposa, para trazer os herdeiros dele ao mundo. Ele sempre estaria procurando por mim; não iria parar até eu estar trancada atrás dos muros da Cidade de Areia.

Subi a escada para a cabine superior do barco. Havia duas cadeiras na frente de um para-brisa quebrado e um leme de metal tão enferrujado que não se movia mais. Encontrei papéis encharcados empilhados nos cantos. Vasculhei os armários debaixo dos controles, procurando por latas de comida, roupas com chances de serem salvas, qualquer ferramenta ou utensílio que eu pudesse levar de volta à cidade. Enfiei uma bússola de metal em minha mochila, juntamente a um pouco de corda de plástico esfiapada.

No convés, aproximei-me da cabine principal, cobrindo o nariz com a camisa. Deslizei a porta de vidro quebrada. Ali dentro, as cortinas estavam fechadas. Um cadáver envolto em um cobertor jazia sobre um sofá, afundado em suas almofadas bolorentas. Eu me movimentei rapidamente, tomando o cuidado de respirar pela boca, e passei a luz da lanterna pelos armários, encontrando uma lata de comida sem rótulo e alguns livros úmidos. Estava verificando o estrago dos títulos quando o barco se moveu ligeiramente. Alguém estava vasculhando a cabine-dormitório abaixo. Saquei minha faca e me posicionei junto à parede ao lado da porta, escutando os passos.

A escada abaixo rangeu. Agarrei a faca. Podia ouvir uma respiração do outro lado da porta. Luz entrava por entre as cortinas, uma nesga de sol se movimentando pela parede da cabine. Em um instante, a porta se abriu de supetão. Um vulto correu para dentro. Agarrei seu colarinho, mandando-o violentamente para o chão. Pulei em cima do invasor, meus joelhos apertando seus ombros contra o piso, a lâmina da faca de encontro ao pescoço.

— Sou eu, sou eu! — Os olhos escuros de Quinn me encararam. Os braços dela estavam presos ao chão.

Recuei, sentindo meus batimentos cardíacos diminuírem.

— O que está fazendo aqui?

— O mesmo que você — disse ela.

Durante a luta, eu havia deixado minha camisa cair da boca e do nariz, e o fedor pútrido do cômodo estava me sufocando. Ajudei Quinn a se levantar o mais depressa possível. Ela limpou as roupas com as mãos enquanto cambaleávamos para fora, o ar pungente e salgado era um alívio.

— Veja o que achei. — Ela ergueu um par de tênis roxos, os cadarços amarrados um no outro. O emblema redondo nos tornozelos dizia CONVERSE ALL STAR. — Não vou trocar esses. Vou ficar com eles para mim.

— Não a culpo. — Dei um sorrisinho. O tecido estava milagrosamente intacto, em ótimo estado se comparada à maioria das coisas que eu havia encontrado. Califia usava um esquema de escambo e, fora isso, nós todas contribuíamos de maneiras diferentes: varrendo, cozinhando, plantando, caçando, consertando as casas e as fachadas das lojas caindo aos pedaços. Eu tinha um cargo na livraria, restaurando antigos romances e enciclopédias, emprestando cópias extras e oferecendo aulas de leitura para qualquer um que tivesse interesse.

Havia um cortezinho minúsculo no pescoço de Quinn. Ela o esfregou, espalhando sangue por entre os dedos.

— Desculpe — falei. — Maeve está sempre me advertindo sobre Perdidos.

Maeve era uma das Mães Fundadoras, um termo dado às oito mulheres que haviam se estabelecido primeiro em Marin. Ela me acolhera, permitindo que eu dividisse um quarto com sua filha de 7 anos, Lilac. Durante meus primeiros dias em Califia, Maeve e eu saíamos todas as manhãs para explorar. Ela me mostrara quais áreas eram seguras e como me defender caso eu encontrasse um Perdido.

— Já passei por coisas piores — disse Quinn, soltando uma risada baixa. Ela desceu pela lateral do barco até a praia. Era mais baixa do que a maioria das mulheres em Califia, com cabelos negros cacheados e traços minúsculos amontoados no meio do rosto em formato de coração. Morava em uma casa flutuante na baía com duas outras mulheres, e elas passavam a maior parte de seus dias caçando na floresta densa em volta do acampamento, capturando cervos e javalis.

Ela me ajudou a atravessar a praia rochosa, os olhos escuros analisando meu rosto.

— Como você tem andado?

Observei as ondas baterem na areia, a água branca e implacável.

— Muito melhor. Cada dia é mais fácil. — Tentei soar animada, feliz, mas era só parcialmente verdade. Quando cheguei em Califia, Caleb estava ao meu lado, a perna ferida por causa de um encontro com as tropas do Rei. Mas ele não teve permissão para entrar. Nenhum homem tinha; era uma regra. Caleb sabia disso o tempo todo e tinha me levado ali não para que pudéssemos ficar juntos, mas porque considerava aquele o único lugar onde eu estaria em segurança. Eu havia esperado todo esse tempo por notícias dele, mas ele não mandou nenhuma mensagem através da Trilha, a rede secreta que conectava fugitivos e rebeldes. E não deixou nenhum recado com as guardas ao portão.

— Você só está aqui há alguns meses. Leva tempo para esquecer. — Quinn apoiou a mão no meu ombro, me guiando até a beira da praia, onde era possível ver a roda traseira da bicicleta dela em meio à grama da duna.

Naquelas primeiras semanas em que estive em Califia, eu mal estava presente. Eu me sentava com as mulheres durante o jantar, remexendo o peixe branco macio pelo prato, escutando parcialmente as conversas à minha volta. Foi Quinn quem me apresentou às redondezas primeiro. Passávamos tardes em um restaurante recuperado perto da baía, bebendo a cerveja que as mulheres faziam em baldes de plástico. Ela me contou sobre sua Escola, sobre como tinha fugido rastejando por uma janela quebrada e vigiando o portão, esperando que os caminhões de suprimentos fizessem sua entrega semanal. Eu lhe contei sobre os meses que passei fugindo. As outras mulheres conheciam os aspectos gerais da minha história — uma mensagem codificada detalhando os assassinatos em Sedona já havia chegado pelo rádio usado pela

Trilha. As mulheres sabiam que o Rei estava atrás de mim e tinham visto o garoto ferido que eu havia ajudado a atravessar a ponte. Mas foi no silêncio do restaurante que contei a Quinn tudo sobre Caleb, Arden e Pip.

— É com isso que estou preocupada — falei. O passado já estava desaparecendo da minha mente, os detalhes do que acontecera ficando mais nebulosos a cada dia que eu passava em Califia. Estava se tornando mais difícil de me lembrar da risada de Pip ou do verde dos olhos de Caleb.

— Sei o que você sente por ele — disse Quinn, desembaraçando um nó em seus cabelos negros. Sua pele cor de caramelo era impecável, a não ser pelo trechinho seco em cima do nariz vermelho e descascado por causa do sol. — Mas as coisas vão ficar mais fáceis. Você só precisa de tempo.

Pisei em um pedaço de madeira trazido pelo mar, sentindo-me satisfeita quando ele se partiu ao meio. Éramos sortudas — eu sabia disso. Toda vez que olhava a mesa durante as refeições, eu pensava sobre tudo de que havíamos escapado, em quantas garotas ainda estavam presas nas Escolas e quantas mais permaneciam sob controle do Rei na Cidade de Areia. Mas saber que eu estava em segurança não fazia os pesadelos cessarem: Caleb, sozinho em um aposento, com uma poça de sangue seco e escuro em volta das pernas. As imagens eram tão vívidas que me acordavam, o coração palpitando no peito, os lençóis úmidos de suor.

— Só quero saber se ele está vivo. — Consegui dizer.

— Você pode nunca saber — argumentou Quinn, dando de ombros. — Deixei gente para trás. Uma amiga minha foi capturada enquanto estávamos fugindo. Eu costumava pensar nela, ficar obcecada sobre o que poderia ter feito. Será que poderíamos ter ido por outra saída? E se fosse eu quem estivesse atrás? As lembranças podem destruí-la caso você permita.

Essa era a deixa que Quinn estava me dando: *Chega*. Eu já havia parado de falar sobre aquilo com todas as outras. Em vez disso, carregava os pensamentos como se fossem pedras, segurando-os para sentir seu peso. *Chega de pensar sobre o passado*, havia me dito Maeve um dia. *Todo mundo aqui tem algo para esquecer.*

Caminhamos pela beira da praia, nossos pés engolidos pela areia. Gaivotas circulavam acima. Minha bicicleta estava escondida do outro lado da colina. Eu a puxei de baixo de um arbusto espinhoso e parti em direção a Quinn. Ela estava sentada na dela, um pé descansando no pedal, amarrando seus cabelos cacheados para trás com um pedaço de barbante. Usava uma camiseta turquesa larga, com I ♥ NY impresso em letras maiúsculas. A blusa subia na frente, expondo a parte de cima das cicatrizes cor-de-rosa que cruzavam seu abdômen. Ela havia me contado como tinha fugido, mas não falava sobre os três anos que havia passado dentro da Escola, ou sobre os filhos que teve ali. Deixei meus olhos se demorarem nas linhas inchadas, pensando em Ruby e Pip.

Partimos pela estrada, pedalando em silêncio; o único som era do vento farfalhando as árvores. Partes da montanha haviam desmoronado sobre o asfalto, deixando pilhas de pedras e galhos que ameaçavam furar nossos pneus. Eu me concentrei em manobrar por entre eles.

Em algum lugar distante, um grito cortou o ar.

Olhei por sobre o ombro, tentando descobrir de onde tinha vindo. A praia estava vazia e a maré subia, as pedras e areia lambidas pelo interminável bater das ondas. Quinn saiu da estrada, encontrando esconderijo atrás das árvores grossas, e fez um gesto para que eu a seguisse. Ficamos em meio ao mato alto, as facas na mão, até que um vulto finalmente apareceu na estrada.

Harriet entrou em nosso campo de visão lentamente, o rosto contorcido e estranho enquanto ela vinha em nossa direção na própria bicicleta. Era uma das jardineiras que distribuía ervas e legumes frescos para os restaurantes de Califia. Ela sempre cheirava a hortelã.

— Harriet, o que houve? — gritou Quinn, baixando a faca imediatamente.

Harriet saltou da bicicleta e caminhou em nossa direção, os cabelos completamente bagunçados pelo vento. Ela se inclinou apoiando as mãos nos joelhos enquanto lutava para recuperar o fôlego.

— Houve movimentação na cidade. Alguém está do outro lado da ponte.

Quinn virou-se para mim. Desde que eu chegara, sempre havia guardas na entrada de Califia, vigiando a cidade em ruínas de São Francisco, procurando por sinais das tropas do Rei. Mas nenhuma luz foi vista. Nenhum jipe, nenhum homem.

Até agora.

Quinn pegou a bicicleta e partiu pela estrada, me puxando junto.

— Eles encontraram você — falou ela. — Não temos muito tempo.

DOIS

Harriet pedalava, fazendo uma curva.

— É por isso que temos um plano — disse Quinn, acelerando até emparelhar comigo para ser ouvida. Ela olhou para mim de lado, alguns cachos negros emaranhados voando sobre os olhos. — Você vai ficar bem.

— Eu não me sinto bem — falei, virando-me para que ela não pudesse ver meu rosto. O peito estava apertado, cada respiração curta e dolorosa. Eu tinha sido descoberta. O Rei se aproximava cada vez mais.

Quinn inclinou-se em uma curva fechada. A beirada do asfalto, um despenhadeiro de 15 metros de altura, desmoronava a apenas alguns metros de distância. Segurei com força no guidom, agora escorregadio pelo suor, enquanto subíamos a estrada até a ponte. Havia rumores de que o regime sabia sobre a comunidade de mulheres aninhada nas colinas de Sausalito.

Eles acreditavam ser um pequeno grupo de Perdidos do sexo feminino, não um entreposto secreto da Trilha. A última vez que tinham vindo para verificar o acampamento fora há quase cinco anos, e as mulheres tinham se dispersado pelas colinas, escondendo-se durante a noite. Os soldados passaram por suas casas e apartamentos sem perceber os barracões camuflados por hera crescida.

A ponte entrou no meu campo de visão. A enorme estrutura vermelha havia sido o local de um incêndio enorme. Estava coberta de carros queimados, destroços de postes, cabos caídos e esqueletos daqueles que haviam ficado encurralados ali enquanto tentavam fugir da cidade. Eu me agarrei às palavras de Quinn: *É por isso que temos um plano.* Se tropas fossem avistadas, Quinn e eu deixaríamos Sausalito, e não íamos parar até estarmos no fundo do labirinto da floresta Muir, onde havia um bunker clandestino construído anos antes. Eu ficaria ali, vivendo dos suprimentos estocados, enquanto os soldados varriam Califia. O restante das mulheres iria para oeste, na direção da praia de Stinson, onde aguardariam em um motel abandonado até a invasão findar. Elas já estariam em perigo suficiente caso o acampamento fosse descol rto... muito mais se os soldados descobrissem que estavam me escondendo do Rei.

— Há movimento do outro lado — gritou Isis da entrada de Califia, escondida atrás de um caminho com arbustos densos. Ela estava inclinada no beiral de pedra, o cabelo negro amarrado para trás com uma bandana, um binóculo na mão. Largamos as bicicletas e nos reunimos em volta dela. Maeve estava empoleirada em cima do alçapão atrás do beiral, distribuindo rifles extras e munição.

Maeve pôs uma arma nas mãos de Harriet, então entregou outra para Quinn.

— Enfileirem-se contra a parede.

Todas as mulheres obedeceram. Ela era uma das Mães Fundadoras mais jovens e a mais franca em relação ao que era esperado de todos no acampamento. Alta, com músculos definidos e cabelo louro trançado, Maeve tinha exatamente a mesma aparência do dia em que a conheci, de pé na entrada de Califia. Foi ela quem recusou Caleb. Eu aceitei o quarto na casa dela, a comida e as roupas, assim como o posto que ela arrumou para mim na livraria, sabendo que era sua maneira de dizer o que não podia ser dito: *Sinto muito, mas eu tive que recusá-lo*.

Peguei um rifle e me juntei ao restante das mulheres, sentindo o peso frio da arma nas mãos. Lembrei-me do que Caleb dissera quando eu estava morando no acampamento dele: *Matar um soldado da Nova América é um crime punido com a morte*. Pensei nos dois soldados que eu havia matado em legítima defesa. Deixamos seus corpos na estrada ao lado do jipe do governo. Mantive o terceiro sob a mira da arma, obrigando-o a nos levar de carro na direção de Califia, as mãos dele tremendo no volante. Caleb ficou deitado no banco de trás, a perna sangrando onde ele fora esfaqueado. O soldado era mais novo do que eu — e o deixei ir embora quando estávamos chegando a São Francisco.

— Maeve, precisamos de armas? Não devíamos usar...

— Se eles descobrirem as fugitivas, vão arrastar todas de volta para suas Escolas, onde as garotas vão passar os próximos anos grávidas e tomando tantas drogas que nem vão se lembrar de seus nomes. Isso não é uma opção. — Ela andou pela fileira de mulheres, ajeitando os ombros de cada uma a fim de ajustar a mira.

Olhei pelo cano, para o outro lado da ponte e do oceano cinza, tentando não pensar nas omissões de Maeve. Ela não mencionou o que aconteceria comigo. Em vez disso, a declaração apresentou um tom ligeiro de acusação — como se eu tivesse convidado os soldados pessoalmente.

Mantivemos o olhar mirando adiante. Eu escutava o som da respiração de Harriet conforme os vultos avançavam pela ponte. Daquela distância, eu só conseguia ver duas silhuetas escuras, uma menor do que a outra, movimentado-se por entre os carros. Depois de um instante, Isis baixou o binóculo.

— Há um cachorro com ele — disse ela. — Um rottweiler.

Maeve pegou o binóculo.

— Mantenham a mira e, se houver qualquer agressão, não hesitem em atirar.

Os dois vultos se aproximaram. O homem estava encurvado, a camisa preta camuflando-o contra o chão chamuscado.

— Ele não está usando uniforme. — Quinn afrouxou sua pegada na arma.

Maeve manteve o binóculo no rosto.

— Isso não significa nada. Nós já os vimos sem uniforme antes.

Analisei o vulto, procurando por alguma semelhança com Caleb. Quando estava a menos de 200 metros, ele parou para descansar ao lado de um carro. Semicerrou os olhos para a colina, procurando sinais de vida. Nós nos agachamos ainda mais atrás do beiral, mas o homem não desviou o olhar.

— Ele está nos vendo — chiou Harriet, o rosto apertado contra a pedra. O homem enfiou a mão na mochila e pegou algo.

— É uma arma? — perguntou Isis.

— Não sei dizer — respondeu Maeve. Isis moveu o dedo, descansando-o de leve no gatilho.

O homem continuou em frente, movido por nova determinação, e Quinn mirou a arma.

— Pare! — gritou para ele, mantendo-se abaixada para que ele não a pudesse ver. — Não se aproxime mais! — Mas o homem estava correndo agora. O cachorro seguia bem atrás dele, o corpo preto pesado arfando com o esforço.

Maeve se lançou para a frente, sussurrando no ouvido de Quinn.

— Não o deixe sair da ponte. Não importa o que aconteça.

Os olhos dela não demonstravam nenhuma emoção. No dia em que atravessei a ponte com Caleb, nós estávamos insuportavelmente cansados, as últimas semanas nos sobrecarregando, tornando cada passo difícil. A perna da calça dele estava encharcada de sangue, o tecido duro e amarrotado onde havia secado. Maeve se encontrava na entrada de Califia, uma flecha mirando o meu peito, a mesma expressão dura no rosto. Independentemente da ameaça que aquele homem representasse, naquele instante ele só era culpado de invasão — nada mais. Peguei o binóculo das mãos de Maeve.

O homem se aproximava do final da ponte rapidamente.

— Não se aproxime mais! — berrou Quinn de novo. — Pare!

Firmei o binóculo, tentando ter um vislumbre dele. Então, só por um instante, ele olhou para cima. O rosto parecia o de um cadáver, com olhos fundos e bochechas cavadas. Os lábios estavam cinzentos e rachados devido a dias sem água, e o cabelo era cortado rente à cabeça. Porém, senti um golpe de reconhecimento.

Olhei para a arma de Quinn e então para o vulto correndo em direção ao final da ponte, movendo-se com constância por entre carros capotados e pilhas de escombros carbonizados.

— Não atirem! — gritei.

Corri colina abaixo, os arbustos grossos arranhando minhas pernas. Ignorei os gritos de Maeve atrás de mim. Em vez disso, enfiei o rifle debaixo do braço, meus olhos no vulto conforme eu me aproximava.

— Arden — sussurrei, minha garganta apertada. Ela havia parado, um braço descansando no capô de um caminhão, as costas curvadas pelo esforço de respirar. Olhou para mim e sorriu, lágrimas escorrendo por suas bochechas. — Você está aqui.

O cachorro se lançou para cima de mim, mas Arden o segurou, sussurrando algo em sua orelha para acalmá-lo. Corri na direção deles, sem parar até alcançá-los. Passei os braços em torno do corpo frágil, envolvendo-a. A cabeça estava raspada, ela parecia 10 quilos mais magra, e o ombro sangrava — mas ela estava viva.

— Você conseguiu — falei, apertando-a mais forte.

— É. — Ela conseguiu dizer, as lágrimas ensopando minha blusa. — Eu consegui.

TRÊS

Naquela noite, levei Arden para a casa de Maeve. A construção estreita de dois andares era ligada a mais seis, a fileira inteira aninhada na lateral da colina. As residências em Califia eram mais fáceis de disfarçar se fossem espalhadas, portanto, das seis, a dela era a única ocupada. As paredes eram remendadas em alguns lugares, o piso, um mosaico de azulejos que não combinavam entre si. Arden e eu ficamos no quartinho do andar de cima, nossa pele rosada sob a luz da lamparina. Maeve dormia no quarto ao lado, com Lilac.

Arden despiu sua camisa preta comprida e ficou de top diante da cômoda, pressionando uma toalha molhada no rosto e no pescoço.

— Quando cheguei e você não estava aqui, pensei o pior — falei, encostando-me no beliche onde dormia. O papel de parede florido do quarto estava descascando em alguns pontos, algumas tiras presas com tachinhas. — Pensei que os soldados haviam encontrado você. Que você estava presa em algum lugar, sendo torturada ou... — Deixei a frase morrer, sem querer continuar.

Arden limpava a pele com a toalha, removendo fragmentos de terra dos braços. Sob a luz da lamparina, eu podia ver cada uma de suas vértebras, pequenas elevações sob a pele. Lembrei-me de seu rosto no último dia em que a vira, quando estávamos escondidas atrás do barracão. Suas bochechas estavam rechonchudas, seus olhos alertas. Agora ela estava tão magra que as omoplatas se projetavam das costas. Cascas de feridas recentes salpicavam-lhe o couro cabeludo.

— Eles nunca me pegaram — revelou, sem se virar. Ela se observava no espelho rachado, o reflexo partido ao meio. — No dia em que deixei você perto da casa de Marjorie e Otis, os soldados me perseguiram pela floresta. Consegui me adiantar em relação a eles quando cheguei à periferia da cidade, mas não havia nenhum lugar para me esconder. Encontrei uma porta de metal na rua, um bueiro, e fui para o subterrâneo. Simplesmente segui os túneis, andando pela imundície, e continuei esperando que eles me achassem ali. Mas eles nunca me encontraram.

O cachorro gigante estava deitado aos pés dela, o focinho descansando no chão. Mantive os olhos nele, lembrando-me de todas aquelas advertências que tínhamos ouvido na Escola sobre pessoas sendo atacadas pelas matilhas de cães selvagens que perambulavam pelas florestas.

— Onde você o encontrou? — perguntei, assentindo para o animal, cuja cabeça era quase tão grande quanto a minha.

— *Ela* me encontrou. — Arden riu, largando a toalha. — Eu estava assando um esquilo. Acho que ela havia se perdido da matilha e estava com fome. Então lhe dei um pouco de comida. E ela começou a me seguir. — Arden se ajoelhou, tomando a cabeça do cachorro nas mãos. — Não julgue Dira por sua aparência, ela é um doce. Não é, garota?

Arden ergueu os olhos para mim, sorrindo, e percebi a cicatriz grossa e vermelha que serpenteava por sua clavícula até o seio direito. Ainda estava sangrando em alguns lugares. Só a visão dela me fez estremecer.

— Você está ferida — falei, levantando-me para olhar mais de perto. — O que aconteceu? Quem fez isso com você? — Agarrei seu ombro e a virei na direção da luz.

Ela me afastou com um gesto brusco. Pegou a toalha do lavatório e cobriu o pescoço.

— Não quero falar sobre isso. Estou aqui agora e não perdi um braço ou um olho. Vamos deixar por isso mesmo.

— Não vamos deixar por isso mesmo — retruquei, mas Arden já estava subindo no beliche inferior. Ela se jogou ao lado das bonecas velhas de Lilac. A maioria delas estava nua, os cabelos embaraçados por causa de anos de negligência. — Arden — chamei de novo, implorando. — O que aconteceu? — O cachorro me seguiu até a escada e ganiu, tentando subir no colchão.

Arden suspirou.

— Você não quer saber. — Ela pressionou a toalha molhada contra o peito, desejando que eu me afastasse, mas não me mexi.

— Conte-me.

Ela se virou para mim, os olhos vidrados sob a luz da lamparina.

— Eu me perdi — explicou ela, a voz baixa. — Por isso levei tanto tempo para chegar aqui. Fui para o Norte saindo de Sedona e aí encontrei Dira. Estávamos juntas há uma semana quando ficou tão quente que eu mal conseguia andar durante o dia. Dira não parava de correr para debaixo dos arbustos, tentando evitar o sol. Finalmente decidi que iríamos simplesmente esperar a onda de calor passar. Encontrar um lugar para descansar. — Ela passou a toalha molhada por seus lábios rachados, desprendendo a pele morta. — Levamos nossos suprimentos para um estacionamento subterrâneo. Conforme descíamos cada rampa, ficava mais fresco, mais suportável, mas mais escuro também. Eu estava tentando abrir a porta de um carro quando ouvi a voz de um homem. Ele estava gritando, mas nada do que falava fazia o menor sentido.

Eu me deitei ao lado dela, me encolhendo como uma bola. Arden deu um sorriso amarelo e olhou para a parte de baixo do outro colchão, onde as molas forçavam o tecido.

— Estava muito escuro, mas eu podia sentir o cheiro dele. Era horrível. Ele me agarrou e me puxou para cima do capô de um carro. Estava me estrangulando, e eu senti a lâmina no meu pescoço. Aí, antes mesmo que eu pudesse compreender o que se passava, ele estava no chão e Dira estava em cima dele. Ela não parou até ele ficar em silêncio. — Olhei para o cachorro, cujo focinho estava com uma crosta de sujeira. Faltavam pedaços de pelo em seu pescoço, a pele exposta estava infeccionada e com cascas de ferida. — Nunca ouvi um silêncio como aquele.

— Odeio não ter estado lá — comentei. — Lamento tanto, Arden.

Arden afastou a toalha do pescoço.

— Nem percebi que ele havia me cortado até estarmos na rua, sob a luz. Tanto Dira quanto eu estávamos cobertas de sangue. — O cachorro pulou para cima da cama e se deitou aos nossos pés, o colchão afundando sob seu peso. Ela apoiou o focinho ao lado do pé de Arden. — Eu teria morrido se não fosse por ela.

Arden passou a mão na cabeça. Os cabelos negros e sedosos estavam crescendo, mas ainda era possível ver a pele do couro cabeludo.

— Foi por isso que fiz isso. Achei que seria mais seguro viajar como homem. Só alguns outros Perdidos me viram depois, e todos me deixaram em paz. Um homem sozinho em território selvagem não chama tanta atenção quanto uma mulher.

— Espero que seja esse o caso — falei, meus pensamentos voando para Caleb. Pousei o olhar na janela. A casa de Maeve ficava no alto da estrada, acima do mar. Eu podia ver o reflexo da lua na superfície da baía. — Caleb me encontrou depois que deixei você. Ele seguiu meu rastro e viemos juntos para cá.

— Elas não o deixaram ficar, não é? — perguntou Arden. Ela puxou o cobertor de crochê para si, os dedos saindo pelos quadrados coloridos de lã. — Acharam que era perigoso demais?

— A perna dele estava ferida. Ele mal conseguia andar — expliquei. Retorci um punhado de cobertor, sem querer revisitar aquele momento do outro lado da ponte.

Arden mudou de posição para que seu corpo ficasse apoiado na parede. Ela enfiou os dedos dos pés debaixo de Dira, que ainda estava enroscada ao pé da cama, o som de sua respiração preenchendo o quartinho.

— Ele vai encontrar o caminho de volta para a caverna — argumentou. — Vive em território selvagem há anos. Vai ficar bem.

Enfiei-me debaixo das cobertas, tomando cuidado para não perturbar o cachorro.

— Certo, eu sei — falei baixinho, apertando a bochecha contra o travesseiro bolorento. Mas os pensamentos tomaram o controle novamente. Eu não parava de imaginar Caleb em uma casa abandonada, com a perna gravemente infeccionada.

Arden fechou os olhos. O rosto dela relaxou, os traços se suavizando. Ela adormeceu com facilidade, a pegada no cobertor afrouxando um pouco a cada minuto que passava. Eu me aproximei dela, deixando minha cabeça descansar em seu ombro. Fiquei deitada assim por algum tempo, escutando a respiração dela, cada uma como um lembrete de que eu não estava mais sozinha.

QUATRO

Eu estava no campo novamente, meu rosto pressionado contra a terra. Tinha acabado de fugir da caminhonete de Fletcher. Ele vinha pelo meio das árvores, os galhos finos quebrando sob seu peso, a respiração pesada e engasgada de catarro. Flores do campo estavam esmigalhadas debaixo de mim. Os botões delicados soltavam um aroma enjoativo enquanto eu olhava para minhas mãos, meus dedos alaranjados por causa do pólen. Aí ele me viu. Levantou a arma. Tentei correr, tentei fugir, mas era tarde demais. Ele puxou o gatilho, o estrondo ecoando pelo campo.

Sentei-me de um pulo na cama. Minha pele estava coberta por uma camada fina de suor. Levei um momento para perceber que estava em Califia, na casa de Maeve, no quartinho minúsculo com papel de parede florido. Eu tinha ouvido alguma coisa no andar de baixo — uma porta se fechando com uma batida. Olhei em volta. A vela havia se apagado. Ar frio corria através de uma rachadura na janela. Esfreguei os olhos, esperando que se adaptassem à escuridão.

Alguém estava no saguão do andar de baixo. Dira ergueu a cabeça gigantesca, escutando com tanta atenção quanto eu.

— Acalme-se. — Ouvi Maeve dizer. Ela estava na sala, ou na cozinha talvez, falando com alguém que havia acabado de entrar.

— Ela está lá em cima.

Dira soltou um rosnado baixo, e Arden acordou.

— O que houve? — perguntou ela, sentando-se, as costas rígidas. Seus olhos percorreram o quarto. — Quem está aí?

Levei o dedo aos lábios para silenciá-la, então apontei para a porta. Havia só uma fresta aberta. Rastejei até lá, sinalizando para que Arden me seguisse. As vozes haviam se acalmado, mas eu ainda podia ouvir os sussurros urgentes de Maeve, as respostas ansiosas e apressadas de outra mulher.

O corredor estava escuro. A escada era cercada por um corrimão frágil de madeira, os suportes faltando em alguns lugares. Arden prendeu Dira dentro do quarto, e nós rastejamos pelo chão até alcançarmos a escadaria. Deitadas de barriga para baixo, espiamos por cima do beiral. Uma luz estranha brilhava na sala de estar.

— Ele sabe que ela está aqui... foi ele quem a trouxe. E agora essa nova garota aparece — disse Isis, a voz grave e rouca entregando-a. — Quem mais está lá fora esperando por ela? Não foi assim que fizemos no passado, não podemos simplesmente...

— Desde quando temos uma política de jogar mulheres em território selvagem?

Reconheci a blusa turquesa de Quinn. Ela estava apoiada no vão da porta, as costas para nós, gesticulando enquanto falava.

Isis levantou a voz.

— Isso é diferente. Todas as mulheres estão falando... todas estão preocupadas. Estamos praticamente implorando para que o Rei a siga até aqui. Talvez não tenha ocorrido hoje, mas é só uma questão de tempo.

Eu me virei na direção de Arden, apoiando o rosto no chão frio. A maioria das mulheres me recebera bem desde que eu chegara, mas sempre havia a preocupação, logo abaixo da superfície, de que eu pudesse perturbar o equilíbrio de Califia. De que todos aqueles anos construindo sua cidade, limpando as lojas e casas velhas e retomando-as, todos aqueles anos se escondendo atrás de uma camada de hera e musgo, os dias passados na escuridão toda vez que algum movimento era detectado dentro da cidade — tudo isso fosse acabar em um instante se o Rei me descobrisse.

— Ela não é uma ameaça maior do que nós éramos — falou Quinn. — Nós todas éramos propriedade do Rei. Quando apareci, ninguém argumentou que eu devia ser expulsa porque tropas podiam invadir Califia. Quando Greta foi resgatada daquela gangue, ninguém se importou com batidas que pudessem acontecer. Aqueles homens podiam ter matado todas nós.

— Por favor — chiou Isis. — Você sabe que isso é diferente. — Eu me inclinei mais para a frente, mas ainda não conseguia vê-la pela porta. — Eles já a estão procurando há meses. Você ouviu os alertas no rádio. Não parece que vão parar tão cedo.

As palavras dela fizeram os pelos finos nos meus braços se arrepiarem. Isis havia morado em uma casa flutuante durante os dois últimos anos. Era uma das Mães Fundadoras e sobrevivera em São Francisco depois da praga, buscando refúgio em um armazém abandonado antes de encontrar o caminho até o outro lado da ponte. Eu havia me sentado na cozinha dela, feito refeições à mesa, conversado sobre as joias antigas que uma das mulheres havia recuperado ou sobre sua amiga que estava aprendendo a cortar cabelos. Sentia-me idiota agora por ter confiado nela.

— Eu não vou expulsá-la — falou Quinn. — Diga a ela, Maeve. Diga que não vamos fazer isso.

Eu podia ouvir Maeve andando de um lado para o outro, o chão rangendo debaixo de seus pés. Mesmo no meu pior momento, quando imaginava o que poderia ter acontecido com Caleb, quando pensava sobre Pip ou Ruby ou sobre o destino de minhas outras amigas, eu nunca cogitava que seria forçada a sair de Califia, que seria mandada de volta para território selvagem, sozinha.

Após uma longa pausa, Maeve finalmente soltou um suspiro.

— Não vamos botar ninguém para fora — disse ela. Arden apertou meus dedos com tanta força que doeu. Sob a luz fraca, seu rosto parecia ainda mais magro, as bochechas cavadas e pálidas. — Além do mais, seria tolice não usar isso em nosso benefício. Se o Rei a descobrir aqui, vai descobrir todas nós. E vamos precisar dela como moeda de troca.

Meu peito ficou apertado.

— Se é assim que você racionaliza deixá-la ficar, tudo bem — tentou Quinn novamente. — Mas ele não vai encontrá-la aqui. Ela não oferece mais risco do que qualquer outra.

— Espero que tenha razão — falou Maeve. — Mas, se ele a encontrar, não seremos martirizadas em nome dela. Você vai levá-la para o bunker e ficará lá até estarmos prontas para soltá-la para as tropas. Essa pode ser nossa chance de ganhar independência do regime.

Eu me senti enjoada, lembrando-me de como havia agradecido sem parar a Maeve depois que chegara — quando ela colocou um prato de comida na minha frente, quando encontrou roupas para mim na loja, quando esquentou água da chuva para os meus banhos. *Não é nada*, ela dizia, me dispensando com um gesto. *Estamos felizes em tê-la aqui.*

Mais alguns sussurros foram trocados entre elas antes que Maeve saísse da sala a passos largos, com Isis e Quinn seguindo-a de perto. Arden e eu escorregamos para trás, tentando ficar fora do campo de visão.

— Eles não vão encontrá-la aqui. Não têm motivo — disse Quinn uma última vez.

— São quase quatro horas — falou Maeve, erguendo a mão. — Não há mais nada a dizer. Por que vocês duas não vão para casa e descansam um pouco? — Ela abriu a porta cuidadosamente e afastou a cortina grossa de hera que escondia a entrada da frente. Conforme partiam, eu podia ouvir Isis reiniciando a discussão.

Maeve girou o trinco e começou a subir a escada. Todo o fôlego abandonou meu corpo. Arden e eu debandamos pela parede como camundongos, desesperadas para voltar ao nosso quarto. Aterrissamos na cama no momento em que Maeve chegou ao último degrau. Puxei o cobertor para nos cobrir e deitei a cabeça, fechando os olhos, fingindo estar dormindo.

A porta se abriu. O brilho de uma lamparina aqueceu nossos rostos. *Ela sabe que vocês duas estavam escutando*, pensei, minha mente disparando. *Ela sabe e agora vai trancá-la naquele bunker até entregá-la para o Rei.*

Mas a luz ficou parada. Ela não se mexeu. Eu só senti o cão pesado aos meus pés, a cabeça se erguendo, provavelmente oferecendo a Maeve o mesmo olhar doce que havia me oferecido.

— O que você está olhando? — resmungou Maeve finalmente. Então fechou a porta atrás de si e começou a se afastar pelo corredor, nos deixando ali no escuro.

CINCO

O DIA SEGUINTE ESTAVA OPRESSIVAMENTE CLARO. EU HAVIA ME acostumado ao céu cinzento de São Francisco, à neblina que se acomodava sobre nós todas as manhãs, navegando por cima das colinas, na direção do oceano. Agora, enquanto Arden e eu saíamos da casa de Maeve, o sol queimava minha pele. O reflexo da baía era ofuscante. Até os pássaros pareciam alegres demais, chilrando nas árvores.

— Lembre-se: não ouvimos nada — sussurrei. Mas os lábios de Arden estavam contraídos. Ela nunca fora boa em fingir. Na escola, ficara de péssimo humor nas semanas anteriores a sua fuga. Mantivera-se separada do restante de nós, ficando na pia do canto enquanto escovava os dentes, sem nos olhar durante as refeições. Suspeitei que ela estivesse planejando algo naquela noite antes da formatura, mas presumira ser mais um de seus trotes idiotas. Eu nunca adivinharia a realidade.

Serpenteamos pela trilha estreita e coberta de vinhas até ela se abrir à margem da baía. As carcaças dos barcos estavam empilhadas sobre as pedras, as escotilhas quebradas, a tinta descascando. Alguns descansavam de casco para cima. Do outro lado da baía, o resto de Marin era só um monte verde, as árvores crescendo por entre as casas, escondendo-as debaixo de suas folhas.

Arden puxou a camisa de linho em volta da silhueta magra, protegendo-se do vento que soprava da água.

— Mal consegui olhar para Maeve durante o café da manhã — disse ela. Dira caminhava ao nosso lado, o pelo preto brilhando à luz do sol. — Sabendo que ela está planejando...

— Não podemos falar sobre isso aqui — repreendi, olhando para a fileira de lojas escondidas. A janela da frente de um café estava coberta com jornal, mas eu podia ouvir mulheres cozinhando: panelas batendo umas contra as outras, água caindo pela pia. — Espere até estarmos no barco.

Era impossível encontrar privacidade na cidadezinha que abrigava mais de duzentas mulheres. Algumas das lojas e restaurantes na orla estavam funcionando, enquanto outros permaneciam ocultos e inutilizados dentro da vegetação densa. Todas as mulheres haviam criado um espaço para si, um propósito.

— Bom dia, Eva! — gritou Coral, uma das Mães Fundadoras mais velhas, enquanto descia pela trilha. Estava carregando três galinhas para o abate, os corpos paralisados pendurados de cabeça para baixo. Dira latiu para as aves, mas Arden a puxou para trás. — Lindo dia, não é? Faz com que eu me lembre da vida antes. — Coral olhou para o céu, para a colina verde e emaranhada, para o píer quebrado que cortava a água.

— Adorável — falei rapidamente, fazendo o possível para sorrir. Eu havia gostado de Coral imediatamente quando cheguei. Ela havia morado em Mill Valley com seu marido a vida inteira.

Viveram como Perdidos durante três anos antes de ele morrer. Eu adorava as histórias que ela contava, de como havia plantado o próprio jardim e cozinhado em uma fogueira no quintal. Uma vez, atraíra uma gangue para o outro lado da cidade para que não descobrissem o estoque de suprimentos em seu celeiro. Mas agora até mesmo ela parecia inamistosa. Fiquei imaginando se sempre me enxergara como um recurso para negociar a independência de Califia.

A velha passou. Mais adiante, Maeve e Isis vinham a cavalo pela trilha, rebocando uma carroça de roupas reformadas. Todos os meses elas viajavam para uma cidade diferente além da floresta Muir e vasculhavam as casas atrás de bens para distribuir ou trocar nas lojas de Califia.

Olhei de soslaio para Arden, então para o bote a remo amarrado ao píer. Era um dos poucos barcos que as mulheres haviam restaurado, o interior coberto por uma camada fina de cera.

— É melhor irmos agora — falei. Podia sentir os olhos de Maeve em nós. Ela havia desmontado do cavalo e se aproximava da orla conforme andávamos na direção do píer.

Desamarrei o barco, olhando por sobre o ombro para falar com ela.

— Pensei em levar Arden e Dira para a baía hoje. Mostrar a elas o que Califia tem a oferecer.

Subi no barco, tentando manter meus movimentos calmos e ponderados. Peguei um remo em cada uma das mãos, grata quando a madeira mergulhou na água, a resistência firmando meus dedos trêmulos. Arden se abaixou para entrar na embarcação e chamou Dira para segui-la.

— E quanto à livraria? Há trabalho a fazer — disse Maeve. Ela passou por cima das pedras escorregadias e entrou na parte rasa, molhando suas botas de trilha.

Só continuei remando, meu corpo relaxando a cada metro que colocava entre nós.

— Trina sabe que eu não vou. Ela disse que não tem problema.

Maeve cruzou os braços. Ela era a mais musculosa das mulheres, o abdômen definido e as pernas grossas por causa das corridas.

— Tenham cuidado com as correntes! E com os tubarões! Viram um ontem na baía.

Eu me encolhi com a menção de tubarões, mas parecia improvável, mais como uma tentativa desesperada de nos manter amarradas ao píer, sob a vista dela. Ficou ali, pés plantados na água, até estarmos a quase 100 metros de distância.

— Podemos conversar agora? — perguntou Arden, quando botei os remos de volta no lugar. Dira se acomodou no fundo do barco, as patas esticadas, e Arden posicionou os pés de cada lado dos ombros do cachorro.

Maeve havia pegado o binóculo e estava espiando através dele, seguindo o barco enquanto ele navegava à deriva pela correnteza. Eu sorri, soltei meus cabelos do coque e acenei.

— Ela ainda está nos observando — falei. — Quer parar de fazer cara feia, Arden, por favor?

Arden jogou a cabeça para trás e riu, uma risada profunda e gutural que eu nunca tinha ouvido.

— Não vê a ironia em tudo isso? — perguntou, sorrindo agora, a expressão estranha, sinistra até, porque não combinava com suas palavras. — Nós viajamos toda essa distância para chegar aqui, para escapar da Diretora Burns, de todas as mentiras dela. Isso parece estranhamente familiar.

Eu sabia o que ela queria dizer. Não consegui voltar a dormir na noite anterior. Em vez disso, fiquei deitada imaginando o que iria acontecer caso Maeve descobrisse que eu sabia de seus planos para mim. Ela acreditava que Califia era meu destino final, que eu nunca iria embora — que não podia ir. Se achasse que eu tinha algum desejo de fugir, poderia mandar um recado para a Cidade de Areia a fim de avisá-los de que estava comigo.

— Quando Caleb e eu viemos para cá, achamos que era o único lugar onde eu estaria segura. — Baixei o olhar para minhas mãos, mexendo nos calos da palma, grossos devido ao tempo gasto reforçando o muro baixo de pedra atrás da casa de Maeve. — Parecia ser a única opção na época, mas agora..

Por cima do ombro de Arden, eu ainda podia ver Maeve à beira da água. Ela havia largado o binóculo e voltava a subir a trilha, virando-se para nos olhar em intervalos de alguns passos. Eu estava encurralada. Na baía, cercada por muros altos de pedra em três lados, uma centena de olhos sempre me observava, onde quer que eu fosse. Do outro lado da baía, São Francisco era só um montinho minúsculo de musgo crescido.

— Temos que sair daqui.

Arden acariciou a cabeça de Dira, olhando para além de mim.

— Só precisamos de tempo. Vamos pensar em alguma coisa... Nós sempre pensamos.

Mas, por um longo tempo, nenhuma de nós falou. Os únicos sons eram as ondas lambendo as laterais do barco e as gaivotas gritando lá no alto, suas asas batendo contra o céu.

UMA HORA SE PASSOU. O BARCO NAVEGAVA À DERIVA. FIQUEI ALIviada quando a conversa passou para tópicos mais leves.

— Eu ainda não a batizei — disse Arden. Ela acariciava a cabeça do cachorro enquanto falava. — Não achei que ficaríamos juntas por muito tempo e não queria ficar apegada a ela. Mas então ela se sentou na frente do fogo e fiquei olhando para ela. E percebi. Sabia exatamente que nome lhe dar. — Arden apertou as mãos no rosto e puxou para baixo, fazendo suas bochechas parecerem papadas caídas. — Dira, em homenagem à Diretora Burns.

Eu ri, minha primeira risada de verdade em semanas, lembrando-me do rosto flácido da Diretora.

— É um pouco injusto com Dira, não acha?

— Ela entende meu senso de humor. — Arden sorriu. Seus olhos pareciam mais tranquilos, e as bochechas pálidas estavam rosadas por causa do sol. — Eu costumava odiar cachorros. Mas não teria sobrevivido sem ela. Ela me salvou. — A voz subiu algumas oitavas, como se estivesse falando com uma criança. — Eu te amo, Dira. Sim, eu amo. — Ela segurou o rosto da cadela nas mãos e o acariciou, plantando beijos no pelo macio de sua testa.

Eu nunca tinha escutado Arden falar assim. Durante todo o tempo em que estávamos na Escola, ela construíra uma reputação de odiar tudo — os figos que serviam com o jantar, nossos deveres de Matemática, os jogos de tabuleiro empilhados nos arquivos da biblioteca. Arden tinha orgulho por se isolar de todas as outras, por não contar com ninguém. Durante os 12 primeiros anos em que convivi com ela, Arden insistia que não era igual ao restante das órfãs da Escola — tinha pais esperando por ela na Cidade de Areia. Só quando nos encontramos em território selvagem e Arden ficou doente, foi que revelou a verdade. Nunca houve pais. Fora criada pelo avô, um homem amargo que morreu quando Arden tinha 6 anos. Aquelas palavras — *eu te amo* — me pegaram de surpresa. Eu achei que elas simplesmente não constassem no vocabulário dela.

Deixei o cachorro cheirar minha mão, ignorando o nervosismo conforme meus dedos se aproximavam de sua boca. Aí lhe acariciei a cabeça, passando a mão pelo focinho e orelhas. Estava prestes a alisar as costas dela quando algo bateu contra o casco do barco. Agarrei as beiradas e olhei para Arden, o mesmo pensamento em nossas mentes: um tubarão. Estávamos a mais de 100 metros da costa. Maeve não estava mais nos observando, e a água era ameaçadoramente negra.

— O que vamos fazer? — perguntou ela, espiando por cima do beiral. Dira cheirou o fundo do barco, rosnando.

Congelei, as mãos apertando as bordas.

— Não se mexa — falei. Mas o barco balançou de novo. Quando olhei por cima da borda, havia uma massa escura bem abaixo de nós.

— Que diabos... — resmungou Arden, apontando para a água. Aí ela começou a rir, a mão cobrindo a boca. — Isso é uma foca? Veja, há mais! — Apareceu mais uma ao lado, e então outra. As cabeças marrons escorregadias emergiam da superfície, depois mergulhavam rapidamente.

Afrouxei minha pegada no barco, rindo de mim mesma, dos pensamentos em pânico sobre Maeve e Califia, por imaginar tubarões.

— Elas estão a toda volta. — Inclinei-me sobre a borda, deixando meus dedos roçarem na água. Havia quase dez focas cercando o barco, as carinhas simpáticas nos espiando. Uma minúscula se virou e nadou de costas. A alguns metros de distância, uma foca maior, com bigodes brancos compridos, soltou um ganido. Dira latiu em resposta, assustando todas elas para o fundo.

— Não liguem para ela — gritou Arden, parecendo mais feliz do que eu jamais a vira desde que fugíramos. — Dira, você as assustou. — Ela balançou um dedo para o cachorrão.

As focas foram embora pela baía. A pequenininha olhou para trás, como se pedindo desculpas pelo comportamento grosseiro das amigas.

— Foi um prazer conhecê-las também! — berrou Arden, erguendo a mão em um aceno. Dira soltou outro latido alto, parecendo satisfeita consigo.

As focas continuaram nadando até virarem apenas pontinhos pretos na superfície da baía. O sol não parecia mais tão excessivamente claro. Os pássaros eram visitas bem-vindas acima. Sentada no barco com Arden, eu me esqueci de Maeve e do que quer que ela estivesse planejando na costa. Eu estava com minha amiga. Estávamos na água soprada pelo vento, a sós e livres.

SEIS

Quando voltamos ao píer, o sol estava baixo no horizonte. O restaurante que havia se tornado o refeitório oficial de Califia parecia mais animado do que estivera em semanas. Afastei uma cortina emaranhada de vinhas e hera, expondo o interior restaurado. Um balcão comprido se projetava de uma parede. Mesas e bancos de madeira se amontoavam no meio do cômodo, cobertos por restos de caranguejos sapateira-do-pacífico cozidos, linguado e abalone. Uma estátua de 60 centímetros de altura de Safo empoleirava-se em uma prateleira no canto; ela rendera ao lugar o apelido carinhoso de "Busto de Safo".

— Ora, vejam só! — gritou Betty de trás do balcão, suas bochechas grandes já vermelhas devido a algumas cervejas. — A Dama e a Vagabunda! — Todas as mulheres nos banquinhos riram. Uma deu um pequeno gole na cerveja caseira que Betty fazia.

Arden olhou de soslaio para mim, franzindo as sobrancelhas.

— Suponho que eu seja a vagabunda?

Observei-lhe a cabeça raspada, salpicada de feridas, o rosto magro, a pele marcada por minúsculos arranhões e as unhas ainda sujas apesar de dois banhos.

— É. — Dei de ombros. — Você definitivamente é a vagabunda.

As portas dos fundos estavam abertas, deixando entrar o cheiro da fogueira que queimava atrás do restaurante. Delia e Missy, duas das primeiras fugitivas na Trilha, estavam atirando moedas verdes dentro da bebida uma da outra. Era um jogo idiota que gostavam de fazer depois do jantar, excluindo todas as outras pessoas. Elas pararam quando eu e Arden passamos, Delia cutucando Missy nas costelas com força.

Algumas mulheres, sentadas às mesas no fundo, conversavam enquanto quebravam patas de caranguejos. Vi Maeve e Isis no canto. Maeve, com as mangas enroladas até os cotovelos, estava abrindo uma concha de abalone para Lilac.

Betty colocou duas canecas de cerveja no balcão.

— Onde está o cachorro? — perguntou, olhando para o chão perto dos pés de Arden em busca de sinais de Dira.

— Nós a deixamos para trás. — Arden pegou a caneca e deu um gole. Aí olhou para Betty, as sobrancelhas franzidas de irritação, até que a mulher saiu para atender alguém do outro lado do bar. Arden engoliu. O corpo inteiro estremeceu enquanto ela tossia, a cerveja quase voltando. — Desde quando você bebe? — sussurrou, olhando para o líquido cor de âmbar.

Dei alguns goles, curtindo a súbita leveza na minha cabeça.

— Quase todo mundo aqui bebe — falei, enxugando a boca com as costas da mão.

Pensei naqueles primeiros dias, quando eu me sentava sozinha no quarto de Lilac no meio da tarde, já tendo completado minhas tarefas. Tudo me parecia tão estranho. As mulheres cortavam lenha na clareira acima de nós, o som me seguindo pela casa. Os galhos batiam nas janelas, não me deixando dormir. Quinn vinha me buscar, insistindo para que eu a acompanhasse ao refeitório, onde ela ficava sentada comigo durante horas. Às vezes jogávamos cartas. Betty nos servia sua produção mais recente, e eu bebericava lentamente, contando a Quinn sobre minha jornada até Califia.

Quando olhei para cima, Arden ainda estava me avaliando.

— Além do mais — acrescentei —, não foi exatamente fácil perder você e Caleb no mesmo mês.

Regina, uma viúva corpulenta que morava em Califia havia dois anos, se balançou no banquinho ao nosso lado.

— Caleb é o namorado de Eva — cochichou para Arden. — Eu tinha um marido, sabe. Eles não são tão ruins quanto todo mundo aqui diz que são. — Ela ergueu o copo, fazendo sinal para pedir outro drinque.

— Namorado? — Arden franziu a testa para mim.

— Acho que sim — confirmei, apoiando a mão nas costas de Regina para segurá-la. — Não é disso que ele seria chamado?

Na Escola, havíamos aprendido sobre "namorados" e "maridos", mas só para sermos advertidas contra eles. Em nossas aulas de Perigos de Meninos e Homens, as professoras nos contavam histórias sobre as próprias decepções amorosas, sobre os homens que as haviam abandonado por outras mulheres ou sobre maridos que usaram seu dinheiro e influência para manter as esposas sob escravidão doméstica. Depois de ver tudo de que os homens eram capazes em território selvagem — as gangues que matavam umas às outras, os homens que vendiam mulheres que haviam capturado, os Perdidos que no desespero recorriam ao canibalismo —, algumas das mulheres em Califia, especialmente as fugitivas da Escola, ainda acreditavam que homens eram universalmente maus. A vida depois da praga parecia provar isso sem parar. Mas também havia algumas que ainda se lembravam ternamente de maridos ou antigos amores. Muitas diziam que eu e Regina éramos incorrigíveis, na nossa cara e pelas nossas costas. Mas, quando eu acordava no meio da noite, minhas mãos tateando no lugar da cama onde Caleb deveria estar, incorrigível parecia um termo muito brando para definir como o amor fazia eu me sentir.

Delia e Missy estavam discutindo agora, as mesas lotadas ficando em silêncio conforme as vozes de ambas tornavam-se mais altas. A atenção de todas se voltou para o lado delas no salão.

— Esqueça isso! Já chega! — berrou Delia. Ela agarrou sua bebida, deixando a moeda verde bater pelo fundo do copo.

— Só diga a ela — insistiu Missy. Ela se virou no assento, acenando freneticamente para mim. — Eva! Ei, Eva...

Delia esticou a mão por cima da mesa e deu um belo empurrão em Missy, mandando-a de costas para o chão.

— Eu lhe disse para ficar calada — falou. Missy esfregou a cabeça onde ela havia batido contra a madeira dura. — Só cale sua boca idiota — continuou Delia. Ela se levantou e começou a contornar a mesa, mas Maeve a puxou.

— Muito bem, agora. Já chega! — Maeve olhou em volta. — Acho que vocês duas têm que aprender a pegar leve. Isis... leve-as para a cama, por favor. — Seus olhos encararam a mim e a Arden, como se ela avaliasse nossas reações.

— Dizer o que para mim? — perguntei, ainda presa às palavras de Missy.

Isis riu.

— Missy só está bêbada. Certo, Delia? — incitou ela. Delia enxugou o suor da testa, mas não respondeu.

— Alguém o viu — murmurou Missy, espanando a poeira de suas calças. Ela estava sussurrando, e tive que me abaixar para ouvir. — Alguém viu aquele garoto, Caleb. Ela sabe — repetiu, apontando novamente para Delia.

Maeve se levantou e agarrou o outro braço de Missy, ajudando-a a se erguer.

— Isso é bobagem. É só...

— Eu não queria lhe contar — começou Delia, interrompendo-a. Todo mundo no salão emudeceu. Até Betty parou de falar, ficando silenciosamente atrás do balcão com uma pilha de pratos sujos nas mãos. — Mas quando eu estava na cidade outro dia, revirando o lixo para encontrar suprimentos, dei de cara com um Perdido. Eu já o tinha visto por ali na semana anterior. Ele me perguntou de onde vim, para onde estava indo...

— Você não disse nada, certo? — interrompeu Maeve, a voz inexpressiva.

— É claro que não — explodiu Delia. Ela estava mais calma agora que era contida por Isis e Maeve. Recusava-se a fitá-las nos olhos. — Ele tentou fazer uma troca comigo, pelas minhas botas. E aí, no outro dia, apontou para as botas novas que ele estava usando e riu, dizendo que as havia roubado de um cara que encontrara na Estrada Oitenta.

Todas as partes de mim estavam acordadas, vivas, meus dedos das mãos e dos pés pulsando de energia.

— Como elas eram... as botas?

Delia enxugou os cantos da boca, onde uma camada fina de saliva havia se formado.

— Eram marrons com cadarços verdes. Vinham mais ou menos até aqui. — Ela apontou para a carne macia acima de seu tornozelo.

Soltei um suspiro profundo, determinada a permanecer calma. Pareciam as botas que Caleb usara enquanto andava ao meu lado, serpenteando pelas ruas da cidade. Eu não podia ter certeza.

— O garoto estava vivo?

— Ele disse que o encontrou naquela loja de móveis ao lado da estrada, naquele pedaço logo antes de São Francisco — respondeu ela, olhando para uma das mulheres mais velhas. — IKEA? Falou que ele estava muito machucado, que sua perna estava infeccionada por causa de um ferimento de faca.

Eu só via os lábios de Delia se mexendo, ouvia as palavras saindo de sua boca. Tentei processá-las, uma a uma.

— Onde? Onde é isso?

— Agora escute. — Maeve ergueu as mãos. — Isso provavelmente é só um boato. Não há nada que prove que...

— Ele pode estar morto a essa altura — falei baixinho, a ideia ainda mais assustadora agora que eu a dissera em voz alta.

Isis sacudiu a cabeça.

— Ele provavelmente estava inventando. É um Perdido.

Regina estava sorrindo.

— Ela o ama. Não pode simplesmente deixá-lo lá.

Algumas das mulheres começaram a concordar, mas Maeve ergueu a mão para silenciá-las.

— Ninguém vai procurar Caleb — anunciou Maeve. — Porque Caleb nem mesmo está lá. O Perdido provavelmente mentiu. Eles sempre mentem. — Então ela se virou para mim, o rosto repleto de preocupação. — Além do mais, não podemos deixar você voltar para território selvagem agora, não com o Rei atrás de você.

Só o que eu ouvia eram as intenções espreitando por trás de cada palavra. *Você nunca irá embora daqui*, ela parecia dizer. *Eu não vou deixar*. Ela agarrou meu braço e me acompanhou para fora, seguindo logo atrás de Isis, que levava Delia. Algumas outras mulheres ajudaram Missy a se sentar em uma cadeira, oferecendo-lhe condolências pelo galo que se formava em sua cabeça.

Do lado de fora, a noite estava fria e úmida. Eu me desvencilhei de Maeve.

— Você está certa — falei humildemente. — Tem que ser mentira. Acho que eu só queria acreditar.

O rosto de Maeve se suavizou, e ela esticou a mão para apertar meu ombro. Mantinha Lilac bem ao seu lado.

— Nós ouvimos esse tipo de coisa o tempo todo. Melhor não ficar pensando nisso.

Balancei a cabeça.

— Não vou, então. Prometo.

Mas, enquanto caminhávamos de volta para a casa dela, diminuí meu ritmo, deixando que ela, Lilac, Delia e Isis ficassem alguns passos à frente. Ardem correu atrás de mim. Nós duas estávamos sorrindo na escuridão. Ela acenou com a cabeça na direção da ponte, a ideia já tomando forma. A pergunta que nos havia consumido estava respondida. Finalmente, sabíamos o que fazer.

SETE

— Só mais um pouco — disse Arden. Ela se agachou atrás de um carro incendiado, a respiração ofegante conforme puxava Dira para si, agarrando a coleira da cadela para que ela não se movesse — Estamos quase lá.

Espiei pelo binóculo, olhando para a luz minúscula da lamparina, quase imperceptível, que brilhava no topo do beiral de pedra. Isis estava do lado de fora, bem na entrada da frente de Califia, um ponto preto se movendo contra a paisagem cinza.

— Não sei mais dizer se ela está usando o binóculo — falei. Naquela noite, muito depois de Maeve e Lilac terem ido dormir, entramos furtivamente na despensa, coletando suprimentos cuidadosamente e guardando-os em duas mochilas. Aí seguimos para a ponte, disparando escondidas de carro para caminhão e para carro, ziguezagueando a fim de não sermos vistas. Agora estávamos quase chegando ao fim. Só alguns metros nos separavam do túnel curto que levava para dentro da cidade.

— Vamos correr, só para garantir — argumentei. Cada passo era instável, e minhas pernas pareciam prestes a ceder.

Arden olhou para Dira, alisando suas orelhas macias e pretas.

— Está pronta, garota? — perguntou. — Tem que correr. Consegue fazer isso? — O cão olhou para ela com grandes olhos cor de âmbar, como se compreendesse. Aí Arden virou-se para mim e assentiu, fazendo sinal para que eu fosse primeiro.

Pulei de nosso esconderijo, impulsionando minhas pernas o máximo possível, sem olhar para Califia ou para a lamparina ou para a silhueta de Isis vagando diante do beiral de pedra. Arden seguiu logo atrás, saltando por cima de pneus vazios, ossos carbonizados e motocicletas viradas. A mochila pesava nas minhas costas. Os potes de frutas silvestres e carne lá dentro batiam uns nos outros enquanto Arden disparava na frente, o cachorro bem ao lado. Continuei correndo, segurando o binóculo e disparando em direção à boca negra do túnel.

Nem vi o carrinho de mão velho. Ele estava debaixo de um caminhão, o cabo em forma de gancho próximo ao meu tornozelo enquanto eu passava. Ele me derrubou, com mochila e tudo. Gritei quando meu joelho atingiu o chão.

Enquanto Arden corria, ela se virava para trás, os olhos varrendo as montanhas.

— Levante, levante, levante — urgia, passando por cima dos últimos destroços até estar a salvo, fora de vista, na entrada do túnel. Ela e Dira me observaram dali, a voz dela chamando de além da escuridão.

Eu me atrapalhei para ficar de pé e agarrei o binóculo, que ficara esmagado debaixo de mim na queda. Minha mochila estava pingando, e algo grosso e roxo escorria pelas minhas pernas conforme eu mancava, tentando sair do campo de visão de Isis. Quando cheguei ao túnel, desabei contra a parede.

— Ela nos viu? — perguntou Arden, segurando o cachorro para impedir que lambesse meu rosto. — Onde está o binóculo?

— Bem aqui. — Eu o ergui. O centro havia rachado, deixando as duas lentes ligadas apenas por um pedaço estreito de plástico. Eu as pressionei contra o rosto, vasculhando a colina por sinais de Isis, mas ambas as lentes estavam escuras. — Não consigo ver nada — falei freneticamente, batendo o binóculo contra a palma da mão, tentando fazê-lo funcionar.

Isis provavelmente estava na metade da trilha de terra a essa altura, correndo para acordar Maeve. Não levaria muito tempo até que atravessasse a ponte para nos resgatar.

— Vamos — sussurrei para mim mesma, sacudindo a geringonça idiota.

Mas, quando a segurei na frente do rosto novamente, ainda não conseguia ver nada. Nada de Isis. Nada de Maeve. Só havia negritude infinita à minha frente, e meus olhos, injetados e assustados, refletidos no vidro.

As casas estreitas de São Francisco eram cobertas de entalhes coloridos e enfeitados, a tinta descascando. Carros carbonizados estavam empilhados ao pé das colinas. Havia vidro estilhaçado por todos os cantos, fazendo o asfalto cintilar.

— Precisamos ir mais depressa — disse Arden. Ela e Dira estavam alguns metros à minha frente, avançando pelo meio do lixo na calçada, com garrafas de plástico esmagadas e invólucros de papel-alumínio na altura de seus tornozelos. Ela olhou para cima. A lua estava desaparecendo, o domo negro gigantesco do céu agora raiado de luz. — Temos que chegar lá antes do nascer do sol.

— Estou indo — falei, olhando por cima do ombro para a loja atrás de mim. Um carro havia atravessado a vitrine, estilhaçando o vidro. Vinhas e musgo caíam por cima da abertura. Dentro, além de algumas prateleiras derrubadas, algo se mexia. Semicerrei os olhos para a escuridão, tentando identificar a sombra, mas ela já estava pulando em minha direção.

Dira latiu quando o cervo disparou para fora da loja. Eu o observei desaparecer pela rua. Estávamos viajando havia quatro horas, talvez mais, serpenteando pela cidade. Chegáramos quase na Estrada Oitenta e na ponte que nos levaria a Caleb. Logo a rampa de entrada surgiu, coberta de musgo. Eu continuava esperando que Maeve ou Quinn aparecessem, ou que um Perdido pulasse na nossa frente e nos obrigasse a entregar nossos suprimentos. Mas nenhuma das duas coisas aconteceu. Eu estaria com Caleb novamente. A cada passo que eu dava, parecia mais certo, mais real. De agora em diante, seriam Caleb, eu, Arden e Dira — nossa própria tribozinha — nos escondendo em território selvagem.

Conseguimos subir a rampa para a Estrada Oitenta, serpenteando pelo meio dos carros que ficariam congelados para sempre no engarrafamento. Meus passos ficaram mais leves quando passamos pela velha obra que Caleb e eu víramos no dia em que chegamos.

— É isso! — gritei, conforme a estrada fazia uma curva, circundando o mar. O prédio gigantesco ficava logo à frente, seu reboco azul caindo aos pedaços. O IK A estava escrito em letras amarelas, com apenas uma leve sombra onde o *E* ficava.

Só o que me separava de Caleb era um estacionamento vazio e um muro de concreto. Comecei a correr, ignorando a dor no joelho por causa do tombo e a voz de Arden gritando atrás de mim.

— Você não devia ir sozinha — tentou ela.

Eu havia pensado nesse momento tantas vezes. Naquelas semanas depois que cheguei a Califia, eu olhava para o céu, lembrando-me de que tanto Caleb quanto eu estávamos debaixo dele. Que onde quer que ele estivesse, o que quer que estivesse fazendo (caçando? Dormindo? Preparando o jantar em uma fogueira?), nós sempre partilharíamos algo. Às vezes eu escolhia um prédio específico na cidade e o imaginava ali dentro, lendo um livro manchado pela água enquanto descansava, esperando a perna sarar. Estava convencida de que voltaríamos um para o outro — apenas precisava solucionar como e onde isso aconteceria.

Quando cheguei às portas de vidro, estavam trancadas, os puxadores de metal amarrados com uma corrente grossa. No entanto, dois dos vidros inferiores haviam sido retirados, e eu me arrastei por eles, tomando cuidado para não me cortar nos cacos. Lá dentro, a loja imensa estava escura e silenciosa. A luz matinal que entrava através das portas lançava um leve brilho no chão de cimento. Tateei à procura da lanterna na mochila e a liguei, abrindo caminho mais para dentro.

O raio de luz passou rapidamente pelo aposento, repousando em uma caixa de travesseiros bolorentos, em uma cama velha e uma cômoda, em uma luminária e nos livros em cima dela, arrumados como se fosse a casa de alguém. Havia uma cozinha em um canto, a geladeira e o fogão ainda no lugar, e uma sala de estar ao final do corredor com um longo sofá azul. Eu havia passado por lojas antes, visto seus interiores compridos e estreitos, mas isto parecia um enorme labirinto, com todos os aposentos se amontoando.

Ouvi um farfalhar e pulei para trás, o feixe de luz da lanterna batendo no chão bem a tempo de revelar um rato que passava apressadamente. Na sala de jantar adiante, algumas das cadeiras estavam viradas de lado. Eu não queria arriscar gritar na escuridão.

Em vez disso, fiquei em silêncio, andando o mais levemente que podia por cima de lixo e vidro quebrado.

Serpenteei pelos aposentos, mirando a lanterna nos cantos para ter certeza de que não havia deixado de ver nada. Passei por camas e mesas e cadeiras, meus olhos se ajustando lentamente à escuridão. Eu estava olhando dentro de um dos boxes falsos de chuveiro quando ouvi: uma tosse baixa. Estava vindo da direita, a alguns cômodos de distância.

— Aqui — chamou uma voz sem força. — Eva? Estou aqui.

Cobri a boca, abalada demais para responder. Em vez disso, corri, costurando pelos aposentos, meu coração leve. Caleb estava vivo. Ele estava ali. Havia sobrevivido.

Quando cheguei mais perto, vi três velas no chão. Uma silhueta masculina era visível na cama. Comecei a caminhar em sua direção, mas quando cheguei ao quarto, ele não estava sozinho. Havia mais deles — três homens no total. Um estava sentado em uma poltrona no canto, a pele fantasmagoricamente pálida. Outro estava ao lado da segunda entrada do cômodo, bloqueando a passagem. Seu rosto tinha cicatrizes e ele usava calças cobertas de lama e as mesmas botas que Missy descrevera em Califia. Os outros estavam de uniforme, o brasão da Nova América colado nas mangas das camisas.

— Olá, Eva — apresentou-se o homem na cama. — Estávamos esperando por você. — Ele se sentou lentamente e me analisou, metade do rosto coberto pela sombra. Os pelos finos na minha nuca se eriçaram. Eu o conhecia. Conhecia aquele homem.

Ele me fitou através dos cílios pretos grossos. Era jovem — não mais do que 17 anos —, mas seu rosto parecia mais maduro do que quando o havíamos encontrado ao pé da montanha naquele dia. O dia em que atirei e matei os dois soldados. Depois que ele costurou a perna de Caleb, eu o soltei. Eu o libertei, só para encontrá-lo ali, naquele momento, naquele lugar estranho.

O soldado com cicatrizes no rosto cruzou os braços.

— Estava imaginando quanto tempo levaria para você receber o recado. — Ele olhou para os outros. — As coisas se espalham rápido entre os Perdidos, não é?

Meus pensamentos foram imediatamente para Arden. Ela e Dira provavelmente estavam perto da porta, tentando entrar no edifício. Elas haviam me seguido até ali, por causa da minha insistência idiota. Eu já havia colocado Arden em perigo antes. Isso não podia acontecer de novo.

Eu precisava alertá-las.

O jovem soldado balançou a cabeça para os outros dois, que correram para a frente. A lanterna ficou pesada na minha mão. Eu não pensei. Quando o pálido veio para cima de mim, eu a girei, acertando uma pancada na sua mandíbula. Ele cambaleou para trás, esbarrando no outro, dando-me tempo suficiente para fugir. Saí correndo pelo labirinto, pulando por cima de cadeiras, mesas e luminárias quebradas. Eu podia ouvi-los me alcançando, os passos mais perto conforme eu me aproximava da entrada.

Arden estava se preparando para passar pela porta de vidro quebrada. Dira começou a latir, ficando mais furiosa conforme nos aproximávamos. Botas batiam no chão de concreto atrás de mim. Dira latiu ainda mais alto. Eu continuava correndo, mirando na abertura na porta. Não olhei para trás quando me joguei através dela, gritando a única palavra que conseguia.

— Corra!

OITO

O vidro cortou meu braço nu. Por um breve instante, o mundo ficou completamente imóvel. Metade do meu corpo estava para fora da porta quebrada. Vi o estacionamento vazio diante de mim, mato brotando pelas rachaduras na calçada. Dira estava rosnando. Frenética, Arden me agarrou por debaixo dos braços e puxou, tentando me soltar. Então a mão de alguém segurou meu tornozelo, unhas se enterrando na minha pele conforme os soldados me arrastavam de volta para o armazém.

Dira disparou pela porta ao meu lado e enterrou os dentes na perna dele.

— Ela está em cima de mim — gritou o jovem soldado para os outros. Dira estava rosnando, um som baixo e trovejante que preenchia o ar enquanto ela balançava a cabeça, rasgando as calças e a carne dele. Ela o derrubou, e ele finalmente me soltou.

Virei a tempo de ver a cabeça dele bater contra o chão, os olhos apertados de dor. — Atirem! — berrou.

Arden continuou puxando, meu sangue ensopando a manga da blusa dela, até eu estar ao ar livre do estacionamento. Eram quase 50 metros até a estrada. Uma floresta se estendia atrás do armazém; as árvores densas nos esconderiam. Eu me levantei e corri em direção a elas, mas Arden estava congelada, olhando fixamente para as portas. Dira ainda estava lá dentro. Ela havia prensado o soldado ao chão e estava latindo em direção ao rosto dele. Quando os outros dois saíram da escuridão, ela mostrou os dentes, como se tomando conta de uma caça recente.

— Dira, venha, venha cá — urgiu Arden, batendo a mão na coxa. — Venha para cá!

O soldado vestido como Perdido puxou uma arma. Ele mirou na cadela, mas ela deu o bote primeiro, mordendo o braço do jovem.

— Apenas atire! — gritou ele do chão.
— Temos que ir — falei, puxando Arden para longe.
— Venha, Dira! — tentou Arden outra vez, enquanto corria de costas para longe da loja. — Venha...

Um tiro soou. Dira soltou um ganido horrível e cambaleou para longe, a lateral do corpo sangrando. O soldado ajudou o garoto a se levantar, então atirou na corrente que mantinha as portas fechadas até ela se partir. Os três homens saíram para o estacionamento.

Agarrei a mão de Arden, puxando-a em direção à floresta atrás do armazém, mas ela fez corpo mole, olhando para o prédio. Dira havia começado a mancar atrás dos homens, a pata traseira completamente paralisada.

— Arden, nós temos que ir — insisti, puxando-a. Os homens nos seguiram, mas Arden mal se mexia, seu pescoço virado para trás na direção do cão que sofria. — Venha — implorei.

Mas foi inútil. Em segundos, eles nos alcançaram.

— Lowell, pegue-a — falou o jovem soldado, apontando para Arden. O soldado pálido agarrou o cotovelo de Arden e prendeu seus braços às costas. Ela esperneou loucamente, mas o outro lhe agarrou as pernas, passando uma algema de plástico em volta dos seus tornozelos. Em um movimento rápido, ele a apertou e ela parou de chutar, as pernas torcidas e presas.

Enquanto eles a seguravam, outro vinha em minha direção. Tinha passos lentos. Sua perna estava em carne viva onde Dira o havia mordido, uma mancha de sangue se espalhando sobre o fino tecido verde do uniforme.

— Eu vou prendê-la — disse calmamente.

O rosto era mais anguloso do que eu me lembrava. O nariz tinha um grande calombo vermelho no arco, como se tivesse sido quebrado recentemente. Ele agarrou meu pulso, que puxei para baixo, como Maeve havia me mostrado tantas semanas antes, quando eu chegara em Califia. Ele escorregou de debaixo do polegar dele. Então me inclinei, me apoiando no chão, e acertei o cotovelo bem na virilha dele, fazendo-o se dobrar, os olhos vermelhos se enchendo de lágrimas.

Corri para cima dos outros dois. O soldado com a cicatriz pareceu surpreso logo antes de eu lhe dar um soco, com toda força que consegui, no pescoço. Ele soltou um som ofegante e cambaleou para trás, largando as pernas de Arden. O soldado pálido deixou Arden no chão e pulou em cima de mim, me pressionando contra o piso.

— Você tem sorte — sussurrou ao meu ouvido. Eu podia sentir a respiração quente e úmida contra minha pele. — Se você fosse qualquer outra pessoa, eu cortaria sua garganta. — Ele tirou uma algema de plástico do bolso e a passou pelos meus pulsos, apertando tanto que o sangue latejava nas minhas mãos.

O soldado jovem se levantou lentamente, fazendo um gesto ao outro com cicatrizes para pegar algo na floresta. Ele saiu cambaleando, a mão ainda no pescoço. Eu me virei para Arden. Ela estava encolhida no chão, chorando, os olhos fixos em Dira.

— Está tudo bem, garota — sussurrou. As bochechas estavam molhadas e manchadas. — Estou aqui, garota. Eu estou aqui. — Os ganidos do cachorro ficavam mais altos conforme ela se arrastava para a frente. O sangue escorria pela pata traseira imóvel.

O ar se encheu com o som familiar e dissonante do motor de um jipe. O soldado com cicatrizes trouxe o caminhão da floresta para o estacionamento vazio, enquanto os outros dois nos colocavam, uma por vez, na caçamba traseira.

— Chega — gritou o soldado pálido para Arden, incapaz de aguentar mais o choro dela. — Não aguento mais escutar isso.

O soldado com cicatrizes manobrou o jipe e começou a retornar para a estrada.

— Não podemos deixá-la assim! — pediu Arden, a voz embargada pelos soluços. — Não vê que ela está sofrendo?

Forcei minhas algemas, desejando poder abraçar Arden e reconfortá-la. As lágrimas ensopavam os cabelos e a camisa dela. Mas os homens a ignoraram, com os olhos na rampa que levava de volta à Estrada Oitenta. Ela se jogou contra a parte de trás dos assentos deles e gritou.

— Vocês não podem fazer isso, não podem deixá-la! — berrou. — Matem ela, por favor, por favor, matem ela — repetiu sem parar, até ficar sem fôlego. Exausta, apoiou a cabeça no assento. — O que há de errado com vocês? Simplesmente acabem com o sofrimento dela.

O mais jovem colocou a mão no braço do motorista, fazendo sinal para ele parar. O choro sofrido de Dira enchia o ar. Ela lambia a lateral do corpo, como se tentasse conter o sangue.

O garoto saltou e atravessou o estacionamento na direção dela. Não hesitou, apenas ergueu a arma. Virei o rosto. Ouvi o estrondo, vi o rosto contorcido de Arden e senti o ar ficar estático e silencioso.

Quando o carro saiu, Arden enterrou o rosto no meu pescoço, arfando com soluços baixos.

— Está tudo bem, Arden — sussurrei ao ouvido dela, minha cabeça apoiada sobre a dela. Mas as lágrimas só vieram mais depressa, o choro inconsolável enquanto o jipe se dirigia para leste, rumo ao sol nascente.

NOVE

Cinco horas depois, o jipe parou diante de um muro de quase 9 metros de altura, com hera serpenteando pela frente de pedra. Minha pele estava suada e queimada de sol, e as mãos e os meus pés haviam ficado dormentes por causa das algemas. Semicerrei os olhos para o sol, acordada e alerta. Meses em fuga, tantas quase capturas e evasões — nada disso havia importado. Tudo acabava agora, de qualquer maneira. A Cidade de Areia.

— Arden, acorde — sussurrei, cutucando-a nas costas. Ela havia adormecido algumas horas após o início da viagem, os soluços dando lugar à exaustão. O rosto estava vermelho e marcado pelas lágrimas, os olhos, quase fechados de tão inchados.

— Aqui é Stark — falou o soldado mais novo em um comunicador no banco da frente. — Nove-cinco-dois-um-oito-zero. Estamos com ela. — Eu me encolhi diante da arrogância que ele demonstrava agora que me mantinha sentada, com as mãos amarradas, na traseira do caminhão. Ele permaneceu no banco da frente durante a viagem de cinco horas, orientando o motorista em cada curva, atendendo o rádio quando este tocava. Os outros dois olhavam para ele antes de fazer qualquer coisa, como se estivessem pedindo permissão. Uma hora depois de começada a viagem, Arden e eu afrouxamos as amarras de plástico e tentamos pular do carro em movimento, mas o soldado no banco de trás nos viu e amarrou nossos pulsos à caçamba de metal do jipe.

O ar se encheu de estática.

— Abrindo o portão agora. Podem estacionar do lado de dentro — respondeu uma voz pelo comunicador.

Puxei a corda presa na minha algema.

— É menor do que eu achava que seria — sussurrou Arden, olhando para o alto do muro. Sua blusa estava folgada em volta do peito, expondo o topo da grossa cicatriz cor-de-rosa. — E toda aquela conversa sobre grandeza. Um monte de mentira.

Naqueles 12 anos em que eu estivera na Escola, sempre foi uma unanimidade entre as professoras e em todos aqueles pronunciamentos que eles transmitiam no salão principal: a Cidade de Areia era um lugar extraordinário, o centro da Nova América, uma cidade no meio do deserto, restaurada pelo Rei. Pip e eu havíamos conversado sobre nosso futuro dentro de seus muros, sobre os apartamentos de luxo gigantescos com vista para chafarizes luxuosos, sobre o trem que passava em um trilho acima da rua, as lojas cheias de roupas e joias restauradas. Sonhávamos com as montanhas-russas e parques de diversão, com os zoológicos e o Palácio enorme, repleto de restaurantes e lojas. Aquilo ali não era nada como a grande metrópole que havíamos imaginado. O muro dificilmente era mais alto do que o da Escola, e não havia torres cintilantes visíveis além dele.

O portão de metal rangeu e se moveu, abrindo-se lentamente. O soldado pálido, cujo nome era Lowell, saltou do jipe e deu a volta até Arden, cortando a corda que a amarrava à caçamba. Stark me soltou quando o portão se abriu completamente, expondo um prédio baixo de tijolos. Ele segurava meu braço, me passando da caçamba da caminhonete para o banco de trás.

— Não — murmurou Arden, quando nós duas percebemos onde estávamos, o corpo dela quase um peso morto quando ela desceu ao chão. — Eu não vou voltar.

Lowell puxava os braços dela, tentando fazê-la ficar de pé.

Paradas de cada lado do portão estavam Joby e Cleo, as duas guardas que faziam parte da Escola há tantos anos. Suas metralhadoras estavam apontadas para a floresta atrás de nós. Por trás, o prédio de tijolos parecia menor do que eu me lembrava, com uma fileira de janelas baixas e gradeadas. Havia um jardim gramado ao lado, cercado por um alambrado, o topo curvado para dentro a fim de impedir fugas. Algumas das meninas estavam do lado de fora, vestidas com idênticas camisolas azuis de hospital, sentadas a duas mesas largas de pedra.

O jipe avançou. Corri em direção a Arden, me jogando em cima de Lowell. Bati meu ombro na lateral do corpo dele, mas com as mãos amarradas para trás foi praticamente inútil. Ele recuperou rapidamente o equilíbrio, então começou a puxar Arden pelo portão. Cleo segurou as pernas dela para impedi-la de chutar.

— Não podem fazer isso — gritei.

A mão de Stark se fechou em volta do meu braço enquanto ele me acompanhava de volta ao jipe.

— O lugar dela é aqui — falou friamente.

Olhei para ela por cima do ombro. Arden lutava contra os soldados, os pés e mãos ainda amarrados. Lowell cobriu sua boca enquanto eles entravam na área cercada. Ele e Cleo a entregaram para as duas guardas ao lado da porta como se ela fosse um saco de arroz.

— Só um minuto — implorei, enterrando meus calcanhares na terra, recusando-me a dar mais um passo. Stark se virou para me olhar, mas a mão dele ainda estava no meu braço. — Não pode me ceder isso? Vocês a têm aqui, fizeram o que vieram fazer. Eu vou para a Cidade de Areia. Agora quero um minuto, só um, para me despedir. — Ele olhou para as cercas altas de cada lado do caminho de terra, então para o prédio à frente, a fachada de pedra com quase 10 metros de altura. Os soldados haviam estacionado o jipe de lado, bloqueando o portão. Eu não tinha para onde ir.

Stark finalmente me soltou.

— Você tem um minuto — disse. — Faça o que precisa fazer.

Comecei a subir o caminho de terra, minha pele formigando onde ele havia me segurado. Uma mulher saiu do edifício. Ela usava uma máscara de papel contra a boca. Empurrou uma cama de metal até a entrada, e Cleo amarrou Arden, trocando as amarras de plástico por outras mais grossas e resistentes de couro.

Meus olhos encontraram os de Arden. Quando ela me viu ali, além da cerca, relaxou o corpo.

— Não vou deixar fazerem isso com você — falei. — Não vou.

Ela abriu a boca para responder, mas Joby a puxou para dentro, o trinco clicando atrás delas. Ela se fora.

— E quanto a mim? — perguntou uma voz familiar.

Congelei, sabendo quem era antes de virar a cabeça. Ela estava a apenas 2 metros, as mãos agarrando o alambrado. Caminhei em direção a ela, observando os cabelos negros úmidos de suor, os hematomas em volta dos pulsos e tornozelos, a camisola áspera de papel que ia até os joelhos.

— Ruby — falei, baixando os olhos para sua barriga, escondida atrás da camisola. Ela não parecia estar grávida, pelo menos não ainda. — Você está bem.

Na noite em que fui embora, eu havia ficado ali, no vão da porta do nosso quarto, ouvindo a respiração das minhas amigas e imaginando quando seria capaz de voltar. Em Califia, toda vez que Maeve me ensinava alguma coisa — como usar uma faca, atirar uma flecha, subir por uma corda —, eu imaginava trazer as mulheres de Califia para a Escola, Quinn ou Isis ao meu lado enquanto investíamos pelo dormitório escuro, acordando as garotas de seu sono. Eu não havia imaginado as coisas acontecendo assim.

Os olhos de Ruby estavam semicerrados. Enquanto ela se agarrava à cerca, seu corpo balançava para a frente e para trás, os membros sem força.

— Qual é o problema? O que eles fizeram com você? — perguntei. Meus olhos miraram o pequeno gramado. Vi algumas meninas da minha sala e mais algumas da turma um ano acima, sentadas a mesas de piquenique de pedra. Maxine, uma garota com nariz empinado que fofocava incessantemente, estava com a cabeça deitada na mesa — Ruby?

— Afaste-se da cerca — gritou uma guarda lá de dentro. A mulher era baixa e corpulenta, as bochechas cobertas por marcas de acne. — Para trás! — Ela apontou a arma para mim, mas eu a ignorei; em vez disso, pressionei meu rosto contra o alambrado de tal forma que meu nariz quase tocava o de Ruby.

— Onde está Pip? — sussurrei. Ruby não olhou para mim, os olhos fixos em minhas botas cinza gastas. — Ruby, me responda — sibilei, com mais urgência. A guarda dentro do cercado estava vindo em nossa direção. Stark havia saltado do jipe. Não nos restava muito tempo.

Ruby olhou para o céu. A luz do sol bateu em seus olhos cor de avelã, iluminando os marrons e dourados escondidos em suas profundezas. *Diga alguma coisa*, pensei enquanto Stark andava em minha direção, com Lowell logo atrás. *Por favor, só diga alguma coisa.*

— Afaste-se da cerca, Eva! Já chega! — gritou Stark. Então voltou-se para a guarda. — Abaixe sua arma!

— Por favor — incitei.

Ela abriu os lábios.

— Para onde foram todos os pássaros? — perguntou, então apoiou a testa na cerca.

Stark agarrou o meu cotovelo. Ele ergueu a mão para a guarda, fazendo sinal para ela abaixar a arma.

— Muito bem, já chega. De volta para a caminhonete — resmungou, os dedos se enterrando na carne macia do meu braço.

Quando eles me colocaram de volta no jipe e me amarravam à caçamba mais uma vez, mantive os olhos em Ruby. Ela ainda estava apoiada na cerca, a boca se mexendo, como se nem tivesse percebido que eu fora embora.

Lowell ligou o motor e os pneus do jipe trituraram a terra dura. O portão se abriu. Senti a solidão familiar, a sensação incompreensível e vazia de não ter ninguém. O lugar que havia roubado Pip e Ruby de mim também havia capturado Arden. Observei o muro de pedra desaparecer por detrás das árvores enquanto o portão se fechava, tantos aspectos da minha vida ainda presos ali dentro.

DEZ

O sol se escondia atrás das montanhas. As florestas davam lugar a imensas extensões de areia. Permaneci sentada, amarrada ao interior de metal do jipe, meu corpo rígido e dolorido por tantas horas na caminhonete. Éramos forçados a dirigir pelo acostamento esburacado e duro ao lado do asfalto para evitar os muitos carros imóveis e carbonizados que bloqueavam a estrada. O jipe passou por baixo de placas gigantescas, o papel rasgado e descascando, imagens desbotadas ao sol. PALMEIRAS, dizia um. UM RESORT. TENTAÇÕES DEMAIS. Outro mostrava garrafas de líquido âmbar, o copo suado. A palavra BUDWEISER quase ilegível.

Dirigimos velozmente em direção aos muros da cidade. Torres gigantescas se erguendo do deserto, exatamente como haviam nos dito na Escola. Meus pensamentos estavam com Arden e Pip, amarradas àquelas camas de metal, e com Ruby e seu olhar desfocado. A pergunta dela não parava de voltar à minha mente: *E quanto a mim?* A culpa retornou. Eu não havia feito o suficiente. Fui embora naquela noite, presumindo que haveria uma chance de voltar. Mais tempo. Agora, com as mãos amarradas, do lado de fora da Cidade de Areia, não havia nada que eu pudesse fazer para ajudá-las.

Quando nos aproximamos do muro de 15 metros, Stark puxou um distintivo redondo do bolso e o ergueu para que os guardas o vissem. Após longa pausa, um portão se abriu na lateral do muro, grande o bastante apenas para o jipe passar. Nós entramos, então paramos em frente a uma barricada. Soldados cercaram o jipe, os rifles para fora.

— Declarem seus nomes — gritou alguém da escuridão. Stark ergueu o distintivo e recitou seu nome e número. Os outros dois homens na caminhonete fizeram o mesmo. Um soldado com pele bronzeada avaliava o distintivo, enquanto outros verificavam o carro, iluminando tudo: o vão sob a estrutura de metal, os rostos dos homens e o chão em volta de seus pés. Os feixes de luz correram por cima das minhas mãos, ainda em suas amarras de plástico.

— Uma prisioneira? — perguntou um dos membros da tropa. Ele manteve a luz da lanterna focada em minhas mãos. — Tem os documentos dela?

— Documentos não são necessários — respondeu Stark. — Esta é a garota.

O soldado me avaliou com olhos redondos, sorrindo afetadamente.

— Nesse caso, bem-vindo ao lar.

Ele fez um sinal para as tropas recuarem. A barricada de metal subiu. Stark pisou fundo no acelerador e dirigiu velozmente em direção à Cidade resplandecente.

Passamos por prédios com o interior iluminado, azul intenso, verde e branco, exatamente como minhas professoras haviam descrito. Eu me lembrava de estar sentada no refeitório da Escola, ouvindo os pronunciamentos do Rei pelo rádio, contando sobre a restauração. Hotéis de luxo estavam sendo transformados em prédios de apartamentos e escritórios. A água era fornecida por um reservatório local, o lago Mead. As luzes brilhavam no último andar de cada torre, as piscinas cintilavam um perfeito azul transparente, tudo provido pela grande represa Hoover.

O jipe acelerou através de um extenso canteiro de obras na periferia da Cidade. As dunas de areia tinham 3 metros de altura em alguns lugares. Tropas andavam pelo topo do muro, as armas apontadas para a noite lá fora. Passamos por casas desmoronando, pilhas de destroços e um cercado gigantesco cheio de animais de fazenda. O mau cheiro de lixo fazia minhas narinas arderem. Palmeiras enormes pairavam acima de nós, os troncos secos e marrons.

Conforme nos aproximávamos do centro da Cidade, o terreno se tornava mais aberto. Jardins se espalhavam à nossa esquerda, e um estacionamento de concreto surgia à direita. Aviões enferrujados repousavam em frente a um prédio decrépito com uma placa na qual se lia AEROPORTO MCCARRAN. Aceleramos por bairros destroçados e carcaças de carros velhos até edifícios emergirem à nossa volta, cada um mais grandioso do que o outro. Eram todos de cores diferentes, zumbindo com luz elétrica.

— Impressionante, não é? — perguntou o soldado com a cicatriz. Ele estava sentado ao meu lado no banco de trás, desenroscando a tampa de um cantil.

Fiquei olhando para o prédio à nossa frente: uma pirâmide dourada imensa. Uma torre verde se elevava à direita, a superfície de vidro refletindo a lua. Impressionante não era a palavra. As estruturas polidas eram diferentes de qualquer coisa que eu já tivesse visto. Eu só conhecera o território selvagem — estradas quebradas, casas com os telhados desabados, mofo que se espalhava sobre os muros da Escola. As pessoas caminhavam em passarelas de metal acima das ruas. Ao final da rua principal, uma torre ia até as estrelas, a antena vermelha brilhante contra o céu noturno. *Nós sobrevivemos*, a Cidade parecia dizer com cada arranha-céu cintilante, cada rua pavimentada ou árvore plantada. *O mundo vai continuar.*

O jipe era o único carro na rua. Ele se movia tão depressa que as pessoas passavam em um borrão. Eu podia ver que a maioria era do sexo masculino, devido aos ombros largos e silhueta pesada. Cachorrinhos brancos vagavam pela rua, quase um terço do tamanho da Dira.

— De que raça são? — perguntei.

— Rat Terriers — falou o soldado com a cicatriz. — O Rei fez uma criação para lidar com a infestação de roedores.

Antes que eu pudesse reagir, o jipe estava virando à esquerda, cortando uma rua comprida que serpenteava em direção a um prédio branco gigantesco. Soldados estavam posicionados ao longo de uma fileira de árvores estreitas, com metralhadoras às costas. Ergui os olhos para a extensa estrutura branca. A entrada principal era cercada por esculturas — anjos alados, cavalos, mulheres com cabeças cortadas. Após dirigir tantos quilômetros, nós havíamos chegado. O Palácio.

O Rei estava no andar de cima, esperando por mim.

Stark me tirou do jipe, me segurando pelo braço. Eu mal conseguia respirar quando entramos no saguão circular de mármore. O rosto do Rei me assombrara durante meses. Pensei na foto com a qual eu havia crescido na Escola. Os cabelos finos e grisalhos caíam sobre a testa. A pele era flácida em volta do queixo, e os olhos redondos estavam sempre observando, olhando para você onde quer que fosse.

Soldados perambulavam pelo saguão, alguns conversando, outros andando diante de um chafariz. Stark me levou através de um par de portas douradas para o interior de um pequeno elevador espelhado e digitou um código em um painel interno. As portas se fecharam, então começamos a subir e subir, meu estômago se revirando conforme os andares ficavam para trás — cinquenta haviam passado, depois mais cinquenta.

— Você vai se arrepender disso — falei, forçando as tiras de plástico em volta dos meus pulsos. — Vou contar a ele o que você fez. Como seus homens me jogaram no chão naquele estacionamento. Como ameaçaram me matar. — Baixei os olhos para o corte em meu braço; o sangue seco havia ficado preto.

Stark balançou a cabeça.

— O que for preciso — falou, a voz inexpressiva. — Essas eram minhas ordens. Fazer o que fosse preciso para trazê-la aqui. — Então se virou para mim, os olhos vermelhos. Agarrou a gola da minha blusa e me puxou de tal forma que meu rosto ficou a apenas alguns centímetros do dele. — Aqueles homens que você matou eram como irmãos para mim. Eles serviram comigo todos os dias por três anos. O Rei nunca irá puni-la pelo que você fez, mas vou me assegurar de que você nunca se esqueça do que aconteceu naquele dia.

As portas se abriram à nossa frente com um *ping!* assustador. As unhas de Stark se enterravam em meu braço enquanto ele me guiava para uma sala do outro lado do corredor acarpetado.

— Espere por ele aqui.

Em seguida puxou uma faca do bolso e cortou as amarras de plástico. Minhas mãos formigaram por causa do súbito fluxo de sangue.

A porta se fechou. Dei um salto e agarrei a maçaneta, sabendo, mesmo antes de tentar, que estaria trancada. Uma comprida mesa de mogno ficava no meio da sala, cercada por algumas cadeiras pesadas. Uma janela gigantesca dava vista para a Cidade, com um beiral de apenas 60 centímetros um pouco abaixo. Fui até o vidro, enfiando meus dedos por baixo, fazendo força.

— Por favor, abra — murmurei baixinho. — Por favor, só abra.

Eu precisava sair daquela sala. Não importava como.

— Elas estão lacradas — falou uma voz baixa. Minha espinha enrijeceu. Eu me virei. De pé sob o beiral da porta estava um homem de uns 60 anos, com cabelos grisalhos e pele frágil como papel.

Eu me afastei da janela, as mãos caindo ao lado do corpo. Ele usava um terno azul-escuro e uma gravata de seda, o brasão da Nova América bordado na lapela. Andou a passos largos, dando uma volta lenta em torno de mim, os olhos varrendo meus cabelos castanho-avermelhados desgrenhados, a blusa de linho ensopada de suor, os arranhões em volta dos pulsos, onde eu fora amarrada, e o ferimento no braço. Quando ele finalmente terminou a inspeção, parou diante de mim, então esticou a mão e acariciou minha bochecha.

— Minha linda menina — disse, passando o polegar sobre minha sobrancelha.

Dei-lhe um tapa para afastar sua mão e cambaleei para trás, tentando criar o máximo de espaço possível entre nós.

— Fique longe de mim — falei. — Não ligo para quem você é.

Ele só ficou parado, olhando. Então deu um passo para a frente, e mais um, tentando chegar mais perto de mim.

— Sei por que estou aqui — cuspi, contornando a mesa, andando para trás até ficar de encontro à parede. — E prefiro morrer a ter seu filho, está me ouvindo? — Levantei o braço para bater nele, mas ele segurou meu pulso, firmemente. Seus olhos estavam úmidos. Ele se inclinou para baixo até seu rosto estar no nível do meu.

Quando ele finalmente falou, cada palavra foi lenta e calculada.

— Você não está aqui para ter meu filho. — Ele soltou uma gargalhada estranha. — Você *é* minha filha. — E me puxou, acomodando minha cabeça nas mãos, e beijou minha testa. — Minha Genevieve.

ONZE

FICAMOS DESSA MANEIRA POR UM SEGUNDO, A MÃO DELE NA MInha nuca, até eu me libertar. Eu não conseguia falar. As palavras dele arremetiam dentro de mim e corrompiam tudo — passado e presente — com implicações terríveis.

Eu me senti tonta. O que minha mãe havia me contado? O que ela dissera? Sempre fomos só nós duas, desde que eu me lembrava. Não havia fotos do meu pai na parede acima da escada, nenhuma história sobre ele na hora de dormir. Quando eu finalmente estava grande o bastante para perceber que era diferente das crianças com quem brincava, a praga se alastrou, levando os pais delas também. Ele se fora, e isso era tudo que eu precisava saber, ela dizia. E ela me amava o suficiente pelos dois.

Ele retirou um pedaço de papel brilhante do bolso interno do casaco e o ofereceu para mim. Uma fotografia. Eu a peguei, analisando o retrato dele, muitos anos antes, o rosto ainda intocado pelo tempo. Parecia feliz, até mesmo bonito, com o braço em volta de uma mulher jovem de franja escura sobre os olhos. Ele estava olhando para ela enquanto ela fixava os olhos na câmera, sem sorrir. O rosto dela tinha a expressão confiante de uma mulher ciente da própria beleza.

Segurei a foto junto ao peito. Era ela. Eu me lembrava de todos os traços do rosto da minha mãe, a ligeira covinha no queixo, o modo como seus cabelos negros caíam sobre a testa. Ela estava sempre procurando um grampo para prendê-lo para trás. Naquele dia, antes de a praga vir, havíamos brincado de nos arrumar em meu quarto. Eu ainda podia ouvir as crianças do lado de fora, gritando e rindo, o som de skates no chão. Eu estava usando meus sapatos com laços cor-de-rosa. Ela pegou minha outra presilha de elefante e a colocou nos próprios cabelos, logo acima da orelha. *Olhe, minha doce menina*, disse, beijando minha mão, *agora nós somos gêmeas.*

— Eu a conheci dois anos antes de você nascer — começou o Rei. Ele me guiou até a mesa, puxando uma cadeira para mim. Eu obedeci, grata quando meu corpo se afundou na almofada, minhas pernas ainda tremendo. — Eu já era governador e estava participando de um evento para arrecadação de fundos no museu onde ela trabalhava. Ela era curadora antes de tudo acontecer — falou. — Mas tenho certeza de que você sabe disso.

— Eu não sei quase nada sobre ela. — Consegui dizer, olhando para os olhos dela na foto.

Ele ficou de pé atrás de mim, as mãos apoiadas no encosto da cadeira, olhando por cima do meu ombro.

— Ela estava fazendo um tour particular pelo jardim comigo, mostrando as tais plantas que cheiravam a alho e mantinham os cervos longe. — Ele sentou-se ao meu lado, passando os dedos pelos cabelos. — E havia algo no jeito como ela falava que me impressionou, como se estivesse sempre rindo de alguma piada que só ela entendia. Passei duas semanas ali, e depois mantivemos contato. Eu ia vê-la sempre que não estava em Sacramento. Mas em algum momento a distância foi grande demais para nós. Perdemos contato.

"Dois anos depois, a praga veio. Foi gradual no início. Havia relatos nos noticiários sobre a doença na China e em partes da Europa. Durante muito tempo pensamos que havia sido contida no exterior. Médicos americanos estavam criando uma vacina. Aí houve uma mutação. O vírus ficou mais forte; matava mais rápido. Chegou aos Estados Unidos, e as pessoas começaram a morrer aos milhares. A vacina foi posta no mercado às pressas, mas ela só retardava o progresso da doença, prolongando o sofrimento por meses. Sua mãe estava tentando entrar em contato comigo, mas eu não fazia ideia. Ela mandou e-mails e cartas, ligou antes de os telefones ficarem mudos. Quando fiquei de quarentena, descobri a correspondência em meu escritório. Um monte de cartas empilhadas sobre minha mesa, fechadas.

Eu me lembrava daquela época. Os sangramentos haviam piorado. Ela usava lenço atrás de lenço, tentando manter o nariz seco. Finalmente foi dormir uma tarde, o quarto escuro. A casa do outro lado da rua estava marcada com um *X* vermelho; o gramado ao lado, escavado, a terra revirada onde eles haviam enterrado os primeiros corpos. O silêncio me assustava. Todas as crianças haviam ido embora. Uma bicicleta quebrada estava caída no meio da rua. O carro do vizinho estava do lado de fora, esmagando a ponta de uma mangueira de jardim, quando me aproximei da porta. Entrei, procurando pelo casal que vira passando por ali tantas vezes, o homem com o chapéu marrom. Eu me lembrava do cheiro, denso e horrível, e da poeira que havia se acumulado nos cantos. *Precisamos de ajuda*, falei, enquanto dava alguns passos hesitantes para dentro da sala de estar. Então vi os restos dele no sofá. A pele estava escurecida, o rosto parcialmente encovado por causa do apodrecimento.

— Você nos abandonou — queixei-me, incapaz de esconder a raiva na voz. — Ela estava sozinha, ela morreu sozinha naquela casa, e você poderia tê-la ajudado. Eu estava esperando que alguém nos salvasse.

Ele cobriu minha mão com a dele, mas eu a puxei.

— Eu teria, Genevieve...

— Esse não é o meu nome — explodi. Segurei a fotografia contra o peito. — Você não pode simplesmente me chamar assim.

Ele se levantou e caminhou até a janela, as costas viradas para mim. Do lado de fora, o terreno além do muro estava escuro, nenhuma luz visível por quilômetros.

— Eu nem mesmo sabia que você existia até ler as cartas dela. — Ele suspirou. — Como pode ficar zangada comigo por causa disso? Eles tiveram que botar soldados à minha porta para impedir que as pessoas me atacassem. Eu era um dos poucos oficiais do governo em Sacramento que sobreviveu. As pessoas estavam convencidas de que eu possuía alguma cura mágica, que eu podia salvar suas famílias. Assim que o surto terminou, assim que tive os recursos, enviei soldados. Estava estabelecendo uma nova capital, temporária, e tentando reunir os sobreviventes. Eu os mandei à casa dela para encontrar as duas. Você já havia partido.

— Ela estava lá? — perguntei, minhas mãos entrelaçadas por cima da foto. Eu me lembrava dela de pé à porta, me soprando um beijo. Parecia tão frágil, os ossos se projetando por baixo da pele. Ainda assim, isso não me impediu de imaginar que as coisas poderiam ter sido diferentes. Que talvez, indo contra toda a lógica, ela pudesse ter sobrevivido.

— Eles encontraram seus restos mortais. — Ele se virou e veio em minha direção. — Foi quando comecei a procurar por você, primeiro nos orfanatos e, então, quando as Escolas foram montadas, nos registros destas. Mas não havia nenhuma menina chamada Genevieve em nenhuma delas; você já devia ter começado a usar Eva. Só quando eles mandaram as fotos da formatura e vi seu retrato, soube que estava viva. Você se parece tanto com ela.

— Devo acreditar nisso tudo baseada nesta única fotografia? — Eu a ergui.

— Existem exames — falou ele calmamente.

— Como posso confiar em qualquer coisa que você diz? Minhas amigas ainda estão naquela Escola. Estão todas lá por sua causa.

Ele contornou a mesa, dando um suspiro profundo.

— Não espero que você compreenda de imediato. Não tem como.

Soltei uma risadinha.

— O que há para compreender? Não parece haver nada de complicado no que você está fazendo. Elas estão todas lá, contra a vontade, por sua causa. Foi você quem começou os campos de trabalhos forçados e as Escolas. — Balancei a cabeça, tentando não perceber a forma como nossos narizes se inclinavam para a esquerda, ou como partilhávamos os mesmos olhos com pálpebras pesadas. Eu odiava os cabelos ralos dele, a fenda sutil no queixo, os vincos profundos nos cantos da boca. Não conseguia acreditar que era parente daquele homem, que partilhávamos histórico ou sangue.

A pele dele brilhava de suor. Ele cobriu o rosto, mas eu o encarei, recusando-me a desviar o olhar. Finalmente ele se virou e apertou um botão na parede.

— Beatrice, por favor, entre agora — comandou ele, a voz baixa. Ele espanou um fiapo da frente de seu terno. — Você teve um dia difícil, para dizer o mínimo. Deve estar cansada. Sua empregada a levará até seu quarto.

A porta se abriu. Uma mulher baixa de meia-idade entrou, vestida com uma saia e uma jaqueta vermelhas, o brasão da Nova América na lapela. O rosto era marcado por rugas profundas. Ela sorriu quando me viu e fez uma reverência, um "Vossa Alteza Real" escapando dos lábios.

O Rei pôs a mão em meu braço levemente.

— Durma bem esta noite. Eu a verei amanhã.

Comecei a andar rumo à porta, mas ele agarrou minha mão e me puxou para um abraço, me apertando com força. Quando se afastou, sua expressão era suave, os olhos fixos nos meus. Ele queria que eu acreditasse, estava claro, mas me fortaleci contra isso. Pensei apenas nos tornozelos amarrados de Arden, o corpo se contorcendo enquanto ela tentava se soltar.

Fiquei aliviada quando ele finalmente largou minha mão.

— Por favor, leve a Princesa Genevieve até sua suíte e ajude-a a trocar de roupa.

A mulher olhou para minhas calças esfarrapadas, para o sangue em meu braço, para os pedaços de folhas secas emaranhados em meus cabelos. Ela sorriu docemente enquanto ele desaparecia pelo corredor, os sapatos estalando no chão reluzente de madeira. Permaneci congelada, o coração batendo alto no peito, até a sala estar em silêncio, sem qualquer sinal dele.

DOZE

— E AQUI É ONDE VOCÊ VAI TOMAR SEU CHÁ DA TARDE — FALOU Beatrice, fazendo um gesto para o pátio gigantesco. Três paredes eram só de janelas, e o teto de vidro expunha o céu sem estrelas. Havíamos passado pela sala de jantar, pela sala de estar, pelas suítes de hóspedes trancadas e pela cozinha da empregada. Era tudo um borrão. *Ele é seu pai*, eu repetia para mim, como se fosse uma estranha dando a notícia. *O Rei é seu pai.*

Não importava quantas vezes eu revirasse a memória, parecia impossível. Senti o piso de tábua corrida debaixo dos meus pés. Absorvi o enjoativo cheiro da cidra doce fervendo no fogão ao final do corredor. Vi as paredes brancas estéreis, as portas de madeira polida, ouvi o *claque-claque-claque* dos saltos baixos de Beatrice. Mas ainda assim não conseguia acreditar que eu estava ali, no Palácio do Rei, tão longe da Escola, de Califia e do território selvagem. Tão longe de Arden, Pip e Caleb.

Beatrice andava dois passos à minha frente, me falando sobre a piscina coberta, tagarelando a respeito do número de fios dos lençóis. Ela continuou falando sobre as carnes e legumes frescos que eram entregues no Palácio diariamente, sobre o personal chef do Rei e algo chamado ar-condicionado. Não prestei atenção. Para todo lugar que eu olhava, via uma porta trancada com um painel ao lado.

— Todas as portas necessitam de um código para abrir? — perguntei.

Beatrice olhou para mim por cima do ombro.

— Só algumas. Sua segurança obviamente é muito importante, então o Rei pediu para eu não fornecer o código. Você pode me chamar pelo interfone se quiser alguma coisa e eu a levarei aonde precisar ir.

— Certo — murmurei. — Minha segurança.

— Você deve estar aliviada por estar aqui — continuou Beatrice. — Eu queria dizer o quanto lamento tudo pelo que você passou. — Observei enquanto ela digitava o código da suíte, tentando distinguir o máximo de números possíveis. Ela empurrou a porta para abri-la, expondo uma cama ampla, um lustre e um carrinho de servir com uma bandeja de prata coberta. Um leve cheiro de frango assado enchia o ar. — Eu soube o que aconteceu em território selvagem; o jeito como aquele Perdido sequestrou você, como ele matou aqueles soldados bem na sua frente.

— Um Perdido? — perguntei. A fotografia da minha mãe tremeu em minhas mãos.

— O garoto — disse ela, baixando a voz enquanto me guiava para dentro do banheiro. — O garoto que raptou você. Acho que ainda não é de conhecimento público, mas todos os funcionários do Palácio ficaram sabendo. Você deve estar tão grata ao Sargento

Stark por trazê-la de volta para cá, para o lado de dentro dos muros. Todo mundo está falando sobre a promoção iminente dele.

Meu estômago parecia oco. As palavras de Stark no elevador voltaram à minha mente, sua promessa de que nunca me deixaria esquecer o que havia acontecido naquele dia. Ele devia saber o que eu sentia por Caleb. Percebera como eu estava preocupada durante a viagem de jipe, podia ouvir o pânico na minha voz enquanto eu implorava para que ele costurasse a perna de Caleb. Tudo ficou doentiamente claro: como filha do Rei, eu nunca poderia ser executada na Cidade. Mas Caleb podia.

— Você entendeu errado. Caleb não matou ninguém. Eu não teria sobrevivido se não fosse por ele. — Tentei encará-la, mas ela se virou. Parada em frente à pia, girou a torneira, esperando até a água estar quente e soltando vapor.

— Mas é isso o que todo mundo está dizendo — repetiu. — Estão procurando o garoto em território selvagem. Há um mandado contra ele.

— Você não entende — consegui dizer. — Estão todos mentindo. Você não sabe o que o Rei fez lá fora. Ele é mau...

Beatrice arregalou os olhos. Quando ela finalmente falou, sua voz estava tão baixa que eu mal conseguia ouvi-la acima da água corrente.

— Você não quis dizer isso — sussurrou. — Não pode dizer essas coisas sobre o Rei.

Apontei para a janela, a terra se estendendo por centenas de quilômetros.

— Minhas melhores amigas estão presas naquelas Escolas neste momento. Estão sendo usadas como animais, como se nunca tivessem imaginado ou esperado nada diferente.

Deixei a fotografia cair no chão e apoiei a cabeça nas mãos. Ouvi Beatrice andando pelo quarto, abrindo e fechando gavetas. A água da torneira ainda corria. Ela se sentou ao meu lado, tirando minha camisa suja e encharcada de suor, ajudando-me a retirar as calças enlameadas. Ela esfregou um pano quente e ensaboado em minha nuca e o passou pelos meus ombros, removendo a sujeira de minha pele.

— Talvez você tenha entendido ou escutado errado — disse pragmaticamente. — É uma opção que as garotas têm nas Escolas; é sempre uma escolha. As que fazem parte da iniciativa de reprodução se ofereceram como voluntárias.

— Não se ofereceram, não — argumentei, sacudindo a cabeça. — Elas não se ofereceram. Nós não... — Mordi meu lábio inferior. Eu queria odiá-la, aquela mulher estúpida que estava me contando sobre a *minha* Escola, *minhas* amigas, *minha* vida. Eu queria pegar-lhe o braço e apertá-lo até ela escutar. Ela precisava escutar; por que simplesmente não o fazia? Mas então ela passou a toalhinha pelas minhas costas, erguendo delicadamente as alças finas do meu top. Limpou a sujeira de minhas pernas e de meus dedos do pé, e esfregou a lama atrás de meus joelhos. Fez aquilo com tanto carinho. Após tantos meses fugindo, dormindo nos porões frios de casas abandonadas, a ternura dela era quase demais para suportar.

— Eles nos caçaram — continuei, deixando meu corpo relaxar só um pouco. — As tropas caçaram Caleb e eu. Eles o esfaquearam. E minha amiga Arden foi arrastada de volta para aquela Escola. Ela estava gritando. — Fiz uma pausa, esperando que argumentasse, mas ela estava ajoelhada ao meu lado, a toalhinha pairando acima do talho no meu braço.

Ela virou minhas mãos, olhando fixamente para a linha vermelho-azulada em volta do meu pulso, onde as amarras haviam estado. A toalha escorregou por cima da marca, trabalhando na carne viva, o sangue agora uma casca fina e roxa.

— Não devíamos falar sobre as tropas desse jeito — criticou devagar, menos segura. — Eu não posso. — Ela ergueu o olhar para mim, os olhos implorando para que eu parasse. Finalmente, virou-se de costas e pegou uma camisola que havia estendido em cima da cama.

Peguei o vestido de babados das mãos dela e o passei pela cabeça. Eu queria chorar, deixar meu corpo arfar com os soluços, mas estava exausta demais. Não havia sobrado nada dentro de mim.

— Ele não pode ser meu pai — balbuciei, sem me importar se ela me ouvia. — Simplesmente não pode ser. — Então me deitei na cama e fechei os olhos.

Beatrice sentou-se ao meu lado, as molas do colchão rangendo sob seu peso. Pressionou uma toalhinha limpa em meu rosto, enxugando em volta da linha do meu couro cabeludo e das minhas bochechas, então a dobrou e a colocou suavemente sobre meus olhos. O mundo ficou escuro.

O dia havia sido demais para mim. A esperança de ver Caleb, o ataque dos soldados, Arden e Ruby, e o Rei com suas declarações — o peso daquilo caiu em cima de mim, me imobilizando. Beatrice ainda estava bem ao meu lado, os dedos gentis esfregando minhas têmporas, mas ela parecia tão longe.

— Você não está se sentindo bem — arriscou. — É — repetiu para si enquanto eu adormecia. — Deve ser isso.

TREZE

O REI SAIU PARA O DEQUE DE OBSERVAÇÃO E FEZ UM GESTO PARA que eu o seguisse. Minhas pernas ficaram bambas conforme eu olhava para o mundo minúsculo centenas de andares abaixo. O muro envolvia a Cidade em uma laçada gigantesca, estendendo-se por quilômetros além da aglomeração central de prédios. Imensos campos de lavoura brotavam ao leste. Velhos armazéns se estendiam para oeste. O terreno junto ao muro era repleto de ruínas, montes de lixo e carros enferrujados e desbotados pelo sol.

— Suponho que você nunca tenha estado tão alto antes? — perguntou o Rei, olhando para minhas mãos, que agarravam o corrimão de metal. — Antes da praga, havia prédios como este em todas as grandes cidades, cheios de escritórios, restaurantes, apartamentos.

— Por que me trouxe aqui? — perguntei, olhando para os corrimãos baixos à minha frente, a única coisa que evitava uma queda. — Qual é o objetivo disso? — Eu havia passado o dia nos andares mais altos do Palácio. Meu braço recebera pontos e um curativo. Eu havia ficado de molho na banheira, entupindo o ralo com terra e pedacinhos de folhas mortas. O Rei insistira para que eu o acompanhasse àquela torre imensa, o tempo todo tagarelando a respeito da Cidade *dele*. *Minha* Cidade agora.

Ele caminhava com facilidade pelo deque estreito.

— Eu queria que você visse o progresso por si só. Esta é a melhor vista de toda a Cidade. O Stratosphere costumava ser o ponto de observação mais alto dos Estados Unidos, mas agora o usamos como torre de vigilância principal do exército. Daqui de cima um soldado pode ver por quilômetros. Tempestades de areia, gangues. No caso de um ataque surpresa de outro país ou de uma das colônias, seremos avisados com bastante antecedência.

Ali dentro, a torre de vidro estava repleta de soldados. Eles espiavam por telescópios de metal, varrendo as ruas abaixo. Alguns estavam sentados a mesas, com fones de ouvido, escutando mensagens de rádio. Vi meu reflexo nas janelas. A área abaixo de meus olhos estava inchada. Eu havia acordado no meio da noite, tentando resolver o que fazer a respeito de Caleb. Sabia que podia botá-lo em perigo ainda maior só por mencionar seu nome. Mas também sabia que Stark não iria parar de procurar por ele.

— Há algo que você precisa saber — falei após um longo tempo. — Stark mentiu para você. O garoto que estava em território selvagem comigo... não foi ele quem atirou nos soldados.

O Rei congelou diante do corrimão de metal. Ele se virou para mim, franzindo os olhos contra o sol.

— O que quer dizer?

— Não sei o que Stark lhe disse, mas aquele garoto me ajudou em território selvagem. Ele me salvou. Fui eu que atirei nos soldados quando eles o atacaram. — Minha garganta estava apertada. Tudo o que eu conseguia enxergar era o corpo do soldado caindo no chão, o sangue formando uma poça embaixo dele.

— Você não pode puni-lo — continuei. — Tem que suspender as buscas. Foi legítima defesa. Eles iam matá-lo.

O Rei se virou, a cabeça ligeiramente inclinada para o lado.

— E se fossem? O que ele representa para você? Esse tal de Caleb, a pessoa para quem você mandou a mensagem naquela noite.

Dei um passo para trás ao ouvir o nome dele, sabendo que havia revelado demais.

— Eu não o conhecia bem. — Minha voz estava trêmula. — Ele foi meu guia na travessia da montanha.

Ele semicerrou os olhos para mim.

— Não me interessa o que ele disse a você, Genevieve. Perdidos podem ser incrivelmente manipuladores. São famosos por se aproveitarem das pessoas em território selvagem. — Ele apontou acima do horizonte, para onde as montanhas encostavam no céu. — Há uma organização deles que comercializa mulheres como você. Qualquer garota que consigam encontrar.

Enxuguei o suor da minha testa, lembrando-me de Fletcher, da caminhonete, das barras de ferro que cauterizaram a minha pele. Havia verdade no que ele dizia, mas, para começo de conversa, se não fosse pelo Rei, nenhuma de nós estaria em fuga. Não haveria nada do que fugir.

— Isso é melhor do que o que você faz? Qual é a alternativa? Encher nossas cabeças com mentiras e nos mandar para um prédio para parirmos crianças que nunca veremos crescer, nunca poderemos abraçar ou alimentar ou amar?

— Eu fiz escolhas — disse ele, o rosto subitamente corado. Olhou de volta para o prédio, observando os soldados posicionados aos telescópios de metal. Aí continuou, a voz muito mais baixa do que antes: — Você só viu uma fração desse mundo, e mesmo assim julga. Fui eu quem tive que tomar as decisões difíceis. — Ele pressionou o dedo contra o peito. — Você não entende, Genevieve. Os Perdidos que vivem em território selvagem, até mesmo algumas pessoas dentro desses muros, falam sobre o que não fiz. Sobre o que poderia ter feito, sobre como ouso escolher isso ou aquilo para o povo da Nova América. Mas o mundo não é mais o mesmo. Tumultos acontecem em todos os lugares. O Noroeste foi ameaçado por enchentes. Centenas de hectares no Sul arderam em chamas. Aqueles que sobreviveram à praga morreram quando o fogo se alastrou. Eles dizem que querem opções, mas não havia nenhuma. Fiz o que precisava para que as pessoas pudessem sobreviver.

Ele me guiou até a beira da plataforma, o vento chicoteando nossos cabelos.

— Descobrimos que podíamos usar a represa Hoover e o lago Mead na restauração. Tínhamos que nos proteger de outros países em recuperação que pudessem nos ver como vulneráveis. Tomamos a decisão de reconstruir aqui, usando a energia da represa. — Ele apontou para além da avenida principal. — Um hospital foi restaurado nos primeiros dois anos. Além de uma escola, três prédios de escritórios e moradia suficiente para cem mil pessoas. Os hotéis foram convertidos em apartamentos. Os campos de golfe foram transformados em hortas, três fazendas de produção foram erguidas no ano seguinte. As pessoas não tinham mais que se preocupar com ataques de animais ou assaltos de gangues. Se alguém quiser atacar a Cidade, vai ter que caminhar pelo deserto durante dias e, então, passar pelo muro. E melhorias estão sendo feitas todos os dias. Charles Harris, nosso Diretor de Desenvolvimento, tem reformado restaurantes, lojas e museus, trazendo toda a vida de volta a este país.

Eu me afastei dele. Não importava o bem que ele houvesse feito ou quantos prédios tivessem surgido da poeira. Seus homens eram os mesmos que haviam me caçado.

— Fomos capazes de restaurar um poço e uma refinaria de petróleo. — Ele me seguiu, inclinando-se para baixo para me encarar. — Faz ideia do que isso significa?

— E quem trabalha nessas refinarias? — retruquei, pensando em Caleb e em todos os meninos nos abrigos subterrâneos. — Quem construiu estes hotéis? Você tem usado escravos.

O Rei balançou a cabeça.

— Eles receberam casa e comida em troca de trabalho. Acha que alguém receberia aquelas crianças em seus lares? As pessoas mal conseguiam alimentar as próprias famílias. Nós lhes demos um propósito, um lugar na História. Não há progresso sem sacrifício.

— Por que é você quem decide quem deve ser sacrificado? Ninguém deu opção para meus amigos.

Ele se inclinou para tão perto que eu podia ver os pontinhos de azul dentro de suas íris cinza.

— Está havendo uma corrida agora. Quase todos os países do mundo foram afetados pela praga, e todos estão tentando se reconstruir e se recuperar o mais depressa possível. Todo mundo está imaginando quem vai ser a próxima superpotência. — Ele não parava de me encarar, recusando-se a desviar o olhar. — Eu decido porque o futuro deste país, porque as nossas vidas, dependem disso.

— Com certeza havia outro jeito — tentei. — Você obrigou todo mundo...

— As pessoas não estavam tendo filhos após a praga — disse ele, uma risada baixa escapando dos lábios. — Eu podia ter falado sobre o declínio populacional, estatísticas, apelado à razão, oferecido incentivos. Ninguém queria criar um filho neste mundo. As pessoas estavam apenas tentando sobreviver, apenas tentando cuidar dos seus. Sim, isso está mudando agora, pouco a pouco. Casais estão tendo filhos novamente. Mas este país não podia se dar ao luxo de esperar. Precisávamos de novas moradias, de uma capital, de uma população próspera, e precisávamos disso imediatamente.

Fiquei olhando para os prédios descorados pelo sol, suas fachadas desbotadas em cores pastel marcantes — azuis, verdes e rosa. Era fácil ver o que havia sido restaurado na rua principal: as cores eram mais vibrantes, o vidro cintilava ao sol do meio-dia. As ruas pavimentadas não tinham destroços, mato e areia. E então havia o pedaço de terra do lado de fora, perto do muro, tão diferente de todo o resto. Prédios devastados estavam semicobertos de areia, os telhados desabados. Placas haviam caído. Palmeiras apodrecidas sujavam as ruas. Nas fazendas, vacas mexiam-se com dificuldade nos currais lotados, fazendo o chão parecer uma massa preta ondulante. Carcaças enferrujadas de carros estavam enfileiradas em um estacionamento vazio. Do alto, a melhoria era clara — os prédios ou estavam restaurados ou destruídos e açoitados pela areia. O Rei ou os havia salvo ou os deixado para apodrecer.

— Não posso perdoá-lo pelo que fez. Meus amigos ainda são prisioneiros. Seus soldados mataram pessoas boas enquanto me caçavam; eles nem mesmo titubearam quando atiraram nelas. — Pensei em Marjorie e em Otis, que haviam me dado abrigo na Trilha, nos escondendo em seu porão antes de serem mortos.

O Rei se voltou para a torre.

— Em território selvagem, a prioridade dos soldados é se proteger. Não estou justificando; não vou justificar. Mas eles aprenderam por experiência própria que encontros com Perdidos podem ser mortais. — Ele soltou um suspiro profundo e puxou o colarinho de sua camisa. — Não espero que você entenda, Genevieve. Mas eu a encontrei porque você é minha família. Eu quero conhecê-la. Quero que esta Cidade a reconheça como minha filha.

Família. Fiquei revirando a palavra na cabeça. Não era o que eu sempre havia desejado também? Pip e eu ficávamos acordadas à noite, falando sobre como seria se fôssemos irmãs, crescendo no mundo antes da praga, em alguma casa normal de alguma rua normal. Ela se lembrava de um irmão, dois anos mais velho, que a havia carregado nas costas pela floresta. Eu desejara, esperara e quisera muito aquilo naqueles últimos dias, sozinha com minha mãe naquela casa. Eu ansiara por alguém ao meu lado para se sentar comigo à porta do quarto dela, escutando o leve farfalhar de seus lençóis, alguém para me ajudar a suportar o som daquelas terríveis tosses secas. Mas agora que eu tinha família, eu não a queria mais — não desse jeito. Não o Rei.

— Não sei se posso fazer isso — comentei.

Ele apoiou uma das mãos em meu ombro. Estava tão perto que eu podia ver a fina camada de areia em seu terno.

— Nós planejamos um desfile para amanhã — disse ele finalmente. — Está na hora de o povo saber que você está aqui, hora de você assumir seu lugar como Princesa da Nova América. Pode cogitar nos acompanhar?

— Não parece que tenho escolha — repliquei. Ele não respondeu. Meu estômago se revirou. Arden estava em algum quarto frio, e eu estava ali, bem acima da Cidade, a filha do Rei, discutindo sobre um desfile. — Você tem que libertar minhas amigas — falei. — Arden, Pip e Ruby ainda estão naquela Escola. Tem que suspender a busca por Caleb. Fui eu...

— Não podemos mais discutir isso — falou o Rei, sua voz baixa. Ele se voltou para o prédio, onde um soldado estava olhando pelo telescópio de metal para algo além de nós. — Dois soldados estão mortos. Alguém tem que ser responsabilizado. — Ele franziu os olhos para mim, como se para dizer *E não vai ser você*.

— Pelo menos diga que vai libertar minhas amigas. Prometa-me isso.

Lentamente, a expressão dele se suavizou. Ele passou o braço em volta do meu ombro. Ficamos parados ali, olhando para a Cidade abaixo. Eu não me afastei. Em vez disso, deixei-o acreditar que éramos um, iguais, unidos lado a lado.

— Entendo suas motivações. Vamos aproveitar o desfile amanhã, nos dar algum tempo. Prometo que vou pensar a respeito.

QUATORZE

O CONVERSÍVEL PRETO SE ARRASTAVA PELA RUA PRINCIPAL, ACE-lerando e então parando, como uma barata assustada. Eu ia atrás com Beatrice, o Rei no carro à nossa frente. Havia quase meio milhão de pessoas na Cidade, e parecia que todas haviam comparecido ao desfile. Estavam de pé, as mãos esticadas por cima das barricadas que cercavam a rua, aplaudindo e acenando. Havia uma placa pendurada na lateral de um prédio, BEM-VINDA, PRINCESA GENEVIEVE, pintada em letras maiúsculas vermelhas.

Nós fomos em frente. O Palácio ficava logo adiante, a aglomeração de enormes prédios brancos a cem metros de distância. Um pedestal de mármore tinha sido colocado diante do chafariz. Um pódio de madeira estava voltado para a maior multidão de todas, reunida na rua bem em frente. Eu não conseguia parar de pensar em Caleb, nas tropas que o rastreavam através do território selvagem. Eu não havia dormido. Minha cabeça doía, uma dor entorpecente e constante.

— Princesa! Princesa! Aqui! — gritou uma garota. Não podia ser muito mais velha do que eu, os cabelos em um emaranhado de cachos pretos. Ela saltitava. Mas eu olhei para além dela, para o homem pairando acima de seu ombro. Os cabelos dele estavam tão oleosos que grudavam na testa, o queixo áspero por causa da barba de vários dias.

O carro diminuiu a velocidade, esperando o Rei saltar de seu veículo na frente dos degraus do Palácio. O homem abriu caminho pela multidão aos empurrões. Eu agarrei o assento, subitamente procurando pelos soldados que estavam posicionados pela extensão do desfile, armas nas mãos. O mais próximo estava um metro e meio atrás de mim, seus olhos fixos no veículo do Rei. O homem se aproximou.

Então ergueu uma das mãos, arremessando uma grande pedra cinza pelo ar. Tudo ficou em câmera lenta. Eu a vi vindo em minha direção em um arco nítido. Mas antes que pudesse me alcançar, o carro deu um solavanco. A pedra passou por trás de minhas costas e ricocheteou na barricada mais distante, fazendo a multidão entrar em pânico.

— Ele jogou a pedra nela! — gritou para o soldado uma mulher corpulenta com uma echarpe azul enquanto a pedra derrapava pelo chão, parando ao lado do meio-fio. — Aquele homem jogou uma pedra na Princesa! — Ela apontou para o homem do outro lado da rua. Este já estava abrindo caminho bruscamente para longe do Palácio, em direção às vastas extensões de terra além do centro da Cidade.

— Você está bem? — Um soldado correu até o carro, apoiando a mão na porta. Mais dois seguiram correndo atrás do homem.

— Estou — respondi, arfante. Três soldados cercaram o carro conforme nos aproximávamos do Palácio. — Quem era ele? —

perguntei a Beatrice, varrendo a multidão com os olhos atrás de mais rostos zangados.

— O Rei fez da Cidade um ótimo lugar — falou Beatrice, sorrindo para os soldados que agora caminhavam ao lado do carro. — Mas ainda há alguns que estão infelizes — disse ela, a voz bem mais baixa. — Muito infelizes.

Um dos soldados abriu a porta do carro para que saíssemos em direção à gigantesca escada de mármore. Os gritos da multidão abafavam meus pensamentos. Pessoas se inclinavam por cima das barricadas, as mãos esticadas em minha direção.

Beatrice parou para segurar a cauda do vestido vermelho de gala que eu usava, e eu me ajoelhei ao lado dela, fingindo ajeitar o sapato.

— Como assim? — perguntei, lembrando-me do que o Rei dissera sobre as pessoas que questionavam suas escolhas. Os olhos dela voaram para um soldado de pé a alguns centímetros de distância, esperando para me acompanhar ao meu assento. — Você é infeliz aqui? — sussurrei.

Beatrice soltou uma risada desconfortável, os olhos voltando ao soldado.

— O povo está esperando por você, Princesa — disse. — Temos que ir. — Ela se levantou em um movimento ágil, afofando a cauda do vestido.

Subi a escadaria, os soldados me cercando. A multidão ficou em silêncio. O sol do meio-dia era inclemente. O Rei se levantou para me receber, pressionando os lábios finos uma vez em cada lado do meu rosto. O sargento Stark sentou-se ao lado dele. Ele havia trocado seu uniforme por um terno verde-escuro, com medalhas e distintivos marcando a frente. Ao lado dele estava um homem baixo e rechonchudo, a careca rosada e suada por causa do sol. Eu me sentei no assento vazio ao lado dele enquanto o Rei tomava seu lugar no pódio.

— Cidadãos da Nova América. Estamos juntos neste dia glorioso para festejar minha filha, a Princesa Genevieve. — Ele fez um gesto para mim e a multidão vibrou, os aplausos ecoando pelos gigantescos edifícios de pedra. Olhei diretamente para a frente, observando a multidão que se espalhava pelas calçadas da Cidade e para dentro dos becos. Espectadores se penduravam para fora dos andares mais altos de prédios. Outros estavam na passarela, as palmas das mãos contra o vidro.

— Por 12 anos ela ficou dentro de uma de nossas respeitadas Escolas, até ser descoberta e devolvida a mim. Enquanto Genevieve estava ali, ela se superou em todas as matérias, aprendeu a tocar piano e a pintar, e usufruiu da segurança do complexo protegido por guardas. Ela, como tantas das alunas da Escola, recebeu uma educação ímpar. As professoras me informaram sobre seu compromisso com os estudos e sobre seu entusiasmo ilimitado, descrevendo-o como similar ao espírito no qual nossa nação foi construída há tantos anos, e no qual foi agora reconstruída.

"Isso tudo é um testemunho do sucesso de nosso novo sistema educacional e um tributo ao nosso Diretor de Educação, Horace Jackson.

O homem baixo fez uma reverência, aceitando a explosão de aplausos. Olhei para ele com nojo, seu ombro a centímetros do meu. O suor escorria pela lateral da sua cabeça e ficava preso nos cachos finos de cabelo grisalho.

O Rei continuava falando sobre meu retorno, sobre como ele estava orgulhoso por me trazer até ali, para aquela Cidade que fora fundada em 1º de janeiro há mais de uma década.

— A Princesa teve sorte. Em sua viagem até a Cidade de Areia, ela foi acompanhada pelos bravos soldados da nação, entre eles o corajoso e leal sargento Stark. Foi ele quem a encontrou, quem pôs a própria vida em risco para trazê-la de volta para nós.

Stark se levantou para receber uma medalha. O Rei continuou falando sobre o serviço e comprometimento dele, detalhando suas realizações enquanto o promovia a tenente.

Fechei os olhos, recolhendo-me para dentro de mim. Tudo desapareceu: os gritos, os regozijos, a voz retumbante que eu ouvira pelo rádio tantas vezes. Lembrei-me de deitar ao lado de Caleb naquela noite na montanha, os suéteres grossos e bolorentos que usávamos funcionando como um muro indesejável entre nós. Ele me puxara para perto de si, meu corpo descansando contra o dele para se aquecer. Havíamos ficado assim a noite inteira, minha cabeça no peito dele, ouvindo o tamborilar tranquilo de seu coração.

— E agora, para concluir — falou o Rei animadamente —, eu gostaria de apresentá-los mais uma vez à Geração Dourada, às brilhantes crianças que vieram diretamente das iniciativas de reprodução. Todos os dias, mulheres estão oferecendo seus serviços para apoiar a Nova América e ajudar a restaurar todo o potencial deste país. Todos os dias nossa nação se torna mais forte, menos vulnerável a guerras e doenças. Conforme crescemos em números, chegamos mais perto de voltar ao nosso rico passado, de nos tornarmos o povo que éramos; a nação que inventou a eletricidade, as viagens aéreas e o telefone. A nação que colocou um homem na Lua.

Com isso, as pessoas irromperam em aplausos frenéticos. Um cântico começou em algum lugar nos fundos da multidão e se alastrou em ondas até a frente, um imenso oceano de sentimentos.

— Nós vamos nos erguer de novo! Nós vamos nos erguer de novo! — repetiam, as vozes se tornando uma só.

A multidão diante do rei parecia vulnerável e desesperada. Seus rostos eram magros, os ombros encurvados. Alguns tinham cicatrizes feias; outros, a pele queimada de sol e grossa como couro, com vincos profundos nas testas. Um homem de pé em cima da marquise de um hotel não tinha um braço. As professoras haviam falado frequentemente sobre o caos nos anos pós-praga. Ninguém ia ao hospital por medo da doença. Braços quebrados recebiam talas feitas com pernas de cadeiras, cabos de vassoura. Ferimentos eram costurados com linha de costura e membros infeccionados, amputados com serrotes. As pessoas saqueavam lojas. Sobreviventes eram atacados a caminho de casa ao voltar dos supermercados. Seus carros eram roubados; as casas, arrombadas. Pessoas morriam brigando por uma garrafa d'água. *O pior era o que faziam com as mulheres*, contara a professora Agnes olhando para fora da janela, a moldura esburacada e quebrada nos pontos em que as grades haviam sido removidas. *Estupros, raptos e abusos. Minha vizinha levou um tiro quando se recusou a entregar sua filha para uma gangue.*

O Rei pigarreou, fazendo uma pausa antes de voltar ao discurso.

— Ter me tornado seu líder foi a maior honra da minha vida. Nós embarcamos em uma longa viagem, e eu *vou* levá-los até o fim. — A voz dele falhou. — Não vou decepcioná-los.

O Rei tomou seu assento ao meu lado. Ele agarrou minha mão, apertando-a. Olhando para a multidão, era fácil acreditar que ele estava certo — que *havia* salvado as pessoas dentro dos muros da Cidade. Elas pareciam calmas, até mesmo felizes, na presença dele. Fiquei imaginando se eu era a única que pensava agora nos meninos nos campos de trabalhos forçados ou nas meninas que ainda estavam presas dentro das Escolas.

Havia crianças reunidas atrás de nós, em tablados. Todas tinham cerca de 5 anos — a mesma idade de Benny e Silas —, mas eram muito menores. Os meninos vestiam blusas e calças brancas engomadas, as meninas, os mesmos vestidos usados na Escola, cinza com o brasão da Nova América preso na frente.

— *Amazing Grace* — cantou ao microfone uma menina com uma longa trança castanho-avermelhada. — *How sweet the sound that saved a wretch like me. I once was lost but now am found...**

O coro se juntou a eles, balançando o corpo enquanto cantavam, as vozes cortando o ar da Cidade. Provavelmente as mães deles eram as garotas que haviam se formado cinco anos antes de mim. Pip e eu costumávamos observá-las de nossa janela no andar de cima. Nós adorávamos o jeito como elas andavam, como jogavam o cabelo, como pareciam tão femininas e lindas caminhando pelo gramado. *Eu quero ser igualzinha a elas*, dissera Pip, inclinando a cabeça por cima do beiral de pedra. *Elas são tão... cool.*

A multidão estava emocionada. Alguns passavam os braços em volta de amigos, outros ficavam de olhos fechados. Uma mulher abaixou a cabeça para chorar, enxugando o rosto com a manga da camisa. Quase desviei o olhar, mas algo atrás dela me chamou a atenção. Um homem estava de pé a apenas um metro da barricada de metal. Todas as outras pessoas estavam absortas pela música. Ele permanecia no centro delas todas. Não se mexia. Não prestava atenção às crianças atrás de mim, ao Tenente Stark ou ao Rei. Olhava só para mim.

Então ele sorriu. Mal foi perceptível — só um movimento minúsculo dos lábios, um brilho nos olhos verde-claros. A cabeça dele havia sido raspada. Ele estava mais magro e usava um terno marrom-escuro, mas meu corpo inteiro o conhecia, as lágrimas vindo rapidamente enquanto olhávamos um para o outro, deixando a verdade assentar.

Caleb havia me encontrado.

Ele estava na Cidade de Areia.

---

* *N. do E.*: Como é doce o som que salvou um miserável como eu. Eu estava perdido, mas agora fui encontrado.

QUINZE

A CANÇÃO TERMINOU. EU CONTINUEI OLHANDO PARA O ROSTO dele, para seus malares proeminentes, a boca que beijei tantas vezes. Tive que me forçar a desviar o olhar. Caleb estava vivo, estava ali, nós íamos ficar juntos. Os pensamentos vieram todos de uma vez. Aí olhei para a mão do Rei cobrindo a minha. A presença de Stark, a apenas dois assentos de distância, fez meu estômago revirar. As tropas estavam atrás dele. Todo mundo o queria morto.

O Rei ficou de pé, esticando a mão para alcançar meu braço. Eu deixei que ele o segurasse, minhas pernas tremendo, bambas, conforme nos virávamos em direção ao Palácio. Foi necessário um momento antes de eu perceber que ele nos guiava de volta para dentro, para os andares mais altos, muito acima da Cidade. Para longe de Caleb.

Não consegui me conter.

— Espere. Eu gostaria de saudar a multidão.

Ele parou ao lado do chafariz, estudando meu rosto como se meus traços houvessem mudado. Eu esperava que ele não tivesse captado o desespero em meus olhos, a maneira como meu olhar era atraído de volta para onde Caleb estava, um boné agora lhe cobrindo o rosto.

— É uma bela ideia. — Ele levou minha mão à boca, beijando-a, um gesto que enrijeceu minha espinha. Em seguida fez um sinal ao tenente e ao Diretor de Educação para que continuassem a entrar.

Soldados nos cercaram. Conforme descíamos as escadas, eu espiava a multidão. Caleb estava lá, a apenas alguns metros, tentando ter vislumbres de mim enquanto abria caminho, aproximando-se da barricada para apertar minha mão.

As palmeiras acima de nós não ofereciam alívio do calor. Olhei para trás. O tenente desapareceu dentro do Palácio, engolido pelo mar de criancinhas, suas professoras guiando-as em direção ao shopping do Palácio sob promessas de sorvete.

— Princesa Genevieve! — gritou uma mulher com óculos tortos, quase derrubando a barricada de metal. — Bem-vinda à Cidade de Areia! — Ela tinha cerca de 30 anos e usava um vestido floral desbotado. Sua pele estava rosada e úmida devido ao sol do meio-dia.

Estiquei o braço, segurando a mão dela.

— Estou feliz por estar aqui — falei, as palavras subitamente parecendo verdadeiras. O Rei estava ao meu lado, acariciando a cabeça de um menino de 12 anos. Ele estava a não mais do que 30 centímetros de mim, ocasionalmente sorrindo, às vezes apoiando a mão em minhas costas. Continuei varrendo a multidão com os olhos, ficando tensa conforme Caleb se movimentava por entre ela, o boné se aproximando de mim. — É um prazer conhecê-la.

Caleb estava a apenas 2 metros agora, a distância entre nós diminuindo a cada minuto que passava. Um homem me pediu para autografar um pedaço de papel; outro me perguntou o que eu achava da Cidade, se já estivera no alto da Torre Eiffel, a versão miniatura que ficava bem do outro lado da rua. Respondi de maneira monossilábica, imaginando se o Rei conhecia a aparência de Caleb. Não era tarde demais. Eu ainda podia dar meia-volta antes que ele chegasse mais perto.

Mas não o fiz. Em vez disso, tentei ter vislumbres dele no meio da multidão, vendo o queixo anguloso que eu havia segurado uma vez, agora livre da barba por fazer. A pele dele não tinha mais o tom marrom-avermelhado e escuro como no território selvagem. Ele parecia mais magro, porém saudável, os lábios fixos em um sorriso sutil.

Um soldado caminhava de um lado a outro na frente da barricada. Ele arrastava um cassetete pelos anéis de metal, produzindo um som horrível de *bap-bap-bap-bap*. Eu segui o olhar dele, absorvendo a cena como ele a via, imaginando se havia percebido o rapaz de boné escuro. Mas ele pousou os olhos por uma mulher de vestido branco justo, os seios transbordando pelo decote.

Caleb se aproximava devagar enquanto eu descia a fileira, apertando mão após mão. Beijei um bebê na cabeça, sentindo o cheiro de talco na pele, gostando de como seu cabelo macio roçava meu pescoço. Estiquei a mão para uma mulher mais imersa na multidão, sentindo os olhos de Caleb em mim conforme ele se aproxima. A mão sedosa cedeu sob meu toque, a luz resplandecente do meio-dia revelando as sardas claras na pele branca. O Rei ainda estava ao meu lado. A voz era cristalina enquanto ele agradecia a um homem pelo apoio.

Segurei a mão de uma mulher mais velha, me afastando de meu pai. Caleb estava bem atrás do ombro dela, nem meio metro de distância.

— É um prazer conhecê-la, Princesa — disse ele, esticando a mão para eu apertar.

— Sim, obrigada — falei, oferecendo um ligeiro aceno de cabeça. Nós ficamos assim por apenas um instante. Eu queria passar meus dedos pelos dele, puxá-lo para perto de mim, tão perto a ponto de o queixo dele tocar meu ombro, o rosto se aninhar em meu pescoço. Queria os braços dele em torno de mim, juntando nossos corpos até que fôssemos um novamente.

Mas o soldado se virou de novo para a multidão. Abandonou a mulher de vestido branco e me circundou, gritando com um homem que estava em cima de uma lata de lixo para ter uma visão melhor. O Rei se afastou da barricada de metal e fez um sinal para que voltássemos para o Palácio. Um menino louro esticou a mão por cima do braço de Caleb, implorando para dizer oi.

Caleb me liberou para eles.

Eu fiquei ali, vozes de estranhos aos meus ouvidos, minha mão ainda quente do toque dele. Levei um segundo para processar o pedacinho minúsculo de papel enfiado entre meus dedos, dobrado tantas vezes que havia ficado menor do que uma moeda de um centavo. Pus a mão no pescoço, enfiando o papelote na gola do vestido.

— Bem-vinda, Princesa — disse o adolescente, enquanto segurava minha mão. — Estamos tão felizes que esteja aqui.

Fiquei ali, congelada sob o olhar de meu pai, enquanto Caleb se afastava. Aí, tão subitamente quanto havia aparecido, ele puxou o boné para baixo e sumiu.

DEZESSEIS

Uma hora depois, o conservatório estava cheio de gente. Mulheres com vestidos de baile passeavam pelo jardim interno, admirando as rosas cor de pêssego e hortênsias em flor. Esculturas gigantes de balões adejavam por cima da multidão. Depois que o desfile terminou, muitos dos moradores da Periferia, como o Rei os chamava, haviam desaparecido nos cantos mais distantes da Cidade, onde a terra era nua exceto por algumas casas e motéis. Outros tomaram os trens elevados de volta aos prédios. Só um grupo pequeno — membros da Elite — fora convidado para a recepção do desfile. Alguns esperavam na fila para andar nos balões gigantes. Outros poucos entravam nas cestas embaixo deles e subiam até o teto de vidro.

Fiquei parada ali observando tudo, incapaz de parar de sorrir. Caleb estava vivo. E dentro dos muros da Cidade. Apertei a gola do vestido, sentindo o pedacinho de papel, só para ter certeza de que era real.

— Não é incrível? — Um rapaz se pôs ao meu lado. Ele tinha uma espessa juba de cabelos negros e um rosto forte e anguloso. Um grupo de mulheres se virou quando ele se aproximou. — Passou a ser um dos meus lugares favoritos no shopping do Palácio. De manhã é tranquilo, quase vazio. Você chega a ouvir os pássaros nas árvores. — Ele apontou para alguns pardais em um galho acima de um pequeno chafariz.

— É impressionante — respondi, prestando atenção parcialmente. Eu olhava com atenção para a frente enquanto o Rei cumprimentava o Diretor de Finanças e o Diretor de Agricultura, dois homens de terno escuro que sempre pareciam estar sussurrando um para o outro. Eu não me importava com eles naquele momento. Não odiava a multidão parabenizando o tenente. Tudo parecia mais adequado agora, a Cidade inteira um lugar mais viável. Após o desfile eu fugira para o banheiro, saboreando alguns momentos de solidão no lugar frio. Caleb havia desenhado um mapa de um lado do papel. Uma linha serpenteava para fora do Palácio e para o outro lado da passarela, onde o terreno era menos desenvolvido. Havia um *X* rabiscado em uma rua sem saída. Corri os dedos pela mensagem, lendo-a sem parar. *Encontre-me à 1h*, ele escrevera no final da página. *Use apenas a rota marcada.*

O homem ainda me observava, os lábios retorcidos em uma diversão silenciosa. Eu me virei para ele, pela primeira vez percebendo os olhos azuis translúcidos, a pele impecável e branca, a maneira como ficava parado com uma das mãos no bolso, tão seguro.

— Eu acho que *você* é impressionante — sussurrou ele.

O calor subiu pelas minhas bochechas.

— É mesmo? — Eu sabia agora, pelo tom brincalhão na voz, a forma como se inclinava para a frente enquanto falava: ele estava flertando.

— Li no jornal sobre sua aventura, sobre como você se perdeu em território selvagem durante todos aqueles dias. Sobre como sobreviveu depois de ter sido raptada por aquele Perdido.

Balancei a cabeça, tomando cuidado para não revelar demais.

— Então você leu uma matéria e agora acha que me conhece?

Fiquei olhando para os jardins do conservatório, para Reginald, Diretor de Imprensa do Rei — o sujeito que escrevera a história. Ele era alto, com a pele morena e cabelo grisalho cortado rente. O Rei nos apresentara brevemente um dia depois de eu ter chegado ao Palácio. Reginald nunca se deu ao trabalho de me perguntar sobre as marcas rosadas em meus pulsos ou as manchas em meu braço. Ele não me perguntou muita coisa. Em vez disso, inventou completamente uma história sobre como escapei da Escola para encontrar meu pai, que eu nem sabia ser o Rei. Sobre como viajei através de território selvagem até ser raptada por um Perdido cruel. A matéria terminou com uma citação de Stark detalhando como eu fora "salva".

— Nunca entendi os Perdidos. — Ele sacudiu a cabeça. — Quem escolheria aquela vida quando pode ter isto? — Ele fez um gesto para o aposento.

Meus pensamentos vagaram para Marjorie e Otis à mesa da cozinha, satisfeitos por viverem por conta própria, livres das regras do Rei.

— Muita gente.

O homem semicerrou os olhos para mim, como se não tivesse certeza de que havia me escutado corretamente. Eu estava prestes a pedir licença quando o Rei começou a vir em nossa direção.

— Genevieve! — gritou ele, o rosto se abrindo em um sorriso genuíno. — Vejo que já conheceu Charles Harris. Era dele que eu estava lhe falando. — Ele fez um gesto para o teto abobadado, os jardins plantados e piso de mármore. — A família dele supervisionou quase todos os projetos de construção e restauração dentro dos muros da Cidade. Sem ele, a Cidade de Areia não seria o que é.

Então aquele era o Diretor de Desenvolvimento. Parecia surpreendentemente normal com sua camisa social engomada e enormes olhos azuis. Cada centímetro dele parecia indicar que era decente, até mesmo bondoso — uma pessoa confiável. Fiquei imaginando se era ele quem fazia os meninos labutar nos campos de trabalhos forçados ou se mandava outra pessoa fazer isso.

— Eu estava dizendo à Genevieve como é incrível que ela tenha chegado aqui em segurança. Um testemunho de sua força, tenho certeza.

— Estou feliz que ela esteja em casa. — O Rei tinha um copo na mão. — Charles está aqui na Cidade desde que ela foi fundada. Sua família foi uma das sortudas; seu pai e sua mãe sobreviveram à praga. Eles doaram bens para ajudar a financiar a nova capital. Seu pai foi Diretor de Desenvolvimento até morrer, no ano passado.

Analisei Charles, seu rosto reluzente e barbeado, e cabelos densos negros. Ele não devia ser mais do que cinco anos mais velho do que eu. Tão pouco o separava dos meninos na caverna — os pais deles haviam morrido, os de Charles, não.

— Foi uma honra assumir o legado de meu pai — disse simplesmente.

O Rei fez um gesto para o teto em formato de cúpula.

— Este foi o primeiro projeto de Charles. Ele passou uns bons seis meses estudando as plantas recuperadas do conservatório, olhando fotos de antes da praga para fazer tudo certinho. Com algumas melhorias, é claro.

Charles apontou para o outro lado do domo.

— Um avião pequeno havia batido naquele lado do conservatório, deixando um buraco gigantesco no teto.

O quarteto de cordas no canto iniciou uma música, e alguns casais se aventuraram até o meio do aposento para dançar. Pessoas batiam os copos uns nos outros, brindando. O Rei ergueu a mão, acenando para que duas mulheres se aproximassem. A mais jovem parecia ter a minha idade, com cabelo cor de palha e lábios finos e acetinados. A outra era parecida com ela, porém mais velha, os cílios grudados com rímel espesso. Seu cabelo estava penteado em um rígido chanel louro.

— A hora perfeita — começou o Rei, apoiando a mão nas costas da mulher mais velha. — Genevieve, quero que conheça minha cunhada, Rose, e minha sobrinha, Clara. Rose era casada com meu falecido irmão.

O Rei havia mencionado ambas no dia anterior — minha tia e minha prima. Ofereci a mão para a garota, mas ela desviou o olhar como se não tivesse percebido. Em vez disso, Rose rapidamente a segurou.

— Estamos felizes que esteja aqui, Princesa — disse ela lentamente, como se pronunciar cada palavra exigisse um grande esforço.

Os olhos de Clara miraram Charles e então a mim, depois voltaram a Charles. Ela chegou perto, apoiando a mão em seu braço.

— Vamos dar uma volta de balão, Charles — falou baixinho.

Ela se virou para mim, avaliando o vestido de cetim no qual Beatrice me ajudara a entrar, os sapatos com fivelas douradas nas laterais, o coque baixo no qual meus cabelos foram presos. Eu estava na presença dela havia menos de cinco minutos, mas podia ver com absoluta certeza que me odiava.

Charles deu um passo à frente.

— Eu estava prestes a convidar Genevieve — disse ele. — Ela ainda não foi e é uma novidade que todo cidadão deve experimentar. Prometo que a levo mais tarde. — Ele me ofereceu o braço. Clara olhou fixamente para mim, as bochechas coradas.

— Na verdade, eu queria olhar a estufa — falei, apontando para um aposento fechado de vidro do outro lado do conservatório, as flores exuberantes preenchendo cada centímetro.

— Charles pode ir com você — disse o Rei, me incentivando na direção dele.

— Eu prefiro ir sozinha — falei, acenando com a cabeça para Charles como um pedido de desculpas. O braço dele ainda estava esticado, esperando que eu o tomasse.

Ele levou um instante para se recuperar, uma risada baixa lhe escapando dos lábios.

— É claro. — Ele olhou para o grupo enquanto falava. — Você deve estar exausta por causa do desfile. Quem sabe outra hora? — Ele me analisou como se eu fosse um animal exótico com o qual nunca tivera contato.

O Rei abriu a boca para falar, mas eu me virei e saí andando pelo conservatório, rumo à estufa, aliviada quando finalmente fiquei sozinha outra vez. Do lado de fora do teto de vidro, o céu já estava alaranjado, o sol mergulhando atrás das montanhas. A recepção findaria em breve. Em poucas horas eu veria Caleb, e tudo aquilo — o Palácio, o Rei, Clara e Charles — ficaria para trás.

Caleb está vivo, repeti para mim. Aquilo era tudo o que importava. Estiquei a mão para a gola de meu vestido. O quadradinho ainda estava ali dentro, apertado de encontro ao meu coração.

DEZESSETE

Quando voltei para a suíte, comecei a trabalhar, vasculhando o armário atrás de alguma coisa discreta para vestir. Os cabides estavam pesados com vestidos de seda, casacos de pele e camisolas rosa-pétala. Procurei nas gavetas abaixo, escolhendo um suéter preto e o único par de jeans que recebera permissão para ter, apesar de Beatrice ter me advertido a não usá-lo fora do quarto. Tirei o vestido, finalmente capaz de respirar.

Desdobrei o minúsculo mapa de papel, um lado desenhado com as indicações, o outro com o bilhete de Caleb. Ele dizia que tinha um contato no Palácio, alguém que havia deixado uma sacola para mim na escadaria do sétimo andar. Se eu conseguisse sair, caminharia dez minutos pela rua principal, até o prédio marcado com um X.

Se eu conseguisse sair.

Era uma ideia idiota. Eu sabia disso. Abotoei meus jeans, calcei meias e sapatos, e prendi o cabelo para trás. Arrumei os travesseiros e edredom para parecer que cobriam um corpo adormecido. Era tolice pensar que eu poderia sair do Palácio sem ser notada, que poderia encontrar meu caminho pela Cidade. Devido ao rígido toque de recolher — as ruas ficavam desertas das dez da noite até às seis da manhã, uma regra que o Rei estabelecera para manter a ordem —, eu seria a única pessoa nas calçadas. Se alguém me seguisse, chegaria diretamente a Caleb.

Mas conforme eu me esgueirava em direção à porta, escutando qualquer som no corredor, não conseguia pensar em mais nada. Ele estava lá. Apenas algumas ruas nos separavam. Eu o havia abandonado uma vez e não faria isso novamente.

Levantei a tampa de metal do painel na parede. O código começava com 1-1, eu sabia disso. Foram os números mais fáceis de pegar. Eu achava ter visto um 3 e outro 1 no final, mas era difícil saber ao certo; os dedos de Beatrice sempre se movimentavam muito depressa quando ela estava indo e vindo. Pressionei minha orelha contra a porta. Não conseguia ouvir nada. Ela provavelmente estava no final do corredor agora, botando copos vazios dentro da pia enquanto conversava com Tessa, a cozinheira. Ainda assim minhas mãos tremiam enquanto eu digitava o 1, aí outro 1, um 2, um 8, e finalmente o 3 e o 1 no final.

Ele apitou duas vezes. Tentei abrir a porta, mas estava trancada. Apoiei minhas testa na parede, tentando desesperadamente me lembrar. Podia ter sido um 7, não um 8, que eu vira. Podia ter sido um 2, não um 3. Podia ter sido qualquer coisa.

Números, combinações e códigos passaram pela minha cabeça. Então tive um lampejo súbito do Rei no pódio, antes de Stark receber sua medalha. *Fizemos um progresso tremendo*, ele dissera, *desde o dia em que o primeiro cidadão chegou aqui, em 1º de janeiro de dois mil e trinta e um.*

Antes que pudesse duvidar de mim, digitei os seis números: 1-1-2-0-3-1. Nada aconteceu. A tranca não apitou. A tampa de metal se fechou. Virei a maçaneta e, pela primeira vez, ela cedeu. A porta se abriu, me libertando para o corredor silencioso.

Era bom estar fora da suíte, com suas janelas lacradas e banheiro frio de azulejos, o sofá tão duro que era como sentar em um bloco de cimento. Do lado de fora, as luzes estavam mais fracas. Ouvi um barulho de louça vindo da cozinha, onde os funcionários estavam limpando para encerrar a noite. Olhei para a direita e para a esquerda, andando ao longo da parede, os nervos dando um nó no estômago enquanto eu me aproximava aos poucos da escada leste.

Espiei pela janelinha retangular na porta. A escada estava vazia. Havia outro painel na parede. Digitei o mesmo código, caminhando devagar, tomando cuidado para não fazer barulho. A tranca se abriu e corri pela porta, tentando ignorar o que havia além do corrimão estreito: um vão aberto cinquenta andares acima do chão. Segui pela escada, descendo de dois em dois degraus.

Quando estava quatro andares abaixo, uma porta se abriu em algum lugar acima de mim.

— Aonde você vai? — gritou uma voz. Congelei, pressionando meu corpo contra a parede, fora de vista. Tudo ecoava na escada de concreto. Até minha respiração me traía. — Eu posso ouvi-la! — Aquela voz, seu tom... Eu soube de pronto que se tratava de Clara. Ouvi o *claque* de seus sapatos contra o chão de cimento quando ela veio atrás de mim.

Saí correndo. Voei escada abaixo, sem parar até descer mais dez andares. Os passos silenciaram. Afastei-me alguns centímetros da parede e olhei para cima. Eu podia ver as mãos de Clara agarrando o corrimão, suas unhas pintadas de vermelho-sangue.

— Eu sei que você está aí! — gritou ela de novo. Continuei em frente, deixando-a ali, no alto da torre, chamando meu nome.

Quando cheguei ao sétimo andar, havia uma sacola esperando por mim, como Caleb tinha prometido. Dentro havia um uniforme do Palácio. Eu me troquei rapidamente, cobrindo os olhos com o boné, e continuei escada abaixo. O lance de escadas se abria para um corredor largo com portas de metal dos dois lados. Eu conseguia ver dentro do shopping do Palácio através de uma das janelinhas. O teto era pintado de azul, nuvens brancas esponjosas estendendo-se por ele. As lojas estavam todas fechadas, uma escrito TIME&AGAIN JOIAS em negrito, outra GUCCI RESTAURADA. Um soldado andava de um lado para o outro da primeira até a última loja, as costas para mim. Dois outros montavam guarda na porta rotativa.

Desci pelo corredor largo até a placa de SAÍDA. O contato de Caleb havia enfiado uma bola de papel no batente da porta, fazendo com que fosse impossível trancá-la. A maçaneta cedeu com facilidade. Do lado de fora o ar estava mais frio, o vento cobrindo tudo com uma camada fina de areia. A rota que Caleb havia marcado estava bem à minha frente. Havia tropas posicionadas na entrada e nos fundos do Palácio. Eu podia vê-los por entre as árvores estreitas, cinco soldados reunidos olhando para trás ocasionalmente. Saí correndo, me abaixando atrás do chafariz, semiescondida pela parede alta de arbustos.

Eu me virava de vez em quando a fim de me assegurar de que as tropas não estavam me seguindo. Um nó se alojou no fundo da minha garganta. Clara me vira. Naquele exato momento, ela podia estar acordando o Palácio inteiro, alertando os soldados posicionados em cada andar. Mantive a cabeça baixa, acalmada por cada passo firme. Eu estava do lado de fora, atravessando a cidade, já a caminho para encontrar Caleb. O que estava feito, estava feito.

As ruas estavam escuras, os prédios altos lançando um brilho sinistro no chão. Ouvi os jipes patrulhando o outro lado do centro da Cidade. Muito acima de mim, janelas cintilavam com luz. Cruzei a passarela como o mapa mandava, me mantendo próxima aos prédios do outro lado. Palmeiras secas se enfileiravam pela rua estreita. Alguns dos prédios ainda não haviam sido reformados. Um restaurante estava abandonado, mesas e cadeiras cinzentas de poeira.

Toda vez que eu ouvia um jipe na rua ao meu lado, o mapa mostrava uma curva, e eu ia na direção oposta, o barulho do motor sumindo ao fundo. O prédio que Caleb havia marcado era quase um quilômetro e meio a leste do trem, a entrada em um beco atrás de um teatro. Conforme eu me aproximava, meus passos ficaram mais leves, meu corpo flutuando, vívido de nervoso.

O beco estava escuro, o ar denso com o cheiro de lixo apodrecendo. Entrei pela porta marcada no mapa. Estava escuro como breu. Tateei meu caminho pela parede e por uma escada estreita que levava para dentro da parte inferior do prédio. Fumaça pairava no ar. Em algum lugar, alguém estava cantando. Os murmúrios de vozes distantes rodopiavam à minha volta. Eu me esgueirei, tropeçando nos últimos degraus, até chegar ao fim da escada, na frente de outra porta.

Havia um mulher de vestido de paetês prateados no palco; atrás dela, uma banda de três pessoas. Ela cantava em um microfone igual ao que o Rei usara no desfile. Uma canção triste e lenta flutuava até os fundos da sala. Um homem com um saxofone se inclinou para a frente, acrescentando algumas notas graves. Casais rodopiavam em uma pista de dança lotada, uma mulher aninhando o rosto no pescoço de um homem enquanto dançavam, os quadris balançando com o ritmo. Outros se reuniam em reservados aconchegantes, rindo em meio a copos quase vazios.

Cigarros acesos descansavam em cinzeiros de plástico, a fumaça espiralando até o teto.

As paredes eram cobertas por telas pintadas. Uma mostrava os prédios da Cidade pontilhados com luzes vermelho-sangue, fazendo cada arranha-céu parecer sinistro. Um quadro gigantesco estava pendurado atrás do bar. Fileiras de crianças retratadas com camisas brancas engomadas e shorts azuis, como os que a Geração Dourada usava, mas com rostos inexpressivos e sem traços, cada um intercambiável com o outro. Passei os olhos por todas as pessoas na sala, procurando por Caleb no bar ou no grupo de homens reunido perto da porta. Nos fundos, à direita do palco, havia um vulto sentado sozinho em um reservado. O rosto dele estava escondido debaixo da aba do boné. Ele torcia algo entre os dedos, perdido em uma concentração silenciosa.

A canção acabou. A mulher com vestido de paetês apresentou os integrantes da banda e fez uma piada. Algumas pessoas atrás de mim riram. Permaneci enraizada no lugar, observando-o brincar com o guardanapo de papel, vendo o jeito como ele mordia o lábio inferior com força. De repente, como se sentindo minha presença ali, ele ergueu os olhos, seu olhar encontrando o meu. Ficou olhando para mim por um momento, o rosto se iluminando com um sorriso.

Então ele se levantou, diminuindo o espaço entre nós. Quando a mulher começou a cantar novamente, ele me alcançou, afundando o rosto no meu pescoço. Ele passou os braços com força em volta dos meus ombros, me puxando tanto que meus pés saíram do chão. Ficamos ali enquanto a música crescia à nossa volta. Nossos corpos se encaixavam perfeitamente, como se nunca devêssemos ter ficado separados.

DEZOITO

— Eu estava ficando preocupado — disse ele, quando finalmente me soltou. Ele afastou gentilmente mechas de cabelo dos meus lábios molhados. — Achei que tinha sido idiota em lhe dar aquele bilhete, em pedir que viesse. — Ele segurou meu rosto entre as mãos, inclinando meu queixo para cima para poder ver debaixo do meu boné. — Você devia saber que não deve deixar um garoto esperando. — Ele riu. — Foi uma tortura.

— Estou aqui agora. — Segurei os pulsos dele e os apertei, sentindo os ossos logo abaixo da superfície da pele. Ele sorriu, os olhos marejados. — Estou realmente aqui.

Ele enterrou o rosto no meu pescoço, os lábios contra minha pele.

— Senti tanta saudade de você.

Ele me abraçou com força. Acariciei-lhe a nuca. Havia algo na maneira que ele me abraçava, agarrando-se a mim, expulsando o ar do meu corpo, que me sobressaltou.

— Eu estou bem — falei baixinho, tentando reconfortá-lo. A respiração dele ficou mais lenta. — Estamos aqui, juntos. Estamos bem — repeti.

Ele olhou para mim, passando os dedos pelas minhas maçãs do rosto e pelo arco de meu nariz. Aí apertou os lábios nos meus, deixando-os ficar ali por um instante. Saboreei o cheiro familiar da pele dele, a barba por fazer contra minha bochecha, as mãos em meus cabelos. Agarrei a cintura dele, desejando que pudéssemos ficar sempre assim, a lua eternamente no céu, a Terra parada em seu eixo.

Após longo tempo, fomos para o reservado onde ele estivera esperando. A mulher com vestido de paetês ainda estava cantando, a melodia lenta e doce enquanto ela descrevia um trem da meia-noite para Geórgia. Alguns homens nos observavam atentamente do bar enquanto davam goles em copinhos com líquido escuro. A luz das velas dançava nos nossos rostos. Caleb continuava segurando minha mão.

— Onde estamos? — perguntei, ajeitando meu boné para que escondesse meus olhos.

— É um bar clandestino — disse Caleb. — Eles servem o próprio álcool. As pessoas vêm aqui para beber, fumar, sair depois do toque de recolher... todas as coisas que o Rei proibiu na Cidade.

Levei minha mão ao rosto, com medo de que alguém me reconhecesse do desfile.

— É seguro? Eles sabem quem você é?

— Todo mundo aqui é culpado de alguma coisa. — Ele baixou a voz, apontando para um homem que jogava cartas no canto mais afastado. Um relógio de ouro descansava na mesa diante dele, juntamente a alguns anéis de prata. — Jogatina, consumo de álcool, tabagismo, troca de mercadorias "por baixo dos panos", como eles chamam. Bens que não são comprados com os cartões de crédito emitidos pelo governo devem ser negociados através do jornal. Você pode ser mandado para a prisão só por vir aqui. — Ele pegou o guardanapo com o qual estivera brincando. Estava retorcido em uma rosinha branca. — Bem, talvez *você* não seria presa, *Genevieve*. — Ele sorriu, enfiando a flor de papel atrás da minha orelha.

Coloquei a mão na perna direita dele, onde ele fora esfaqueado. Eu podia sentir a cicatriz sob as calças finas, a linha que seguia na direção do outro joelho.

— O que aconteceu com você? — perguntei finalmente. — Esse tempo todo antes de chegar até aqui. Pensei em você todos os dias. Eu não devia tê-lo deixado ir embora. Fiquei com tanto medo...

— Você fez a coisa certa; nós dois fizemos. — Caleb se aproximou devagar e passou os braços em volta de mim, massageando meu pescoço onde doía. — É estranho, mas eu sempre soube que você voltaria para mim. O como e quando não estavam claros, mas eu sabia.

— Eu tinha esperanças — falei, mantendo a mão na perna dele.

Caleb sacudiu a cabeça e sorriu.

— Algum dia poderia ser mais perfeito do que hoje? — Ele me beijou uma vez, então duas, os lábios se acomodando nas curvas da minha orelha. — Eu acordei, e a Cidade estava falando sobre a nova Princesa, a filha do Rei que havia voltado das Escolas. Corri o caminho todo da Periferia até o centro da Cidade como um completo idiota. Todo mundo achou que eu fosse só mais um dos seus fãs. Eu não parava de pensar: ela voltou para mim.

Eu me aproximei mais dele.

— Conte o que aconteceu quando você deixou Califia. Preciso saber de tudo.

Caleb apertou minha mão.

— Fiquei em São Francisco, em uma casa bem do outro lado da ponte. Foi difícil caminhar, mesmo com o ferimento costurado. Durante algum tempo, vivi de figos e frutas silvestres colhidos no parque local. Mas aí passou um dia, depois outro, e eu estava fraco demais para andar. Fiquei encurralado.

"Em algum momento, quando estava realmente desesperado, tentei caminhar um quarteirão para encontrar comida. Desabei na calçada. Não tenho certeza de quanto tempo fiquei lá; um dia, talvez alguns. Só me lembro de um cavalo vindo em minha direção. Tentei rastejar para dentro de uma loja, me esconder, mas era tarde demais. Um homem me içou para sua garupa, e eu desmaiei. Acordei horas depois. Ele estava me dando água. Aí finalmente mencionou Moss.

— Moss? — perguntei, lembrando-me do nome. — O que organizou a Trilha?

— Ele está operando de dentro da Cidade agora — disse Caleb, a voz quase inaudível. Ele olhou rapidamente em volta do cômodo antes de falar. Só um casal dançava, a mão da mulher sobre o coração do homem. — Ele estava trabalhando por dentro quando chegou o relato sobre as tropas mortas no pé da montanha. Aquele soldado disse onde havia me visto pela última vez, como eu fora esfaqueado, com quem eu estava. Moss sabia que eu devia estar levando você para Califia. Então veio e me encontrou. Forjou meus documentos para parecer que eu era só mais um Perdido procurando refúgio na Cidade. Ele vem organizando grupos dentro dos muros, os dissidentes.

— Os dissidentes? — Mantive a voz baixa, grata quando o trompete soltou algumas notas altas. Todo mundo à nossa volta estava absorto na própria conversa, brindando com os copos.

— Há oposição ao regime. Moss me trouxe aqui para liderar uma obra... Estamos construindo túneis por baixo do muro para trazer mais pessoas para lutar. Em algum momento, vamos contrabandear armas de fora. Há três túneis ao todo. Moss está falando sobre uma revolução, mas sem armas ficamos indefesos contra os soldados.

Caleb mantinha os lábios perto de meu ouvido enquanto me contava sobre a Periferia, os quarteirões vastos e desertos além da rua principal da Cidade, onde velhos hotéis baratos estavam sendo usados como moradia para as classes mais baixas. Alguns moravam em armazéns, outros em prédios caindo aos pedaços, sem água quente ou até mesmo encanamento. O regime designara as moradias baseado nos recursos com os quais os indivíduos eram capazes de contribuir depois da praga. O governo designou empregos. A maioria dos moradores da Periferia trabalhava limpando os apartamentos de luxo e prédios de escritórios no centro da Cidade, como funcionários das lojas no shopping do Palácio ou gerenciando os novos entretenimentos que estavam abrindo pela Cidade. O Rei estabelecera inúmeras regras: sem álcool, sem cigarros, sem armas, sem comércio não autorizado por ele. Ninguém podia estar fora de casa após 22h. E a Cidade era apenas porta de entrada — ninguém podia sair.

— Todos os trabalhadores aqui estão presos. O regime determina seus recursos semanais, quais empregos podem ter. Ficam falando para todo mundo que as condições vão melhorar, que a Periferia vai ser restaurada como o restante da Cidade, mas já se passaram anos. Agora estão falando sobre expansão, sobre conquistar as colônias no leste, restaurá-las e reconstruí-las.

— As colônias?

— Três grandes assentamentos ao leste que o Rei visitou. Centenas de milhares de sobreviventes estão lá. Ele já os considera parte da Nova América, mas até as colônias serem muradas, até tropas estarem posicionadas lá dentro, elas são tecnicamente separadas.

— Eles estão procurando por você. Stark, aquele *garoto* com a cicatriz... — Tropecei na palavra. — Ele disse que foi você quem matou os soldados. E se o encontrarem aqui?

— Sem camisa eu sou apenas mais um trabalhador. — Caleb apertou o ombro no lugar onde ficava a tatuagem. Eu a notei no dia em que o conheci: o círculo com o brasão da Nova América dentro. Todos os meninos dos campos de trabalhos forçados tinham uma, como um carimbo, marcando-os como propriedade do Rei. — Eles estão me procurando em território selvagem, não em trabalhos na Periferia como todos os outros escravos.

— E Moss? Onde ele está? — perguntei.

— É melhor você não saber. — Caleb puxou a aba de seu boné para baixo a fim de esconder os olhos. — Um dissidente foi pego alguns meses antes de eu chegar aqui. Acham que foi torturado. Ele entregou nomes. De repente, as pessoas começaram a desaparecer, a ser levadas para a prisão.

— Ele foi morto? — perguntei, a garganta apertada.

— Um de nossos contatos está trabalhando como faxineiro dentro da prisão, mas não conseguiu chegar até ele a tempo. Foi um baque sério. Os dissidentes se consideram família, se alguém está em perigo, todo mundo está. Eles teriam feito qualquer coisa para ajudá-lo.

Apertei a mão de Caleb enquanto lhe contava sobre os últimos três meses: meu período em Califia, a chegada de Arden, nossa fuga e captura, meus dias no Palácio com o homem que se intitulava meu pai. Quando acabei, a multidão havia reduzido. Metade dos reservados estava vazio, cheios de copos vazios e cinzeiros fumegantes.

Caleb enfiou algumas mechas de cabelo soltas debaixo de meu boné tão suavemente que quase me fez chorar. Aí puxou um papel dobrado do bolso e o abriu na mesa, revelando um mapa da Cidade com rotas demarcadas em cores diferentes. Ele explicou como as tropas tinham sua rotina, ruas específicas que patrulhavam em turnos de noventa minutos. Os dissidentes haviam estudado seus padrões e os usavam para evitar ser pegos. Ele copiou uma rota em um guardanapo, marcando o caminho de volta ao centro da Cidade, instruindo como reentrar no Palácio e qual escada tomar. Aí copiou outra rota para eu usar duas noites depois.

— Vamos nos encontrar aqui — disse, apontando para um ponto no segundo mapa. — Há outro dissidente que trabalha nesse prédio à noite e vai guiá-la na direção correta. — Ele estudou o meu rosto e sorriu. — Tenho uma surpresa para você.

— O que é?

— Se eu lhe contasse não seria surpresa, seria? — Ele riu.

Fiquei olhando para o lugar que ele havia marcado; era bem na rua principal, na diagonal do chafariz do Palácio.

— Mas você pode ser pego.

— Não serei — garantiu Caleb. Ele alisou os cantos do papel com a palma da mão. — Prometo. Só esteja lá.

— Quanto tempo vai levar até terminarem os túneis? Não podemos nos esconder até lá?

Ele explicara que os outros dissidentes estavam preocupados por ele me encontrar, como isso poderia comprometê-los, mas que ele os assegurara de que eu era confiável.

Caleb sacudiu a cabeça tristemente.

— Nós não sabemos. O que está mais adiantado agora está parado. Precisamos das plantas para continuar. E, se você ficar desaparecida... eles vão saber que está em algum lugar dentro dos muros. Vão procurar. — Ele pôs a mão em minha bochecha. — Mas é um bom sinal que tenha conseguido chegar aqui esta noite. Apenas vamos ter que continuar nos encontrando assim até as coisas estarem mais certas.

Ficamos sentados ali por algum tempo, meu rosto aninhado contra o peito dele, até a última canção. A banda guardou os instrumentos. Copos brindaram. Lentamente, nos dirigimos para a saída.

A mão de Caleb se apoiava em minhas costas enquanto subíamos as escadas, tateando o caminho na escuridão. A Periferia estava em silêncio. Silhuetas se mexiam atrás de uma cortina na janela de um velho hotel. Passamos por um estacionamento cheio de carros enferrujados, uma piscina seca, uma longa fileira de casas vazias.

— Posso acompanhá-la até a esquina — disse ele, segurando minha mão. Acenou com a cabeça para a rua a apenas um quarteirão de distância.

Senti o mapa em meu bolso, cada passo nos aproximando mais do adeus. Eu o veria de novo em breve. Ainda assim, me encolhi diante da ideia de me deitar sozinha naquela cama, entre os lençóis frios e engomados.

— São só dois dias — falei em voz alta, sem saber bem a quem estava tentando reconfortar.

— Isso — concordou Caleb. Ele mantinha os olhos na rua conforme nos aproximávamos dela. — Não é tanto tempo, na verdade — disse ele, mas não parecia convencido.

Estávamos quase na esquina. Ele viraria à direita, mais para dentro da Periferia, e eu viraria à esquerda, de volta ao Palácio.

Quando estávamos a apenas alguns metros de distância, Caleb me puxou para uma porta à direita da rua estreita, o vão de 60 centímetros profundo o suficiente para apenas nós dois nos apertarmos ali dentro. Ele segurou meu rosto, a expressão pouco visível na escuridão.

— Acho que essa é nossa despedida — sussurrou.

— Acho que sim — falei baixinho.

Ele me beijou, os dedos tensos contra meu queixo. Meus braços agarravam suas costas. As mãos dele foram para meus cabelos. Meu coração acelerou quando ele passou o dedo pela gola do meu suéter, traçando linhas por cima da clavícula. Ele se inclinou para baixo, e eu beijei suas pálpebras fechadas, a cicatriz minúscula na bochecha.

Em algum lugar ao longe, o cano de escapamento de um jipe fez um estrondo, o *bum* me despertando do devaneio.

— Preciso ir... nós temos que ir — arfei.

Eu me afastei primeiro, sabendo que, se não fosse embora naquele instante, eu nunca iria. Virei-me para partir, dando um último apertão na mão do Caleb.

DEZENOVE

Clara largou o prato ao lado do meu, respingando gotinhas minúsculas de molho de tomate na toalha de mesa branca.

— Você parece cansada — falou friamente, os olhos vasculhando os meus. — Noite longa? — O vestido azul curto estava apertado demais, a seda franzindo nas costuras.

— De jeito nenhum.

Eu me aprumei. No máximo, Clara vira minhas costas enquanto eu voava pela porta da escadaria. Ela não podia ter certeza de que era eu.

Charles e o Rei haviam acabado de cortar a fita azul e vermelha do novo mercado, um gigantesco restaurante ao ar livre construído em volta das extensas piscinas do Palácio. As pessoas comiam sentadas a mesas arrumadas no pátio de pedra ou passeavam por vários estandes. Colunas se elevavam acima de nós, sustentando topiarias verdejantes e com flores roxas penduradas.

Estátuas de leões alados e cavalos empinados se empoleiravam acima. As tendas de tecido — chamadas de "cabanas" — haviam sido convertidas em lojas onde mercadores vendiam azeitonas marroquinas, salsichas polonesas e crepes frescos com morangos e chantili.

Rose estava sentada do outro lado da mesa, o rosto parecendo prestes a derreter. Havia blush cor-de-rosa marcando suas rugas e leves círculos escuros abaixo dos olhos. Ela baixou o olhar para o prato meado de macarrão de Clara.

— Aprenda a dizer quando basta — sussurrou, apoiando a mão no garfo de Clara. — Você é bonita demais para perder a forma. — Clara desviou o olhar, as bochechas ganhando um tom vermelho-escuro.

— Estamos felicíssimos com o resultado — falou o Rei em voz alta enquanto andava em nossa direção, Charles ao lado. Ele se dirigiu a Reginald, o Diretor de Imprensa, que estava segurando um bloquinho. — Quando restauramos Paris, Nova York e Veneza, queríamos que fossem homenagens às grandes cidades do passado. Este mercado é uma extensão disso, um lugar onde as pessoas poderão experimentar todas as iguarias da quais usufruíamos antes. Você não pode mais simplesmente entrar em um avião e estar na Europa, na América do Sul ou na Índia. — Ele fez um gesto para um canto do amplo mercado. As tendas estavam repletas de carrinhos fumegantes com bolinhos de massa, carnes e rolinhos de arroz grudento com peixe. — Minha favorita é a Ásia. Algum dia pensou que teríamos sashimi novamente? — perguntou o Rei.

Eu o observava, percebendo a facilidade com que entrava em sua personalidade pública. A voz estava mais alta, os ombros para trás. Era como se todas as palavras tivessem sido ensaiadas, cada ligeiro aceno de cabeça e gesto cuidadosamente projetados para inspirar confiança.

— Nosso Diretor de Agricultura está estudando maneiras de produzir algas marinhas. As trutas são todas criadas no lago Mead. Não é um substituto ideal, mas vai ser suficiente até botarmos a frota pesqueira de volta no mar.

Eles se sentaram ao meu lado, Reginald ainda anotando no bloquinho. Os olhos de Charles me seguiam. Ele continuou olhando fixamente até eu retribuir o olhar.

— Não diz oi nem nada — falou, erguendo uma sobrancelha divertidamente. — Sabe, estou começando a levar para o lado pessoal.

— Acho que seu ego pode aguentar — ofereci, enquanto cortava os bolinhos amarelados que encontrara na barraca polonesa.

O Rei esticou o braço, apertando minha mão com tanta força que doeu.

— Genevieve está brincando. — Ele riu. Fez um aceno sutil para Reginald, como se para dizer *não anote isso*.

Ele pigarreou e continuou:

— Isso é apenas o começo. A Cidade provou ser um modelo viável para outras na Nova América. Há três colônias separadas a leste. Todos os dias as pessoas naquelas colônias se preocupam com a próxima refeição, se serão atacadas por seus vizinhos. Não há eletricidade, não há água quente... As pessoas estão apenas sobrevivendo. Na Cidade de Areia nós não estamos sobrevivendo; estamos prosperando. Isso é que é *viver*.

Ele apontou para o mármore branco ofuscante e as piscinas de um azul transparente.

— Há tanta terra disponível, e Charles e seu pai provaram que podemos construir de maneira rápida e eficiente. Em seis meses vamos começar a murar a primeira colônia, um assentamento no que um dia foi o Texas.

— Mal posso esperar para ver o que vai fazer com ele. Clara deslizou sua cadeira para mais perto de Charles. — Tenho ouvido as pessoas falarem sobre o mercado global nos últimos meses e nunca imaginei que seria tão incrível assim.

— Devemos muito disto a McCallister — creditou Charles, acenando para o Diretor de Agricultura, um homem de óculos que estava parado perto de um mural gigantesco do velho mundo, cada país pintado de uma cor diferente. — Se não fosse pelas fábricas que ele construiu na Periferia, ou pelos novos métodos agropecuários que desenvolveu, nós não teríamos nada disso.

— Você está sendo modesto. A visão foi sua — arrulhou Clara. Ela apontou para Reginald. — Espero que esteja anotando isso. Charles vem imaginando isso desde antes de o Palácio estar concluído e a maioria dos prédios estar restaurada. Você tem falado no assunto desde que consigo me lembrar, sobre como queria trazer a diversidade do mundo para dentro dos muros da Cidade.

Eu mal conseguia olhar para ela. A voz da professora Agnes estava em minha cabeça, suas advertências a respeito dos homens e da natureza enganadora do flerte. *Encantar é um verbo*, dizia ela, *algo que os homens fazem para controlá-la*. Eu queria que ela pudesse ver isso agora: Clara se inclinando, apoiando os dedos no braço de Charles, colocando os cabelos louros atrás das orelhas. Era a primeira vez que eu via uma mulher flertar tão descaradamente. Cobri minha boca para segurar o riso, mas era tarde demais. Uma risadinha leve escapou de meus lábios. Eu me virei para o outro lado, tentando fingir que era uma tosse.

— Alguma coisa engraçada, Genevieve? — perguntou o Rei.

Clara franziu os olhos para mim. Um sorriso sutil cruzou seus lábios enquanto ela olhava pela mesa. Todo mundo havia ficado em silêncio, a atenção fixada em mim.

— Então... o que você *estava* fazendo fora de casa ontem à noite? — perguntou ela em voz alta, inclinando a cabeça como se fosse a mais inocente das perguntas.

Você saiu da sua suíte?

O Rei se virou para mim. Deslizei as mãos para baixo da mesa, segurando a saia do meu vestido para fazer minhas pernas pararem de tremer. Eu ficara observando o rosto dele durante o café naquela manhã, imaginando se voltara à minha suíte à noite, se descobrira o monte de travesseiros debaixo das cobertas. Mas ele parecia tão calmo, a voz firme enquanto relatava os compromissos do dia.

— Não. — Sacudi a cabeça. — Não saí.

Virei-me de volta para minha comida, enfiando o garfo nos bolinhos, entretanto Clara continuou:

— Eu a vi na escada leste. — Ela plantou os cotovelos na mesa e se inclinou para a frente. — Você estava descendo. Usava um suéter preto. Parou quando chamei seu nome.

O Rei se virou para mim.

— Isso é verdade?

— Não — insisti, tentando fazer minha voz soar firme. Minha garganta estava subitamente seca, o calor do dia demasiado, meus cabelos grudando no rosto e pescoço. — Não era eu. Não sei do que ela está falando.

— Ah — disse Clara, a voz melodiosa. — Acho que sabe..

Todos os olhares se voltaram para mim. O sol batia no meu rosto, o ar sufocante e parado. O Rei avaliava meu rosto, a expressão sombria. Tinha valido a pena, mesmo por algumas horas com Caleb, mas de repente eu desejava não ter parado na escada, ter ignorado os gritos de Clara. Ofereci um ligeiro dar de ombros e me voltei para meu prato, as palavras entaladas no fundo da garganta

O Rei se inclinou para perto, a mão pesada em meu braço.

— Você não deve sair — sussurrou. — É para sua própria segurança. Pensei que isso estivesse claro.

— Perfeitamente — consegui dizer. — Eu não saí.

A mesa ficou em silêncio. Clara abriu a boca para continuar, mas Charles a interrompeu.

— Já viu o chafariz do lado de fora do conservatório? — perguntou, me oferecendo um sorrisinho. — Ando pensando em levá-la até lá. Se sairmos agora, vamos chegar para o próximo espetáculo. — Ele olhou para o Rei ao outro lado da mesa. — Incomoda-se se eu roubar sua filha por algum tempo?

Ao ouvir a sugestão, o rosto do Rei relaxou.

— Não... Vão, vocês dois. Aproveitem.

Enquanto eles nos observavam partir, Reginald virou-se para Clara, o bloquinho ainda na mão.

— Talvez você tenha visto um dos funcionários do Palácio? — perguntou.

— Eu sei o que vi — sibilou Clara. Ela olhou para Rose, que balançou a cabeça ligeiramente, sinalizando para que deixasse o assunto para lá.

Segui Charles através do mercado, ao redor das piscinas largas e cintilantes, grata por estarmos longe da mesa. Ele me guiou pelo saguão de mármore do Palácio, onde ainda estavam as antigas máquinas de jogos, cobertas por panos empoeirados. Durante todo o tempo dois soldados caminhavam atrás de nós, seus passos seguindo o ritmo dos nossos, os rifles balançando às costas.

— Lamento sobre isso — falou ele, quando saímos sob o sol. Atravessamos uma ponte estreita até onde um chafariz gigantesco se estendia até a calçada.

— Sobre o que você lamenta? — questionei.

— Tenho a sensação de que tenho algo a ver com isso. — Uma espessa mecha de cabelo preto caiu sobre sua testa. Ele sorriu, penteando-a para trás com os dedos.

— Nem *tudo* tem a ver com você — soltei.

Um grupo de pessoas na rua se virou, nos observando. Os soldados gesticularam para que se afastassem.

— Acho que o que você quer dizer é "Obrigada, Charles, por me salvar daquela inquisição." — Ele ergueu as mãos em defesa. — Só estou dizendo: acho que talvez, só talvez, Clara tenha uma pequena paixonite por mim. Pelo menos é assim que parece desde... sempre.

Olhei para ele. O rosto de Charles era tão sincero, as bochechas coradas. Não pude deixar de sorrir.

— Talvez você tenha razão — admiti.

Mesmo que Clara tivesse me visto sair na noite anterior, eu duvidava que ela se importasse com o que eu fazia em meu tempo livre. Parecia se incomodar mais com Charles sentado ao meu lado durante as refeições ou com a forma como ele se inclinava quando falava comigo, de tal maneira que não houvesse mais do que alguns centímetros entre nós.

— Nós crescemos juntos na Cidade — acrescentou ele. — Nos últimos dez anos fomos as pessoas mais jovens morando no Palácio. Clara é incrivelmente inteligente. Ela falou sobre estudar no hospital-escola para ser médica. A mãe tenta empurrá-la em outra direção, porém. — Ele ergueu as sobrancelhas, como se para dizer *Em minha direção*.

— Entendo — assenti, pensando no olhar frio e calculista que Clara me dera quando nos conhecemos.

As pessoas se reuniam à borda do grande chafariz. Fiquei olhando para nossos reflexos na água, duas sombras se encrespando com o vento. Charles não tirava os olhos de mim.

— Então... o que achou da Cidade? Você não parece apaixonada por ela como todos os outros.

Pensei no abraço de Caleb na noite anterior, em como a música e a fumaça preenchiam a sala. Nossos corpos apertados um contra o outro no vão da porta. Sorri, o calor subindo pelas minhas bochechas.

— Tem suas vantagens.

Charles se aproximou mais de mim, o ombro pressionando o meu.

— Pode guardar um segredo? — Ele estudou meu rosto. — Meu pai teria escolhido quase qualquer cidade a essa. Apesar do que disse ao Rei, só alguns anos depois que a restauração havia começado é que ele ficou convencido de que Las Vegas iria funcionar. Foi minha mãe quem soube que este era o lugar certo. A maioria dos hotéis estava vazia na época da praga. Os prédios foram facilmente limpos de publicidade. É tão afastada de qualquer outra coisa... um refúgio. Ela sempre soube.

— Intuição feminina? — perguntei, lembrando-me de uma frase que ouvira na Escola.

— Deve ter sido. — Ele ficou olhando por cima do chafariz. Um garotinho com um boné xadrez estava agachado no beiral de pedra, espiando dentro da água. — Tem sido difícil para ela ficar sem ele. Evita muito a companhia das pessoas. Por pior que isso soe, parte de mim quer saber como é amar alguém tanto assim.

Fiquei olhando para as pedrinhas empilhadas no fundo do chafariz. Eu já havia pensado em me declarar a Caleb, em dizer aquelas três palavras específicas — as palavras sobre as quais as professoras nos haviam advertido. Eu decidira na quietude da casa de Maeve, a noite silenciosa me cercando, que eu queria dizer aquelas palavras para Caleb. Nada era tão persistente, tão implacável quanto, abrindo caminho dentro de mim, substituindo todos os pensamentos.

Quando me virei, Charles ainda estava olhando para mim.

— Mas às vezes é assustador. A ideia de ser tão íntimo de alguém. — Ele vasculhou minha expressão. — Sabe o que quero dizer? Está fazendo algum sentido?

A pergunta pairou no ar entre nós. Eu me lembrei de meus primeiros dias em Califia, de como observara a cidade fantasmagórica do outro lado da ponte, imaginando o que Caleb estava fazendo ali, se ele tinha conseguido contato com a Trilha. Os pesadelos começaram logo depois: Caleb de pé perto da água, sangue correndo por sua perna, tingindo a baía inteira de um roxo rançoso.

— Sei — respondi. — Tantas coisas podem dar errado.

Charles olhou para dentro da água.

— Está vendo tudo aquilo? — perguntou, apontando os seixos. — Eles transformaram isso em uma espécie de memorial. As pessoas traziam pedras aqui e as jogavam dentro do chafariz, uma para cada pessoa amada que perderam durante a praga.

Ele caminhou até os arbustos que cercavam o prédio do conservatório e catou várias pedrinhas do chão, limpando-as com os dedos

— Quer algumas? — perguntou, oferecendo-as para mim

— Só uma.

Peguei a pedra lisa e marrom. Tinha o formato de uma amêndoa — um lado ligeiramente mais largo do que o outro. Passei os dedos por cima, imaginando o que minha mãe pensaria se soubesse que eu estava ali, dentro da nova capital, aprisionada pelo homem por quem ela se apaixonara tantos anos antes. Eu quase podia enxergar seu rosto, sentir o cheiro do bálsamo de hortelã que ela sempre espalhava nos lábios, deixando borrões escorregadios em minhas bochechas quando me beijava. Deixei o seixo escorregar pelos meus dedos água abaixo. Ele se acomodou no fundo, desaparecendo em meio aos outros, a superfície se ondulando em seu rastro.

Ficamos em silêncio por um minuto. O vento açoitava à nossa volta, um alívio passageiro do calor. Duas mulheres mais velhas se aproximaram da beira do chafariz, segurando fotos gastas nas mãos. Elas observaram enquanto outros se enfileiravam ao longo do beiral de pedra.

— O que exatamente todos estão esperando? — perguntei.

— Você vai ver... — falou Charles. Ele verificou seu relógio. — Em três... dois... um... — Uma música soou na rua principal. Todos deram um passo para trás. A água irrompeu pela superfície da piscina e disparou em direção ao céu. Ela subiu, subiu e subiu, quase 6 metros no ar. O garotinho ficou de pé em cima do beiral de pedra e aplaudiu. O rosto de Charles se iluminou como o de uma criança. Ele assoviou alto, jogando o punho no ar, uma visão que fez até os soldados rirem.

O vento mudou, soprando respingos em nós e encharcando a frente de meu vestido. A água fria era gostosa na minha pele. Fechei os olhos, os aplausos e urras aumentando em volta de mim, e aproveitei aqueles poucos momentos finais longe do Palácio.

VINTE

Clara e eu começamos a subir a longa escada rolante em espiral que dava para a galeria no mezanino do segundo andar. Eu ainda não havia me acostumado às escadas móveis de metal; nunca sabia se devia continuar subindo ou só ficar parada ali, segurando o corrimão e deslizando junto. A luz entrava pelo átrio acima de nós. Observei os murais no teto e as estátuas gigantescas de mulheres raptadas, os pilares altos de mármore, a estátua de cavalo abaixo, no meio de um salto, os chafarizes que jorravam de piscinas tranquilas cor de turquesa. De uma forma terrível, o Palácio era exatamente como Pip sempre havia imaginado — um modelo cintilante de perfeição.

Mantive os olhos no cenário, tentando me imaginar sozinha. Naquela manhã, o Rei havia sugerido que Clara me levasse para um tour na galeria de arte. Ele disse que seria bom passarmos algum tempo juntas para que eu pudesse conhecer minha prima.

Eu sabia que nenhuma das duas declarações era verdadeira, mas obedeci, esperando que aquilo me fizesse parecer feliz com meu lugar no Palácio. Como uma garota sem segredos.

— Como foi seu encontro com Charles? — perguntou Clara depois de um longo tempo. O soldado, sempre alguns passos atrás de nós, desceu da escada rolante.

— Não foi um encontro — expliquei com irritação na voz. Eu me lembrava de ter ouvido aquele termo na Escola; as professoras se referiam a ele como parte do período de galanteio. Elas diziam a nós que os homens às vezes agiam como cavalheiros antes de revelar suas verdadeiras intenções.

Caminhamos para além do corrimão. Abaixo de nós, compradores passeavam pelo átrio, olhando ocasionalmente para cima a fim de ver aonde estávamos indo. Acima da entrada da galeria havia uma tela enorme que mudava no intervalo de alguns segundos. Primeiro havia uma propaganda do novo mercado global: INAUGURAÇÃO ESTA SEMANA! Aí, mudava para uma fotografia do jornal do dia anterior, no qual havia uma foto minha na parte de trás de um carro com a legenda: O CONVERSÍVEL BMW DA PRINCESA GENEVIEVE RESTAURADO POR GERRARD'S MOTORS: FORNECENDO RESTAURAÇÃO INDIVIDUALIZADA E EXIBIÇÃO DE AUTOMÓVEIS DESDE 2035.

— Sabe, você anda por aí agindo como se estivesse incomodada, quando é a Princesa da Nova América — resmungou Clara. — Qualquer um mataria para estar no seu lugar.

A maneira como ela falou — com ênfase em *mataria* — me enervou.

— Quando foi a última vez que você esteve do lado de fora desses muros? — perguntei. — Há dez anos?

O cabelo cor de palha de Clara estava preso em uma trança que serpenteava em volta da cabeça e se prendia na nuca.

— Aonde quer chegar? — Ela franziu os olhos acinzentados para mim.

— Você não pode falar sobre isso, se eu tenho ou não o direito de ficar incomodada ou irritada. Você não sabe como é o mundo fora de sua bolha. — Com isso, me virei e comecei a atravessar a entrada principal da galeria.

Ali dentro, a sala estava fria e vazia, a não ser por algumas crianças da escola amontoadas em um canto, seus uniformes cinza parecidos com os que eu crescera usando. Por um breve instante, o soldado e Clara ficaram atrás de mim e eu tive a sensação grandiosa de estar sozinha. O espaço aberto me reconfortou. O piso de madeira era sólido debaixo de meus pés, as paredes cobertas por amigos que me eram familiares. Andei até o quadro de Van Gogh que eu vira tantas vezes em meus livros de arte, as flores azuis que se estendiam pela tela, crescendo em direção ao sol. ÍRIS, VINCENT VAN GOGH, uma placa ao lado dizia. RECUPERADO DO MUSEU GETTY, LOS ANGELES.

Mais quadros estavam pendurados em fileira: Manet, Ticiano e Cézanne, um depois do outro. Caminhei ao longo deles, lembrando-me de todo tempo que havia passado no gramado da Escola, com o lago à minha frente, arrastando o pincel contra a tela para reproduzir sua superfície vítrea. Eu estava examinando o rasgão na parte de baixo de um Renoir, a tela presa com fita adesiva, quando Clara apareceu ao meu lado.

— Há coisas que eu sei, sim — disse ela, a voz com um toque de raiva. Eu podia notar que estivera preparando aquele discurso durante os últimos minutos. Cada palavra palpitava com deleite enquanto ela falava. — Sei o quanto é *repugnante* ser a *amante* de um homem. — Ela olhou para as duas figuras no quadro. Um homem estava ajudando uma mulher a subir um declive gramado.

— Do que você está falando? — indaguei, incapaz de me conter.

— Você não foi a primogênita de seu pai — falou ela. — Você foi a última. Eu tive três primos antes de você, e uma tia, todos eles mortos durante a praga. — Então ela se virou, olhando fixamente para mim. — Não sei que espécie de mulher faria isso... Ter relações sexuais com um homem casado.

Sorri, tentando ignorar o bolo que se formara no fundo de minha garganta.

— Você está enganada — consegui falar. Clara só deu de ombros antes de passar por mim a passos largos, em direção a uma natureza-morta na parede mais distante.

Meus pés estavam enraizados no chão. Olhei para o homem no quadro, o chapéu que jogava escuridão em seu rosto, o bulbo rosado de seu nariz, a maneira como seus olhos eram pintados com dois traços pretos. Parecia estar zombando de mim agora.

Ela era amante dele, pensei, minha visão turva por lágrimas súbitas. Minha mãe, que cantava para mim no banho, limpando sabão de meus olhos. Eu tinha 5 anos de novo, me ajoelhando no chão. Ela estava doente. Vi a luz entrecortada por baixo da porta do quarto, a sombra de minha mãe se movendo enquanto ela batia os nós dos dedos na madeira no ritmo de beijos porque não podia arriscar pressionar os lábios em minha pele. Estendi a palma de minha mão para o outro lado a fim de pegar os beijos, mantendo-a ali até mesmo depois de ela ter voltado para a cama, a tosse quebrando o silêncio da noite.

Virei-me em direção à porta, as lágrimas ameaçando me tomar. Continuei andando, passando pelas Íris e pela Tourada de Manet, o animal perfurando o cavalo com seus chifres grandes e terríveis.

— Vossa Alteza Real? — Ouvi o soldado chamar, seus passos atrás de mim. — Gostaria de ser acompanhada até o andar de cima agora?

Eu me mantive à frente dele, mal ouvindo enquanto ele guiava Clara atrás de mim, em direção ao elevador. Independentemente do que Clara houvesse dito, eu sabia que não era culpa da minha mãe, não podia ter sido, a mulher que me amara tão docemente, que apertava meus dedos dos pés um a um enquanto os contava, cantando uma canção boba ao meu ouvido. Que soprava minha sopa para esfriá-la antes mesmo de eu tomar a primeira colherada. Era *ele* quem tinha outra família.

Entrei no elevador. Clara veio atrás de mim, fazendo o cubículo parecer menor e claustrofóbico, o ar rançoso e quente.

— Está tudo bem, Princesa? — perguntou o soldado, enquanto apertava o botão. Juntei as mãos, tentando fazê-las parar de tremer. Só conseguia pensar no Rei, na história que ele havia me contado, na foto que segurara. Ele nunca dissera nada sobre sua outra família. Levara tanto tempo para vir atrás de mim, me deixara sozinha naquela casa. Passei tantos dias ouvindo a tosse sufocada de minha mãe, apavorada quando o quarto ficava em silêncio por tempo demais. Ela nunca parecera mais distante do que parecia agora; nossa única ligação fora rompida. — Princesa? — repetiu o soldado. Ele apoiou a mão em meu ombro, me sobressaltando. — O que houve?

— Nada — respondi, apertando o botão para o térreo de novo. — Só preciso falar com o Rei.

VINTE E UM

O REI ESTAVA EM UM CANTEIRO DE OBRAS, TRABALHANDO EM UM edifício nos limites do centro da Cidade. Quando não conseguiram contatá-lo, exigi ser levada até ele.

O carro disparou pela rua vazia, passando pelos prédios gigantescos. A água dos chafarizes ao lado do Palácio se lançava ao ar, salpicando os transeuntes com uma bruma fina. A visão não me causava nenhuma admiração agora. Eu só pensava no sorriso convencido no rosto de Clara enquanto ela me contava sobre o caso. Todos aqueles dias na Escola, até nos mais solitários, quando eu havia acabado de chegar, sempre tivera aquelas lembranças da minha mãe. Elas permaneceram comigo na estrada, na caverna, na traseira da caminhonete de Fletcher, mesmo depois do caos no porão. Mas agora tudo fora corrompido pelas palavras de Clara.

Viramos à direita em uma entrada comprida, em direção a um enorme prédio verde com um leão dourado na frente. Os soldados me escoltaram para fora do carro. Acima da entrada havia outra tela gigantesca, como a do shopping, mostrando anúncios diferentes. Uma foto de dois leões apareceu, as palavras O GRANDE ZOOLÓGICO: INAUGURAÇÃO NO MÊS QUE VEM! embaixo dela.

— Por aqui — falou um dos soldados, me guiando para dentro.

Havia três soldados na entrada do saguão principal. O enorme aposento era abafado, e o ar tinha cheiro de suor e fumaça. Holofotes iluminavam partes diferentes do corredor escuro. Alguns metros adiante, um menino estava ajoelhado perto de um balde. Ele era um ou dois anos mais novo do que eu, as costas nuas pingando suor enquanto trabalhava, alisando reboco fresco na parede. Ele olhou para cima, o rosto magro e triste.

— Ele devia estar aqui — disse o outro soldado, andando mais depressa, sua mão se fechando em volta do meu braço enquanto ele me guiava rapidamente a outro corredor.

Eu me virei para trás, percebendo dois garotos da minha idade que estavam grampeando carpete. Um operário mais velho, talvez de 20 anos, descia lentamente pelo corredor carregando um engradado gigantesco de madeira. Quando ele passou por um dos holofotes, vi seu rosto, desolado e doentio, os olhos fundos. O ombro tinha uma tatuagem igual à de Caleb. Em algum lugar acima de nós, um som horrível de furadeira cortou o ar.

— Onde está ele? — falei, minha voz inexpressiva. Andei mais depressa, com propósito, pensando em todos os meninos na caverna.

Os soldados andaram a passos largos na minha frente, em direção a uma luz azul brilhante. Olharam um para o outro, os rostos inseguros, incertos se deviam ter me trazido até ali ou não.

— Genevieve — chamou uma voz. Duas figuras apareceram ao final do corredor, as silhuetas desenhadas pela luz. — O que está fazendo aqui?

— Preciso falar com você — respondi. O Rei estava com Charles, que parecera momentaneamente feliz, o sorriso desaparecendo quando viu minha expressão. Passei por eles, entrando no aposento amplo. Uma luz sinistra preenchia o ambiente. As paredes eram de vidro, formando diversos recintos com plantas e imensas pedras falsas.

— Podem nos dar um minuto? — falou o Rei finalmente.

Os passos dos homens foram morrendo pelo corredor até sumirem. Ele veio até o meu lado, de frente para um tanque cheio de grama amarela. Bem no alto, um leão-da-montanha estava deitado em uma pedra plana, as costelas se projetando pelas laterais do corpo.

— Ela me contou — falei, sem olhar de volta para ele. — Clara me contou sobre sua esposa. Disse que minha mãe era sua amante – Meu corpo inteiro estava quente. — Isso é verdade?

O Rei se voltou para o corredor, por onde Charles e os soldados haviam saído.

— Este não é o melhor momento para falar sobre isso — justificou. — Você não devia ter vindo até aqui.

— Nunca vai haver um bom momento para falar sobre isso. — Eu o encarei. — Você não queria que eu viesse aqui porque não quer que eu, nem ninguém, veja como todos os seus projetos são construídos.

Ele corou, e seus olhos ficaram escuros. Esfregou a testa, como se tentando se acalmar.

— Entendo que você esteja zangada — falou. — Clara não devia ter dito nada. Isso não cabe a ela.

Ele se virou e caminhou por todo o comprimento da sala, os braços cruzados.

— Não gosto dessa palavra... *amante*. Sei como soa, e não era o caso. Quando conheci sua mãe, eu estava separado de minha esposa. — Ele parou diante de uma vitrine intitulada LOBOS CINZENTOS. Dois cães enormes estavam destroçando carne vermelha. Outro roía um osso quebrado.

— Então ela era sua amante — confirmei, incapaz de controlar minha voz. — E você me trouxe aqui, me contando como me procurou por tanto tempo, como ficou destruído sem sua filha, e sem querer deixou de fora que tinha outra família?

O Rei pigarreou.

— Desculpe — falou, esforçando-se para dizer cada palavra — por não ter lhe contado sobre meus outros filhos. Mas não é uma coisa sobre a qual gosto de falar. Estou mais preocupado com o futuro, assim como todas as outras pessoas nesta Cidade. Estamos todos tentando seguir em frente.

A suavidade na voz dele me sobressaltou, arrancando-me de minha própria mente e colocando-me dentro da dele. Fiquei imaginando como eles haviam morrido, se seus narizes sangraram como o de minha mãe, se todos ficaram juntos, como uma família, ou se foram separados nos hospitais. Fiquei imaginando se ele chegou a abraçá-los, apesar das advertências para não fazê-lo, se foi ele quem amassou comida em pedacinhos para eles e a pôs em suas línguas secas.

— Como eles se chamavam? — perguntei finalmente. Eu precisava saber; queria imaginá-los, mesmo que só por um instante. Eu tinha irmãos... em determinado momento, se não agora. Tal ideia me preencheu com uma tristeza estranha. — Que idade tinham?

Ele se voltou para mim. Havia puxado um lenço do bolso e o estava retorcendo entre os dedos, fazendo com que ficassem cor-de-rosa.

— Samantha era a mais velha. Tinha 11 anos quando morreu. Paul se foi primeiro... ele tinha 8. E aí Jackson, meu garotinho — um leve sorriso apareceu e então sumiu —, não tinha nem 5 anos.

Eu me lembrei do prato que havia preparado na cozinha. Do jeito como me sentei apoiada contra a porta do quarto dela, devorando os últimos daqueles feijões rosados pastosos, reconfortada por sua tosse intermitente. Antes de se confinar no quarto, ela havia me mostrado como abrir as latas, a mão em volta da minha enquanto apertávamos o abridor. Elas haviam sido arrumadas em fileira, uma para cada dia, mais de vinte latas de comprimento. *Abra só uma lata*, dissera ela enquanto andava pela casa, trancando todas as portas. *Não mais do que uma por dia.*

— Sinto muito — falei baixinho. Ficamos lado a lado e, durante aquele minuto, na quietude daquela sala, ele não era o Rei. Eu não era a Princesa, levada contra a vontade para a Cidade. Éramos duas pessoas tentando esquecer.

Ele esfregou a testa.

— Eu realmente amava sua mãe. E ia pedir o divórcio. Esse sempre foi o plano — disse. — Mas as coisas eram complicadas entre nós. Estávamos vivendo vidas diferentes, em cidades diferentes. Eu nunca nem soube que ela estava grávida. E então, depois, quando chegou a praga, tudo mudou. Eu não poderia ter saído de Sacramento nem se quisesse. Eu não tinha como ajudá-la. Todo mundo estava só sobrevivendo.

— Sua esposa sabia sobre ela? — questionei, sentindo-me enjoada quando a pergunta saiu de minha boca. — Você chegou a contar para ela, ou minha mãe era um segredo?

— Eu estava planejando me divorciar — repetiu ele. — Estava só esperando o momento certo.

Eu me virei e passei por ele, olhando por um túnel com um viveiro de vidro de um dos lados. Ali, a apenas 10 metros de distância, estava um urso-pardo como o que eu vira em território selvagem. Estava deitado, parecendo semimorto, a cabeça descansando em uma pedra de plástico.

— As duas únicas pessoas que podem entender um relacionamento são as duas pessoas envolvidas nele — disse ele de algum lugar atrás de mim. Seus sapatos estalavam contra o chão de pedra. — Você não tem como saber como foi aquela época.

— Sei que você mentiu — falei. — Você mentiu para todo mundo.

Encarei nossos reflexos no vidro, a maneira como nossos narizes se inclinavam um pouco para a esquerda, nossa pele cor de creme, a cortina de cílios pretos que adornava nossos olhos. Ficamos de pé ali, lado a lado, olhando através de nós mesmos para dentro do viveiro.

— Eu era feliz quando estava com sua mãe — continuou ele. Eu não tinha certeza se ele estava falando comigo ou não. Ele ergueu os olhos para o animal enorme, a voz isenta de raiva. — É difícil para mim olhar para aquela foto, ver a mim mesmo naquela época. Ela sempre pareceu estar pulsando em uma frequência completamente diferente. Tinha quase 30 anos quando a conheci. Foi logo depois de ela ter feito uma pausa na pintura.

Eu me virei para olhá-lo.

— Eu nunca soube que ela era pintora — falei. Nossa casa havia se apagado da minha memória lentamente. Eu só conseguia enxergar fragmentos dela: o velho relógio de pêndulo que ficava no corredor, os pesos dourados gastos dentro dele fazendo seus ponteiros andarem. As estrelas que brilhavam no escuro no teto do meu quarto, a mancha no nosso sofá onde ela derramara chá. Não conseguia me lembrar de um único pincel, de nenhuma tela ou obra de arte nas paredes. — Eu aprendi na Escola.

— Eu sei — disse ele, sem elaborar. Um sorriso cruzou seus lábios, e ele soltou uma risadinha. — Eu estava com sua mãe no meu aniversário de 40 anos. Ela havia planejado o dia inteiro. Fomos caminhar pela praia, e ela trouxe um bolinho de chocolate em miniatura que tinha feito para mim. Ela o carregou o tempo todo, quase 6 quilômetros, só para podermos comê-lo ali, olhando para o mar. E ela cantou uma canção boba para mim, assim...

— *Hoje, hoje* — cantei, incapaz de não sorrir — *é um dia muito especial, hoje é o aniversário de alguém...* — Assenti, lembrando-me de como minha mãe costumava segurar minhas mãos enquanto cantávamos e dançávamos pela sala, contornando a mesinha de centro e as poltronas.

Eu queria odiá-lo, tentei me lembrar de todas as coisas que ele havia feito, tentei imaginar Arden, Ruby e Pip naquele prédio de tijolos. Ele era o motivo por Caleb estar na Periferia, o motivo pelo qual não podíamos ficar juntos. Mas, naquele momento, partilhávamos algo que ninguém mais no mundo poderia: minha mãe. Seus gracejos, suas canções bobas, a maneira como seu cabelo cheirava a xampu de lavanda. Ele era a única outra pessoa que sabia.

Caminhamos em silêncio pelo corredor. Aí ele se virou para mim, inclinando-se para baixo para que nossos olhares se encontrassem.

— Eu amava a sua mãe. Por mais complicada que fosse nossa situação, por mais errado que provavelmente pareça, eu a amava. E nosso relacionamento me deu você. — Ele balançou a cabeça, os dedos pressionando a têmpora. — Naquela manhã em que fui à sua Escola, eu me sentia entusiasmado. Estava com a mesma sensação que tive quando meus outros filhos nasceram. E quando chegamos e a Diretora nos contou o que havia acontecido, que você havia ido embora, ordenei imediatamente às tropas que a encontrassem. Pode pensar o que quiser, mas você é minha filha, a única família que me restou. Eu odiava a ideia de ver você lá fora, em território selvagem, sozinha.

Olhei para o rosto dele, tenso de preocupação. Ele deu um passo em minha direção, me puxando para um abraço. Desta vez, não me afastei. Era inescapável, irresistível, mesmo depois de tudo o que ele havia feito. Eu me via todas as vezes que ele levava os dedos ao queixo quando estava pensando, ou sorria com a boca fechada. Nós discutíamos do mesmo jeito, nossas palavras curtas e uniformes, tínhamos a mesma tez pálida, e um dia o cabelo dele fora do mesmo cabelo castanho-escuro avermelhado que o meu — apesar de agora o dele estar salpicado de cinza. Ele era parte de mim, a conexão inegável, não importava o quanto eu lutasse contra isso.

— Vamos, agora — falou o Rei após um longo tempo. — Vamos levá-la de volta ao Palácio.

Ele me guiou através do longo corredor, passando por viveiros cheios de outras criaturas descobertas em território selvagem — pítons, jacarés, um tigre que havia fugido de um zoológico. Saímos por uma passagem lateral. O sol fez meus olhos arderem. O suor gotejava minha pele. Um milhão de pensamentos passavam pela minha cabeça enquanto caminhávamos em direção ao carro à espera. Mas então eu parei, meus pés enraizados no chão, a esquisitice da cena se revelando para mim.

Do lado de fora, à entrada, alguns soldados haviam se reunido, as armas ao lado do corpo. Estavam todos olhando para a tela eletrônica empoleirada muito acima da entrada do saguão. Lá, em letras gigantescas, estavam as palavras: UM INIMIGO DO ESTADO FOI VISTO DENTRO DA CIDADE. VOCÊ VIU ESTE HOMEM? SE SIM, ALERTE AS AUTORIDADES IMEDIATAMENTE.

E, embaixo delas, um desenho de um rosto tão familiar que era como olhar para o meu. Caleb estava me encarando de volta. A altura, peso e tipo físico dele estavam listados, assim como descrições das cicatrizes na perna e na bochecha.

Senti como se todo o sangue tivesse sido drenado do meu corpo. A mão do Rei estava em meu braço, me empurrando em direção ao carro.

— Genevieve — disse ele baixinho, os olhos fixos nos soldados na frente do prédio. — Este não é o momento. Podemos discutir isso no Palácio. — Mal o ouvi enquanto eu lia a última linha na tela, de novo e de novo.

ELE É PROCURADO PELO ASSASSINATO DE DOIS SOLDADOS DA NOVA AMÉRICA.

VINTE E DOIS

— Não estou me sentindo bem — falei, puxando as cobertas grossas sobre mim. O sol havia se posto. Os andares mais altos do Palácio estavam silenciosos e escuros. Beatrice sentou-se ao pé da cama, a mão apoiada no montinho aos meus pés. — Pode me trazer algo para comer? Vou dormir, mas você pode deixar ao lado da porta. — Desviei o olhar antes de acrescentar: — Por favor, não deixe ninguém me incomodar esta noite, não importa o que aconteça.

Beatrice penteou meus cabelos, passando os dedos sobre minha testa.

— É claro. Você teve um dia muito longo.

Fechei os olhos com força. Não parava de ver o rosto de Caleb naquele telão, ouvir os soldados murmurando sobre o traidor que havia matado um deles, sobre o que eles dariam para testemunhar a execução. Sabiam que o garoto estava dentro dos limites da cidade. Eu precisava dizer a ele para não vir, que era perigoso demais, mas não havia como entrar em contato. Caleb já estava atravessando a Periferia, serpenteando pelas ruas vazias para me encontrar.

— O que a perturba? — sussurrou Beatrice. Ela tomou minha mão nas suas, embalando-a. — Pode me contar.

Olhei para o rosto bondoso e redondo dela. *Não posso*, pensei, sabendo o quanto Caleb já corria perigo. Eles provavelmente estavam varrendo a Periferia atrás dele.

— Só estou passando mal — falei, tentando sorrir. — É só isso.

Beatrice beijou o topo da minha cabeça.

— Bem, então é melhor eu ir trabalhar — disse ela, levantando-se para sair. Ela se inclinou para perto, olhou diretamente para mim e pressionou a palma quente em minha bochecha. — Vou me assegurar de que ninguém a incomode. Você tem minha palavra. — Ela ficou ali por um instante. Os olhos castanhos estavam alerta, sérios, como eu nunca os vira antes. *Sei o que está fazendo*, ela parecia dizer, sem jamais desviar os olhos dos meus. *E vou fazer o que puder para ajudá-la.*

Ela se levantou e foi para o corredor. Continuei olhando para a porta. Esta não se fechou completamente, e Beatrice não a puxou até o fim ou verificou a maçaneta como costumava fazer. Em vez disso, deixou a porta repousar de leve contra a moldura, madeira contra tranca, ligeiramente aberta.

Eu me movi rapidamente. Havia escondido o uniforme na caixa-d'água da privada, deixando a sacola de plástico flutuar na água. Tranquei a porta do banheiro e me vesti o mais depressa possível, pondo a blusa branca amarrotada, o colete vermelho, as calças pretas. Aí bati em retirada para o corredor, escada leste abaixo, tirando meus sapatos para não fazer barulho.

Ainda era antes do toque de recolher. As ruas estavam começando a esvaziar. Desapareci entre as aglomerações de trabalhadores que trocavam de turno, meu estômago se revirando enquanto eu olhava por cima do ombro para ver se alguém me seguia.

Pessoas caminhavam pela passarela, andando de braços dados enquanto retornavam para seus apartamentos. Um jipe desceu a rua, dois soldados pendurados na caçamba do veículo, examinando as calçadas. Mantive a cabeça baixa, virando para a direita a fim de atravessar a via principal em direção ao edifício que Caleb havia marcado. Ele se chamava Venetian, um velho hotel que havia sido convertido em prédios de escritórios. Alguns restaurantes foram abertos, os jardins tinham sido replantados e os canais largos se enchiam de água mais uma vez. Quando cruzei a ponte em arco, um barco passou deslizando, carregando os últimos passageiros do dia.

Eu estava a alguns passos da entrada principal quando me virei, notando uma figura de pé no píer. Ela era muito mais baixa do que eu, mas estava usando o mesmo uniforme, os cabelos castanhos cacheados presos longe do rosto.

— Está esperando por uma gôndola, senhorita? — perguntou baixinho, entrando debaixo de um beiral, em uma área sombreada. Ela fez uma pausa, esperando que eu respondesse.

Olhei para o mapa, para o *X* que Caleb rabiscara bem ao lado do píer, e assenti. Eu a segui para a beira da água.

— Precisa tirar seu colete, Eva — sussurrou ela. Conforme a luz se refletiu na água, tive vislumbres de suas mãos delicadas, do antigo broche de camafeu que ela usava em volta do pescoço. — Vai parecer estranho se uma das funcionárias estiver na água. Mas mantenha o boné por cima dos olhos.

Tirei o colete e o entreguei a ela no momento em que um bote passou deslizando por nós. Caleb estava de pé na popa, usando uma camisa preta e um chapéu branco que lhe protegia o rosto. Eu examinei a multidão saindo do jardim, procurando por soldados.

— Último trajeto da noite — gritou ele, manobrando o barco com um remo comprido de madeira e fazendo uma pausa no píer para eu poder entrar. Então nos empurrou para longe, para mar aberto, enquanto as últimas pessoas perambulavam para fora dos jardins do Venetian.

Eu me sentei de frente para ele, nossos olhares se encontrando enquanto ele remava para o centro do canal, se afastando para que ninguém pudesse nos ouvir. Flutuamos à deriva na água cristalina, a torre do Venetian acesa atrás de nós. Passou-se um longo tempo antes de qualquer um de nós falar.

— Eles sabem que você está aqui — contei. — Não devíamos fazer isso. É perigoso demais agora. E se alguém tiver me seguido?

Caleb varreu a ponte com os olhos.

— Eles não a seguiram — respondeu baixinho.

Minhas mãos estavam tremendo. Tentei não olhar para ele enquanto falava. Em vez disso, me reclinei no assento, deixando que ele me firmasse.

— O Rei pode suspeitar de alguma coisa. Clara me viu sair na outra noite. Ontem, no mercado, ela mencionou isso na frente dele. — Olhei para Caleb, suplicante. — Não posso encontrar você de novo. Não podem tocar em mim, sou filha do Rei. Mas você vai ser morto se formos pegos. Seu retrato está espalhado na Cidade inteira.

Caleb mergulhou o remo na água, os músculos se retesando com o esforço. As luzes dançavam na superfície do canal conforme deslizávamos em direção à ponte.

— E se eu for morto amanhã? — disse ele, apertando os lábios. — Que importância vai ter, então? Estou *vivo* aqui, hoje.

Estive nas obras e conversei com as pessoas na Periferia. Lentamente, elas estão começando a enxergar que existe outro jeito. Estamos falando em uma rebelião. Moss precisa de mim. — Ele sorriu, aquele sorriso que eu adorava, uma covinha surgindo na bochecha direita. — E gosto de pensar que você também precisa.

— Eu quero você aqui — falei. — É claro que quero.

— Então é aqui que quero estar. — Caleb virou o remo na água, nos conduzindo. — Não posso ficar sentado sem fazer nada. Já abri mão de você uma vez, não vou fazer isso de novo.

Ele ficou em silêncio por um longo tempo.

— Você conhece a Itália? — perguntou finalmente. Assenti, me lembrando do país sobre o qual havia lido em nossos livros de História da Arte, onde tantos mestres nasceram: Michelangelo, Leonardo da Vinci, Caravaggio.

— Li uma vez que Veneza era a cidade mais romântica do mundo. Que, em vez de ruas, havia canais. Que as pessoas tocavam violino e dançavam na praça principal, e barcos as levavam de um lugar a outro. Sei que nunca vou poder levá-la até lá, mas temos isso.

Fiquei olhando para a torre dourada acima de nós, para o canal vítreo, para os arcos decorados embaixo da ponte. A noite estava silenciosa. Eu só conseguia ouvir as palmeiras farfalhando ao vento, o barco cortando através da água parada.

Caleb desceu da popa e veio em minha direção, tomando cuidado para não desequilibrar o barco.

— Estamos aqui agora, juntos. Vamos aproveitar ao máximo.

Ele manteve os olhos em mim enquanto o barco flutuava à deriva debaixo da ponte, escuridão adentro. Enfiou o remo dentro da água para diminuir nossa velocidade. Então estava bem ali na minha frente, o rosto pouco visível enquanto roçava o nariz em minha bochecha, o hálito quente em minha pele. Apoiei a testa na dele.

— Só estou com medo. Não quero perder você novamente.

— E não vai — disse ele, tirando meu boné. Sua mão encontrou o caminho até a base do meu pescoço, os dedos torcendo meu cabelo. Eu o deixei me abraçar, minha cabeça descansando na palma de sua mão. Ele passou a ponta dos dedos pela linha da minha espinha, massageando minhas costas por cima da camisa. Logo meus lábios estavam no pescoço dele, percorrendo os músculos macios até encontrarem o caminho para sua boca.

A mão dele parou em minha cintura. Ele puxou a bainha da camisa do meu uniforme suavemente, como se fizesse uma pergunta. Ele nunca havia me tocado antes, não daquele jeito, os dedos diretamente em minha pele. Era exatamente sobre o que as professoras haviam nos advertido em todas as aulas, os homens que testavam suas defesas constantemente, derrubando uma e então passando para a próxima. Todos queriam a mesma coisa: usá-la até você ficar completamente destruída.

Eu havia passado tantos anos me preparando para este momento, só para poder me fortalecer contra ele. Mas a sensação não era essa. Não agora — não com Caleb. Ele estava pedindo permissão, seu rosto espelhando todo o nervosismo que eu sentia. *Eu quero estar mais perto de você*, ele parecia dizer enquanto mordia o lábio inferior. *Você deixa?*

Subi no banco ao lado dele, passando os braços em volta de seu pescoço, nossos corpos entrelaçados escondidos sob a ponte. Ele inclinou a cabeça para trás quando eu o beijei, o calor de sua língua me estimulando. Assenti em permissão, guiando seus dedos para minha cintura enquanto ele removia a própria camisa de dentro das calças. Suas mãos frias pressionavam minha barriga, o toque roubando meu fôlego.

O barco flutuou pelo túnel frio e escuro. A água batia na parte de baixo da ponte de pedra. As mãos dele passeavam pelas minhas costas enquanto ele me puxava para mais perto, apertando o peito contra o meu. Pousei meu queixo em seu ombro. Ele estava dizendo algo, as palavras abafadas. Não consegui entender até sua boca estar bem ao meu ouvido, os lábios fazendo cócegas em minha pele.

— Não me importa o que vai acontecer, Eva — repetiu ele. — Isso não é algo que posso simplesmente deixar para trás. Não dessa vez. Não vou fazer isso.

Fiquei olhando para ele, nossos narizes quase se tocando. Levei minhas mãos ao rosto dele, desejando que a Cidade estivesse deserta, que não houvesse soldados patrulhando o centro, nenhum passo acima de nós na ponte, que pudéssemos flutuar à deriva pelo canal aberto, os braços de Caleb em volta de mim.

— Eu sei — sussurrei, beijando-o suavemente enquanto deslizávamos em direção ao final do túnel. — Nada é mais importante do que isso.

Acomodei-me novamente em meu assento. Ele tomou sua posição na popa, o metro e meio entre nós parecendo bem maior agora. Coloquei meu boné de volta quando a luz me atingiu. Lentamente, a gôndola flutuou para fora da escuridão, o remo mergulhando nas águas tranquilas do canal.

— Podemos ir aos túneis? — perguntei, quando estávamos longe da ponte o suficiente para ninguém nos ouvir. — Quero ver onde você tem passado seu tempo, quem são todas essas pessoas.

Dois soldados passaram, as armas penduradas nas costas. Caleb puxou o boné para baixo. Ele agarrou o remo, nos empurrando para mais longe. Ficamos em silêncio até ambos se afastarem.

— Podemos ir esta noite — disse ele baixinho. — Encontre-me nos jardins depois que atracarmos. Mas antes preciso lhe dizer uma coisa. — Ele descansou o joelho no banco estreito diante de si, me analisando. Então sorriu, os olhos tão brilhantes que pareciam iluminados por dentro.

O barco encostou ao lado das escadas de pedra. Caleb observou o amontoado de gente ainda protelando perto da borda da ponte, aproveitando os últimos trinta minutos antes do início do toque de recolher.

— Eu me apaixonei por você — sussurrou, ajoelhando-se para beijar o dorso da minha mão. Ele ficou ali por um instante, sorrindo para mim, antes de me ajudar a sair do barco.

Comecei a subir os degraus de pedra, cada centímetro de mim zumbindo com uma nova energia. Eu queria gritar naquela hora — *eu te amo, eu te amo, eu te amo* —, agarrar a mão dele e fugir para longe do Palácio, daquelas pessoas, daquela ponte.

— Boa noite, senhorita — falou em voz alta, como se eu fosse uma estranha. — Espero que tenha apreciado sua noite.

A mulher que me recebera ainda estava de pé sob o beiral. Caminhei em direção a ela, mas não sem antes me virar para trás antes, os olhos marejados.

— Eu também te amo — falei sem emitir som. Não pareceu idiota ou tolo ou errado. Eu havia dito algo que sempre soubera, a confissão me lançando na mais feliz e irreversível queda livre.

O rosto de Caleb se abriu em um sorriso. Ele me estudou, sem tirar os olhos dos meus, enquanto empurrava o barco para além do píer e deslizava para longe.

VINTE E TRÊS

FOI PRECISO QUASE MEIA HORA PARA CHEGAR ATÉ O HANGAR DOS aviões. Caleb cortou pelo meio da Periferia, através de bairros antigos que aguardavam restauração, as casas com janelas quebradas, areia empilhada à frente das portas. Eu seguia 10 metros atrás dele, mantendo a cabeça baixa, desaparecendo em grupos de pessoas correndo para chegar em casa antes do toque de recolher.

Enquanto caminhava, eu revivia aquele momento: os olhos dele me encarando, as palavras sussurradas que só eu podia ouvir. Eu o carregava dentro de mim agora, aninhado em algum lugar dentro do meu coração, uma coisa pequena e silenciosa que só nós dois partilhávamos.

Finalmente o terreno se abriu diante de nós. Aviões enferrujados e abandonados descansavam no asfalto. Carrinhos de metal estavam espalhados por todo canto, alguns vazios e retorcidos, outros cheios de malas e roupas amarrotadas e ressecadas pelo sol. Uma placa de metal acima do edifício dizia AEROPORTO MCCARRAN.

Caleb dobrou à direita. Eu o segui pelo estacionamento arenoso, virando-me de vez em quando para verificar se havia soldados. O aeroporto estava vazio. Algumas cartas de baralho desbotadas passaram voando, dando cambalhotas ao vento. Ele desapareceu dentro de um prédio comprido de pedra, e eu o segui, esperando alguns minutos antes de entrar.

No interior, aviões sombrios se assomavam muito acima de mim, AMERICAN AIRLINES pintado nas laterais em letras azuis e vermelhas. Eu só tinha visto aviões em livros infantis, mas ouvira as professoras citarem os voos que iam de uma costa à outra.

— *Psssst* — chamou a voz de Caleb da escuridão. Ele estava escondido atrás de uma pequena escada com rodinhas. Fui até ele. Mantendo o corpo perto da parede, começamos a andar em direção aos fundos do hangar, o braço dele em volta do meu ombro.

— Então é aqui que você vem todos os dias... — falei, erguendo os olhos para os aviões gigantescos, com mais de 50 metros de comprimento. As asas de metal estavam cobertas de ferrugem, a tinta branca formando bolhas em alguns lugares.

— Alguns dias. A obra está paralisada no momento, mas uma semana atrás havia quase cinquenta pessoas aqui todas as manhãs. — Caminhamos até uma porta na parede dos fundos. — Cidadãos vêm de todas as partes da Periferia para fazer turnos, além do trabalho que devem fazer no centro da Cidade. O regime tem feito demolições a uns 800 metros a leste daqui. Durante o dia é tão barulhento que você mal consegue ouvir seus pensamentos, mas isso encobre os sons das furadeiras e das marteladas.

Caleb bateu cinco vezes a uma porta. Um homem com barba espessa enfiou a cabeça para fora, uma bandana vermelha amarrada nos cabelos. O suor ensopava a frente da camiseta dele.

— Você não deveria estar em um encontro romântico esta noite? — perguntou. Então ele me viu atrás de Caleb e um sorriso curvou seus lábios. — Ahhh... você deve ser a adorável Eva! — Ele fez uma reverência exagerada, baixando a mão até o chão.

— Que recepção — falei, retribuindo a reverência. Ele não havia me chamado de Genevieve, e eu o amei imediatamente por isto.

— Este é Harper — apresentou Caleb. — Ele está supervisionando a escavação enquanto fico em outras obras.

Harper abriu a porta só o suficiente para nos espremermos para dentro. Lamparinas iluminavam o pequeno aposento. Dois outros, um homem e uma mulher de 30 e poucos anos, estavam à mesa, inclinados sobre uma grande folha de papel. Eles olharam para cima quando entrei, os olhos frios.

— Não saio desde 13h — continuou Harper. Ele era baixo, com uma pança que caía por cima do cinto e uma camiseta cinza dois tamanhos menor do que deveria. — Dá para ver as estrelas hoje? A Lua? — Os olhos acinzentados dele voaram de Caleb para mim.

— Não olhei para cima — respondi, meio que pedindo desculpas. Estava concentrada demais em manter meus olhos escondidos, o boné puxado para baixo.

Harper enxugou o suor da testa.

— Ela não olhou para cima! — provocou. — Uma coisa chata na Cidade são as luzes. Dificulta ver as constelações. Mas dá para ver bem da Periferia.

— Harper sabe se guiar pelas estrelas. Foi assim que chegou à Cidade originalmente — intrometeu-se Caleb. Ele pôs a mão em minhas costas enquanto falava, o polegar roçando minha coluna.

— Como é aquilo que você sempre diz, coroa?

Harper inclinou a cabeça para trás e riu.

— Coroa é você — resmungou, acertando o punho no braço de Caleb. Depois olhou para mim, apontando para o teto a fim de enfatizar. — Há milhões de estrelas, cada uma brilhando e se apagando ao mesmo tempo. Elas morrem como todo o restante das coisas, você precisa apreciá-las antes que desapareçam.

— Não vou me esquecer disso — falei.

O escritório amplo estava vazio, exceto pela mesa e por uma pilha de caixas. Um buraco de quase 1 metro se abria no chão. Fiquei ali, esperando que os outros dois falassem, mas eles ainda estavam empoleirados sobre o papel, os rostos semi-iluminados pela lamparina.

— Nenhum progresso em relação ao desabamento? — perguntou Caleb.

O homem era alto e magro, com óculos rachados. Vestia a mesma camisa de uniforme que eu, só que as mangas haviam sido arrancadas. Ele balançou a cabeça.

— Já disse, não vou discutir isso na frente dela.

Caleb abriu a boca para dizer alguma coisa, mas eu o interrompi.

— Eu tenho nome — falei, surpresa com o tom da minha própria voz. O homem manteve os olhos no papel, estudando desenhos de prédios diferentes pela cidade, observações rabiscadas ao lado deles em caneta azul.

— Nós todos sabemos bem disso — disse a mulher, olhando fixamente para mim. Seus cabelos louros estavam enrolado em dreadlocks finos, as calças salpicadas de lama. — Você é a Princesa Genevieve.

— Isso não é justo — intrometeu-se Caleb. — Eu já disse, podem confiar nela. É tão parente do Rei quanto eu.

Meu estômago ficou tenso quando me lembrei daquela tarde. Eu não havia me afastado quando ele me abraçara, sentira-me próxima dele quando conversamos sobre a minha mãe. Uma parte de mim se perguntava se talvez eu *fosse* culpada de alguma coisa.

O casal se voltou para os esboços.

— Dê tempo a eles — sussurrou Harper, com um tapinha nas costas de Caleb. Aí olhou para mim. — Se Caleb diz que posso confiar em você, então eu confio. Não preciso de mais provas.

— Obrigada — falou Caleb, agarrando o braço de Harper. — Foi Harper quem começou a construir os túneis para fora da Cidade. Ele percebeu que podíamos usar os canais de escoamento como ponto de partida. Trechos desabaram ou estão instáveis demais, principalmente por causa de todas as demolições do Rei. Estamos escavando escombros constantemente, ou descobrindo trechos bloqueados. Quase chegamos debaixo do muro neste aqui, mas aí atingimos uma seção inteira que ruiu.

Harper puxou o cinto para cima.

— É denso demais para escavar. Precisamos descobrir uma rota alternativa através dos canais de escoamento. Sem mapas do sistema de drenagem estamos simplesmente tateando no escuro.

— Esta é a entrada do primeiro túnel — disse Caleb, fazendo um gesto para o buraco. Atrás de nós, o casal se debruçava sobre seu trabalho. — Tentamos manter o hangar do jeito que estava quando o encontramos, só para o caso de alguma tropa aparecer. O entulho é retirado no fim da noite, um pouquinho de cada vez, e aí a construção começa de novo na noite seguinte. Ou pelo menos costumava começar.

— Onde os outros dois túneis estão sendo construídos? — perguntei. — Quem está trabalhando neles? — O homem e a mulher ergueram a cabeça ao som da minha voz.

— Por favor, não respondam isso — falou o homem, a voz inexpressiva. Ele alisou o papel com as mãos.

Todos os músculos do meu corpo ficaram tensos.

— Vocês sabem que eu era uma órfã — falei. — Até alguns dias atrás, eu acreditava que meus pais estavam mortos. Não sou uma espiã. Tenho amigas que ainda estão trancadas naquelas Escolas...

— Você participou daquele desfile, não foi? — interrompeu o homem com os óculos rachados. Eu podia ver minha sombra nas lentes, um contorno preto em contraste à luz alaranjada da lamparina. — Você não estava naquele palco, na frente de todos os residentes da Cidade, com um sorriso idiota no rosto? Diga-me que não era você.

Caleb deu um passo à frente, erguendo a mão para me proteger das acusações do sujeito.

— Já chega, Curtis. Não vamos discutir isso de novo, não agora.

Eu, no entanto, passei por debaixo do braço dele, incapaz de me conter.

— Você não me conhece — falei, tentando manter a voz firme. Ergui o dedo na cara dele. — Já esteve nas Escolas? Por favor, já que você parece saber tanto, conte-me como é. — O homem deu um passo para trás, mas seus olhos ainda estavam concentrados nos meus, recusando-se a desviar.

Podíamos ter ficado assim por horas, nos encarando, mas Caleb pegou meu braço, me puxando para longe.

— Vamos sair daqui — sussurrou. Ele fez uma semicontinência para Harper, e voltamos ao hangar, fechando a porta. — Eu não devia tê-la trazido aqui. Curtis e Jo têm sido bons para mim desde que cheguei, foram eles que encontraram um lugar para eu ficar, que me apoiaram quando os outros estavam em dúvida sobre me entregar a liderança das escavações. Normalmente eles não são assim. Apenas já viram o que pode acontecer com dissidentes que são descobertos.

— Odeio o jeito como olharam para mim — murmurei. Caminhamos pelo armazém silencioso, sob as barrigas enferrujadas dos aviões.

Quando chegamos à porta, Caleb parou, colocando a palma da mão em meu rosto.

— Eu sei — falou, pressionando a testa na minha. — Sinto muito. Talvez eles nunca confiem em você completamente. Mas eu confio... é isso que importa.

Ficamos ali por um momento, a respiração dele esquentando minha pele, o polegar roçando minha bochecha.

— Eu sei. — Foi tudo que consegui dizer. As lágrimas estavam quentes nos meus olhos. Ali estávamos nós, a quilômetros da caverna, de Califia, e ainda não havia lugar para nós. Estávamos quicando entre mundos, ele no meu, eu no dele, mas nunca seríamos capazes de ficar juntos de fato em nenhum dos dois.

Caleb olhou para seu relógio, o mostrador de vidro dividido em dois.

— Você pode pegar a segunda rua paralela à principal. Vá através do velho mercado havaiano. Está vazio a essa hora da noite. — Ele olhou nos meus olhos. — Não se preocupe, Eva — acrescentou. — Por favor, não se preocupe com eles. Vejo você amanhã à noite.

Apertei meus lábios contra os dele, sentindo as pontas de seus dedos em minha pele. Eu as segurei ali, tomada pela sensação terrível e ansiosa de querer sumir, desejando que pudéssemos estar de volta ao píer, aquelas três palavras flutuando entre nós.

— Amanhã à noite — repeti, enquanto Caleb enfiava outro mapa dobrado em meu bolso. Ele me deu beijos de despedida: nos dedos, mãos, bochechas e testa. Fiquei ali só por um breve momento. O restante do mundo parecia distante.

Mas, quando comecei a atravessar a Cidade, sozinha a não ser pelo som dos meus passos, as palavras de Curtis e Jo retornaram. Eu me flagrei discutindo meu caso com uma plateia imaginária, explicando minha posição no Palácio na tentativa de amenizá-la — algo de que nem eu estava completamente segura. Só quando passei pelo chafariz largo, sua superfície vítrea e parada, foi que pensei em Charles. Vi o rosto dele no conservatório aquela tarde enquanto ele apontava para o domo de vidro, descrevendo todos os seus planos para a restauração.

Corri escadaria acima, subindo os degraus de dois em dois, ignorando a queimação em minhas pernas. Os cinquenta andares passaram rápido, meu corpo energizado pela ideia repentina. Finalmente havia algo que eu podia fazer.

VINTE E QUATRO

— Os prédios que devem ser restaurados primeiro são determinados pelo seu pai — explicou Charles, espalhando as fotos em cima da mesa. — Nós fazemos um tour pelo lugar, tiramos medidas, vemos em que estado se encontra. Então analiso todas as informações que recuperei de antes da praga: disposição dos andares, plantas baixas, fotos... para aprender sobre a condição original do edifício, decidir o que pode ser restaurado e o que queremos jogar fora.

Assenti, os olhos mirando as gavetas compridas do outro lado da sala. A suíte no trigésimo andar fora convertida no escritório de Charles. A cama e as cômodas haviam sido substituídas por arquivos largos, e a escrivaninha ficava diante de uma parede de vidro com vista para a avenida principal. Uma longa mesa de madeira estava arrumada com maquetes, versões em miniatura de alguns dos lugares que eu vira no centro da Cidade: o conservatório abobadado, os jardins do Venetian e o zoológico do Grand. Uma sala menor continha mais maquetes, algumas empilhadas em cima das outras. Durante o café naquela manhã, eu pedira a Charles para conhecer seu escritório. O rosto dele se iluminou. O Rei nos estimulou a ir, apesar de nossos pratos estarem na mesa, a comida ainda quente.

Peguei outra foto da montanha-russa e do fliperama no antigo complexo New York, New York.

— É fascinante — falei. A velha fotografia mostrava pessoas atadas por cintos dentro do carrinho, gritando, as bochechas sopradas para trás pelo vento. *Era* fascinante ver como o mundo fora há tantos anos. Mas era impossível olhar para ele sem pensar em como havíamos chegado aqui, agora... nos meninos na caverna ou nas cicatrizes que cruzavam o alto das costas de Leif.

— Estou aliviado em ouvi-la dizer isso — falou Charles. — Eu poderia falar sobre o assunto durante horas. Às vezes fico preocupado se a estou entediando.

Soltei uma risada baixa, lembrando-me de um dos ditos da professora Fran.

— Só pessoas chatas ficam entediadas — falei com delicadeza. Virei uma foto nas mãos, tentando decifrar a escrita borrada no verso. Quando ergui os olhos, Charles estava olhando para mim. — As professoras costumavam dizer isso. — Dei de ombros. — É bobagem, eu sei.

— As professoras — falou ele. — Certo. Acabei de perceber que nunca conversamos sobre sua Escola.

— Se você não tem nada de bom para dizer, não diga nada — acrescentei, apontando para ele com a fotografia. — Era outra coisa que elas costumavam dizer.

Olhei pelo vão da porta atrás dele. Só aquela sala continha centenas de documentos — papéis em pilhas altas nos cantos, plantas baixas da maioria dos prédios no centro da Cidade. Tinha que haver mais informação ali, algo que fosse útil para Caleb; eu só precisava encontrar.

— Mas você foi a oradora. — Ele puxou a foto da minha mão e a colocou na mesa. De repente eu me senti constrangida, exposta até, agora que não tinha o que fazer com as mãos. — Deve ter gostado um pouco.

— Gostei enquanto estava lá — falei, sabendo que não podia contar a verdade para ele agora. Sobre como as professoras manipulavam as lições. Sobre minhas amigas que ainda estavam presas lá. Fui até a escrivaninha dele, fingindo olhar uma bola de beisebol sobre uma pilha de blocos de papel. Todas as superfícies estavam cobertas por mapas. Havia anotações rabiscadas presas na janela com fita adesiva.

— Gostou do meu peso de papel? — Ele fez um gesto para a bola. — Ainda dá para ver as manchas de grama se olhar de perto. É uma das poucas coisas que tenho de quando eu era criança.

Eu a segurei por um instante, observando com cuidado a costura vermelha desbotada que se desfazia em alguns lugares.

— Onde você cresceu?

Ele abriu as mãos, fazendo um sinal para que eu jogasse a bola.

— Em uma cidade no Norte da Califórnia. Durante semanas e semanas de migração, houve transportes do governo, caminhões que faziam a viagem até aqui. Levamos quase dois dias, com paradas. Todo mundo precisava ser liberado por um médico antes.

Joguei a bola pela sala em um arco lento. Pensei na ala de quarentena da Escola, em como aquelas primeiras semanas foram solitárias. As professoras só falavam conosco através de uma janelinha na porta. Eu era tão pequena, mas ainda me lembrava do autoexame todas as manhãs, procurando na pele por qualquer sinal dos hematomas sintomáticos da praga.

— Eles nos deram máscaras para cobrir a boca — continuou Charles. — Lembro de ter 15 anos e olhar em volta para todas aquelas pessoas sem rosto, a maioria vindo para a Cidade sozinha. Era surreal. — Ele jogou a bola de volta para mim.

— Como era a Cidade naqueles primeiros anos? — Virei a bola, esfregando as manchas de grama com o polegar.

— Deprimente — disse ele. — Ainda tão dilapidada. As pessoas tinham vindo de todos os cantos. Algumas delas andaram literalmente durante semanas, arriscando suas vidas para chegar aqui. Não era o lugar resplandecente que haviam imaginado. Pelo menos não na época.

Ele foi até os arquivos do outro lado da sala. Eu o segui, grata quando ele abriu uma das gavetas largas e planas, expondo todos os papéis que estavam lá dentro.

— Naqueles primeiros anos em que estávamos aqui, só o que eu via era possibilidades. Eu sabia que queria fazer o que meu pai fazia, trabalhar com ele um dia. O centro da Cidade mudou, prédio por prédio. Você podia ver a tristeza sumindo conforme as pessoas se assentavam, à medida que a Cidade começava a se parecer mais com o mundo de antes. Obviamente, ainda é uma obra em andamento. Ainda estamos trazendo a vida de volta com restaurantes e diversão. Mas tenho pensado em algumas outras ideias...

Cada gaveta era etiquetada. Algumas diziam Periferia com pontos cardeais diferentes ao lado — Nordeste, Sudeste, Noroeste, Sudoeste. Outras tinham nomes de hotéis antigos: duas gavetas cada para o Venetian, o Mirage, o Cosmopolitan e o Grand.

— Quando eles começaram a construção, transformaram todos os gramados e campos de golfe em hortas. Dos quais nós precisávamos, claro — falou Charles, folheando uma pilha de papéis na gaveta. — Mas o público não tem acesso a elas. Temos água potável agora, condições de manter plantas. Eu queria criar espaços ao ar livre para todo mundo. — Ele abriu uma folha de papel sobre a mesa.

Fiquei olhando para a imensa expansão de verde, dividida em alguns lugares por caminhos que serpenteavam. Havia árvores desenhadas com detalhes intricados, os galhos esticados acima de lagos e jardins de pedras. O lago gigante no centro era cercado por três prédios de pedra. Passei os dedos por cima das marcas leves de lápis. Era um desenho tão bom quanto qualquer um que eu tinha feito na Escola.

— Você desenhou isto?

— Não fique surpresa. — Charles riu. — Isto vai ter quatrocentos acres se chegar a ser construído algum dia. O maior parque dentro dos muros da Cidade.

As árvores e as flores haviam sido cuidadosamente desenhadas. Barcos flutuavam em um lago. Botões vermelhos e amarelos se aglomeravam em volta da margem. Um dos prédios estava intitulado CENTRO DE RECREAÇÃO; outro, MUSEU DE HISTÓRIA NATURAL. Um terceiro tinha um pátio e cadeiras.

— Uma biblioteca — falei, incapaz de conter o sorriso. — Não há nenhuma na Cidade?

— Nós restauramos uma perto da rua principal, mas é pequena e está sempre lotada. Esta teria quatro andares, com vista para a água. É só uma questão de classificar todos os livros recuperados. Há um prédio inteiro cheio deles a apenas três quarteirões a leste. — Charles apontou para a sala atrás de si. — Tenho a maquete em algum lugar, gostaria de ver?

Ele ficou olhando para mim, os olhos azuis arregalados. Parecia uma das bonecas na cama de Lilac em Califia, com seu queixo quadrado e traços fortes, os cabelos negros perfeitamente arrumados. Eu sabia que ele era objetivamente bonito. Era óbvio pela forma como Clara olhava para ele escondido, ou como grupos de mulheres sussurravam quando ele passava. Mas toda vez que eu o via, era lembrada de meu pai, dos muros da Cidade que subiam à nossa volta, nos trancando do lado de dentro.

— Eu adoraria — falei.

Assim que ele desapareceu no aposento apertado, andei até os arquivos, passando meus dedos nas etiquetas de cada gaveta. A primeira continha papéis dos velhos hotéis. A seguinte tinha plantas baixas do prédio de um hospital, a outra, duas escolas que haviam sido restauradas dentro da Cidade. Havia outras marcadas como algo chamado Planet Hollywood. Eu me ajoelhei, analisando as últimas gavetas. Charles caminhava pela outra sala, procurando pelas maquetes empilhadas, seus passos acelerando minha pulsação.

— *Onde* está? — sussurrei, lendo as etiquetas. Três das gavetas mais baixas estavam marcadas PLANOS DE EMERGÊNCIA. Abri a primeira e comecei a folhear seu conteúdo, papéis mostrando os portões dos muros, inventários dos armazéns na Periferia: suprimentos médicos, garrafas de água, alimentos enlatados. Nenhum deles mostrava os canais de escoamento.

Os passos de Charles pararam por um instante, aí recomeçaram, ficando mais altos conforme ele vinha em direção à porta. Abri a última gaveta. Não tive tempo para pensar, simplesmente enrolei a pilha inteira de papéis o mais apertadamente que consegui e a enfiei na lateral da minha bota. Fechei a gaveta e me pus de pé no exato segundo em que Charles voltou para a sala.

— Isto — disse ele, botando a maquete em cima da mesa — deve lhe dar a ideia completa.

Sequei minha testa, esperando que ele não percebesse a fina camada de suor sobre minha pele. A versão miniatura do parque tomava metade da mesa, os prédios construídos com pedaços finos de madeira. Os lagos tranquilos eram feitos com tinta azul.

Uma penugem verde, parecida com musgo, cobria o chão. Charles não parava de olhar para mim e depois para a maquete, como se esperasse por algum tipo de aprovação.

— É ótimo, é mesmo — falei, tentando manter a voz estável. Mas com as plantas guardadas, eu só queria ficar sozinha novamente.

— Tem mais — acrescentou ele, apontando por cima do ombro para o cômodo ao lado. — Eu costumava construir essas coisas com meu pai. Posso lhe mostrar as outras...

— Tudo bem — falei rapidamente, dando um passo para trás. — É melhor eu voltar.

O rosto de Charles mudou, o sorriso desaparecendo subitamente. Ele pareceu magoado.

— Certo. Alguma outra hora, então — sugeriu, respirando fundo. Seus olhos vasculharam os meus, procurando desesperadamente por algo mais.

— Um outro dia — ofereci finalmente, cedendo à culpa prolongada. Tentei lembrar a mim mesma de que ele trabalhava para meu pai. Que só havíamos passado algumas horas juntos, se tanto, e que ele provavelmente tinha as próprias motivações para buscar minha companhia. — Eu prometo.

Saí pela porta, deixando-o ali, o rosto semi-iluminado pelo sol que entrava pelas persianas. Um soldado esperava por mim no corredor. Ele me seguiu para dentro do elevador e até os últimos andares do Palácio.

Quando fiquei sozinha em minha suíte, me sentei no chão e tirei as botas. Enquanto avaliava as folhas finas, qualquer culpa que senti por enganar Charles desapareceu. Ali, no décimo papel da pilha, estavam desenhos de túneis. SISTEMA DE DRENAGEM DE LAS VEGAS, dizia o título em uma impressão linda, perfeita.

VINTE E CINCO

— Você não precisava fazer isso — disse Caleb, quando chegamos ao topo da escada do hotel. Ele pegou minha mão, me puxando para si, os braços envolvendo meus ombros. — Mas fico feliz que tenha feito.

Sons abafados de música flutuavam de uma sala ao final do corredor. Havíamos atravessado a Periferia até o apartamento de Harper, procurando por Jo e Curtis. Agora estávamos no último patamar do hotel caindo aos pedaços. Lascas de plástico desbotadas se espalhavam por todos os cantos. Cadeiras quebradas cobriam o pátio. Um homem dava banho no filho pequeno na banheira de hidromassagem com água pela metade, usando uma caixa de suco velha para enxaguar o sabão de seus cabelos.

Caleb me guiou pelo corredor. Nós nos mantivemos perto da parede, escondidos debaixo do toldo. Algumas luzes estavam acesas nos outros aposentos, visíveis através de janelas cobertas por tapumes e lençóis rasgados. Caleb bateu cinco vezes na última porta do corredor, do mesmo jeito que havia feito no hangar. Harper estava ali dentro, sua risada calorosa quebrando o silêncio.

— Vocês dois de novo. — Harper deu um sorriso largo, abrindo a porta. Ele usava um comprido roupão azul com uma camiseta cinza apertada por baixo. — O que estão fazendo aqui?

— Ele nos guiou para dentro, verificando para se assegurar de que ninguém nos vira. O quarto parecia lotado de colchões gastos e pilhas de jornais da Cidade. Curtis e Jo estavam sentados em cima de caixas de madeira empenadas, bebendo um líquido âmbar de uma jarra. Curtis largou a jarra quando me viu. Seus olhos eram pontinhos negros minúsculos por trás dos óculos grossos.

— Tenho um presente para vocês — falei, incapaz de conter o sorriso. Ajoelhei-me e abri o zíper da bota, entregando o rolo de papéis para ele.

Jo ajudou Curtis a abri-los no chão.

— Isso é o que eu penso? — perguntou ela, folheando as páginas.

— Onde você os encontrou? — Curtis puxou um do fundo da pilha, passando os dedos pelos desenhos. Ele olhou de soslaio para Jo, o rosto se abrindo em um sorriso. Cobriu a boca como se estivesse tentando esconder. — Não acredito nisso.

— Acho que o que você quis dizer foi "obrigado" — corrigi.

Harper soltou uma risadinha e piscou para mim em aprovação.

— É aqui que está o desabamento — sussurrou Jo, apontando para um ponto no mapa. Ela passou o dedo até o outro lado.

— Precisamos acessar este túnel a leste. Durante todo esse tempo ficamos pensando que devíamos continuar cavando para o norte.

Uma panela estava fervendo em uma chapa elétrica ao lado da geladeira, o vapor preenchendo o ar com um aroma forte e picante. Harper foi até a cozinha improvisada, pegando outra jarra e esvaziando-a em copos para Caleb e eu.

— Você fez bem — sussurrou, entregando um para mim.

— Eva os roubou do escritório de Charles Harris — acrescentou Caleb, como se isso fosse render uma simpatia maior.

Até Jo riu.

— *O* Charles Harris? Diretor de Desenvolvimento do Rei?

Assenti, dando um golinho na bebida. Tinha um gosto parecido com o da cerveja que faziam em Califia.

— Eu os trouxe para vocês assim que pude. — Fiquei olhando para Curtis, esperando que ele reagisse, agradecesse, pedisse desculpas, qualquer coisa, mas ele manteve os olhos na papelada, estudando a nova rota. Passou-se um longo tempo até que ele erguesse os olhos.

Estávamos todos observando-o. Ele olhou em volta e deu de ombros.

— Você é a filha do Rei — disse, ajeitando os óculos no nariz. — O que espera?

Jo olhou para mim, os olhos contornados com delineador preto.

— Cometemos um engano. — Ela olhou de esguelha para Curtis. — É difícil saber em quem confiar. Acabamos de perder alguns dos nossos por causa de informações vazadas.

Harper sentou-se ao meu lado, passando o braço em volta dos meus ombros.

— Este é o código deles para "foi mal" — sussurrou. E deu mais um gole em sua bebida.

— Com as novas plantas, não vai levar mais do que uma semana — comentou Caleb. Ele se ajoelhou ao lado de Curtis e traçou a distância até o muro. — Já alertei Moss de que a construção vai continuar amanhã. Ele está fazendo contato com a Trilha.

— Posso arrumar trinta trabalhadores até a tarde — disse Jo, olhando para o relógio de pulso. Os dreadlocks louros estavam amarrados para trás com uma faixa vermelha. — Vou pegar os contatos que estão saindo dos turnos da noite.

— Curtis, vou confiar a construção a você enquanto eu estiver na outra obra amanhã de manhã — acrescentou Caleb.

Curtis enrolou os papéis e os enfiou em sua mochila. Ele assentiu, os olhos passando de Caleb para mim.

— O que significa — falou Harper, saltando do colchão — que em vez de lamentar, devíamos estar comemorando. — Ele foi até um aparelho de som em cima da cômoda e colocou um disco como os que eu vira na Escola. A sala se encheu com uma música baixa, uma canção boba com um homem recitando a letra. *He did the mash*, tocou. *He did the Monster Mash. The Monster Mash. It was a graveyard smash!*

Caleb riu.

— O que é isso, Harper? — perguntou.

Harper chutou algumas camisas amarrotadas do caminho para abrir uma pista de dança.

— Este é o único CD que tenho que funciona. Música de Dia das Bruxas ou não, ainda é música.

Harper girou pela sala, a cerveja espirrando do copo enquanto ele puxava Jo para acompanhá-lo. Ela contornou alguns jornais amassados, rindo o tempo todo. Fiquei sentada no colchão, observando enquanto Caleb se juntava a eles, sacudindo os quadris desanimadamente, para deleite de Harper.

— Uhu! — gritou Harper. — Vai, garoto!

Levei um instante para perceber que Curtis havia se sentado ao meu lado.

— Eu duvidei de você — disse ele, tão baixo que eu mal consegui escutar. — Estivemos trabalhando naquele túnel durante os últimos três meses e, por sua causa, talvez consigamos terminá-lo.

— Ele ofereceu a mão. — Você é uma de nós agora.

Eu a apertei.

— Sempre fui — falei. — O Rei pode ser meu pai, mas estive em território selvagem, nas Escolas. Sei o que ele fez.

A música enchia o quartinho. Curtis ficou calado por um momento, pensando no que eu havia dito.

— É só que levo muito tempo para confiar em alguém. A maioria das pessoas na Periferia nem sabe meu verdadeiro nome.

— Chega dessa falação! — interrompeu Harper. Ele agarrou meu braço, me puxando do chão. Então me girou uma vez, rapidamente, os membros relaxados por causa de toda a cerveja. — Vamos curtir só por uma noite. Venha, Curtis, levante-se, cara! Senão, eu vou mostrar... eu vou... — ameaçou, agarrando a faixa de seu roupão, pronto para abri-lo.

Curtis ergueu as mãos, rendendo-se. Ele se juntou a nós, remexendo-se constrangidamente pela sala apertada. Caleb pegou minha mão, me rodopiou e me curvou para trás tão rápido que senti um frio na barriga. Seus olhos verdes encontraram os meus, nossos rostos a apenas alguns centímetros de distância enquanto ficávamos ali por um segundo, ouvindo o refrão bobo.

Ele se inclinou para perto, os lábios roçando contra minha orelha.

— Quer ir? — perguntou.

Ele sorriu para mim, o mesmo sorriso que eu já havia visto tantas vezes. Eu amava cada parte dele. O cheiro da pele, a cicatriz na bochecha, seus dedos contra minhas costas. A maneira como ele podia me dizer o que estava pensando só de olhar para mim.

— Quero — falei finalmente, minha pele quente sob a mão dele. — Achei que você nunca fosse perguntar.

VINTE E SEIS

As mãos de Caleb estavam cobrindo meus olhos, as palmas suadas contra minha pele. Segurei seus pulsos, adorando a sensação de seus braços em volta de mim, os pés de cada lado dos meus, os passos me guiando para a frente. Estávamos em um local fechado, isso eu podia dizer, mas não sabia onde.

— Agora? — perguntei, tentando manter a voz baixa.

— Ainda não — sussurrou ele ao meu ouvido.

Eu o acompanhei na escuridão.

Logo ele parou, me virando para a direita, e abaixou as mãos.

— Tudo bem — sussurrou, apoiando o queixo em meu ombro. — Agora você pode olhar.

Abri os olhos. Estávamos em outro hangar de aviões, muito maior do que aquele onde estivéramos antes, no qual a entrada do túnel ficava escondida. Aviões estavam enfileirados, alguns grandes, outros menores, todos iluminados pelo luar que entrava pelas janelas do hangar.

— É aqui que você tem morado? — perguntei, olhando para o avião acima de nós.

Ele agarrou uma escada de metal e a arrastou para perto, as rodas enferrujadas rangendo e gemendo a cada virada.

— Harper o encontrou para mim. Ele acha que vou estar mais seguro aqui. Fica do lado oposto do aeroporto no qual estivemos ontem. — Ele fez um gesto para os degraus. — Você primeiro.

Comecei a subir a escada de metal, me sentindo pequena ao lado do avião. Ele era tão maior quando você ficava bem ao lado, com asas nas quais dez pessoas podiam se deitar. Eu me lembrei do dia em que lemos sobre um acidente de avião em *O senhor das moscas*. A professora Agnes havia nos contado sobre os aviões que voavam por cima de oceanos e continentes, sobre como acidentes eram raros porém fatais. Nós a fizemos nos contar tudo — sobre as "comissárias de bordo" que empurravam carrinhos pelos corredores, servindo bebidas e refeições em miniatura, sobre os televisores aninhados atrás de cada assento. Naquela tarde, Pip e eu nos deitamos na grama, olhando para o céu, imaginando como seria tocar as nuvens.

Caleb abriu uma porta oval onde dizia SAÍDA DE EMERGÊNCIA, puxando-a para fora e para cima com as duas mãos. Assentos estavam enfileirados, fileira após fileira após fileira, estendendo-se até a cauda do avião. As persianas de plástico estavam abaixadas. Havia lamparinas empoleiradas em bandejas nos assentos dos fundos, conferindo ao lugar todo um brilho aconchegante.

— Nunca havia visto o interior de um desses — falei, seguindo Caleb pelas fileiras da frente. Os assentos eram mais largos. Dois estavam arrumados como camas, cobertores embolorados puxados por cima deles. Uma mochila cheia de roupas e alguns jornais velhos descansavam em uma cadeira ao lado. O de cima tinha a foto de mim, no desfile, PRINCESA GENEVIEVE SAÚDA CIDADÃOS escrito embaixo.

— Veja só todo esse espaço! — Rodopiei com os braços esticados e ainda assim não toquei em nada.

Caleb me empurrou levemente para passar para o nariz do avião, dando um beijo em minha testa no caminho.

— Para onde você gostaria de voar? França? Espanha? — Ele agarrou a minha mão, me guiando para dentro da cabine da frente, que era coberta de painéis de metal e mil botões minúsculos.

— Itália — falei, colocando meus dedos sobre os dele enquanto ele movia um controle no banco dianteiro. — Veneza.

— Ahhh... você quer um passeio de gôndola *de verdade*. — Ele riu. E deslizou um botão acima de nossas cabeças, aí outro, fingindo que estava preparando o avião para a decolagem.

Peguei um dos fones de ouvido e cobri minhas orelhas. Virei um botão à nossa direita, aí outro, enquanto me acomodava em uma das cadeiras.

— Aperte seu cinto de segurança — disse Caleb. Ele puxou o fecho em volta de minha cintura, uma das mãos repousando em meu quadril.

Ele se inclinou para a frente e agarrou os controles, fingindo voar. Ficamos olhando pela janela da frente, admirando o hangar escuro como se ele tivesse a vista mais espetacular.

— Vamos ter que parar em Londres primeiro — falou, a voz ressoando no pequeno aposento de metal. — Ver o Big Ben. Aí talvez a Espanha... Então Veneza.

Apontei para o chão abaixo.

— É tudo tão pequeno daqui de cima. — Eu me inclinei por cima dele para ver melhor o mundo imaginário abaixo. — A torre do Stratosphere tem 3 centímetros de altura...

— Olhe — disse Caleb, apontando para a janela lateral. — Dá para ver por cima das montanhas. — Ele pôs a mão em minha perna e sorriu.

— A caminho finalmente. — O avião estava decolando, meu corpo se afundando no assento macio estofado, e a Cidade ficando menor, os prédios encolhendo até desaparecerem a distância. Estávamos subindo, por cima das nuvens, o sol brilhando sobre a gente.

Após um longo tempo, Caleb se inclinou para perto e afastou meus cabelos, me beijando na testa. Ele desafivelou meu cinto de segurança e ficou de pé, me puxando de meu assento, as mãos em meus quadris. Estava sorrindo sozinho, os olhos brilhantes sob a luz da lamparina, como se soubesse de algo que eu não sabia.

Tirei os fones de ouvido.

— O que foi? — perguntei, tentando olhar em seus olhos.

— Moss me deu autorização para deixar a Cidade — disse ele. — Assim que o primeiro túnel for terminado, ele me disse que eu posso ir. Acha que é perigoso demais ficar, comandar as escavações. Eles estão aumentando as buscas. Eu volto se ele precisar de mim.

Minhas mãos tremeram.

— Então você vai embora? — perguntei, a voz fina de nervoso.

— *Nós* vamos embora. — Ele acariciou meu rosto. — Se você quiser vir comigo. Quero ir para o leste, para longe da Cidade. Vai ser um risco, mas é um risco em todos os lugares. Vamos estar em fuga novamente, o que não é o que nenhum de nós dois quer, mas, por favor, pelo menos pense a respeito.

Não hesitei:

— É claro. — Levei as mãos ao rosto dele, observando a luz da lamparina em sua pele. — Isso nem é uma dúvida.

Ele apertou nossos corpos em um, as mãos se movimentando pelas minhas costas, ombros, cintura, me puxando cada vez mais para junto dele.

— Eu juro que vamos descobrir como... vamos descobrir um jeito de ir embora. — Ele respirou em meu pescoço. — Isso parece certo para mim. É todo o resto que está errado.

— Então as coisas começam agora — falei. — Eu estou aqui. Estou com você. E dentro de uma semana, vamos embora. Simples assim.

Caleb me levantou do chão, apoiando minhas costas contra a parede de metal. Passei minhas pernas em volta da cintura dele. Ele apertou a boca contra a minha, as mãos em meus cabelos. Meus lábios tocaram os dele, aí encontraram o caminho para a pele macia de seu pescoço. As mãos dele escorregaram pelas laterais de meu corpo, passaram pelo meu colete e se acomodaram nas costelas mais abaixo.

Ele me carregou para dentro da cabine. Cada centímetro de mim estava acordado, as bochechas coradas, a pulsação viva nos meus dedos dos pés e das mãos. Eu não conseguia parar de tocá-lo. Meus dedos correram pelos nós da espinha dele, descendo, se demorando em cada um, um nó minúsculo abaixo da superfície da pele. O avião estava silencioso e imóvel, as mãos dele segurando meu pescoço enquanto nos deitávamos na cama improvisada, apenas grande o suficiente para acomodar nós dois. Ele tirou a camisa e a jogou no chão. Corri meus dedos pelo peito dele, observando arrepios surgirem ao meu toque. Ele soltou uma risadinha. Circundei suas costelas, aí desci para os músculos sólidos da barriga, vendo os lábios dele se retorcerem conforme meus dedos se movimentavam.

— Minha vez — sussurrou ele finalmente, esticando a mão para os botões em meu colete.

Caleb os abriu um a um. Então as mãos se movimentaram rapidamente, puxando-o de meus ombros e começando a abrir a blusa branca engomada do uniforme. Ele não parou até todos os botões estarem abertos, o tecido puxado para trás, expondo o sutiã preto que eu encontrara em meu armário no primeiro dia em que cheguei. O mapa dobrado ainda estava ali dentro.

Ele me beijou, incapaz de parar de sorrir. Minha cabeça descansava na dobra do braço dele, sua bochecha ao lado da minha enquanto eu observava a mão dele se mover pelo meu corpo. Os dedos tocavam minha pele, o calor se espalhando por baixo das pontas deles conforme corriam pela minha barriga, circulando meu umbigo. Ele traçou uma linha pelo meio das minhas costelas até o espaço firme e plano entre meus seios. Aí roçou a mão por cima de cada um. Dobrou os dedos, os nós se arrastando pela parte macia que saía por cima de meu sutiã.

Foi o suficiente. Nossas bocas se apertaram juntas, a respiração dele quente em minha orelha, as palavras sussurradas quase inaudíveis. *Eu te amo, eu te amo, eu te amo.* Ele me beijou de novo, seus lábios tensos contra os meus enquanto eu me agarrava a ele. As mãos estavam em cada parte de mim, o corpo dele mudando de posição, ficando em cima do meu. O ar deixou meus pulmões, e o mundo ficou distante.

As paredes se foram primeiro, depois os assentos. O chão desapareceu de baixo de nós, as lamparinas sumiram. As vozes da Escola foram silenciadas. Eu não sentia mais o cheiro das almofadas emboloradas. Estávamos suspensos no tempo, as mãos dele ao meu redor, minhas pernas em volta das dele, puxando-o para dentro de mim enquanto nos beijávamos.

VINTE E SETE

As batidas nos acordaram. O avião estava tão escuro que eu não conseguia enxergar Caleb ao meu lado. Só podia ouvi-lo e sentir suas mãos procurando sua camisa amarrotada perto do meu pé. Só havíamos dormido por alguns minutos. Tínhamos acabado de pegar no sono.

— Quem é? — perguntei, o pânico subindo pelo meu peito.

— Não sei — sussurrou Caleb. — Depressa, podemos sair pelos fundos. — Ele tateou até encontrar minha mão. O calor dela me reconfortou.

Procuramos nossas roupas pelo chão. As batidas continuaram, cada murro estremecendo meu corpo inteiro.

— Qual é, cara! — ouvi Harper berrar. Ele estava sacudindo a porta de emergência, tentando abri-la. — Sou eu. Vocês não têm muito tempo!

Caleb soltou minha mão. A almofada cedeu ao meu lado, e ele se levantou, os pés descalços andando pelo corredor. A porta finalmente se abriu, jogando um longo retângulo de luz dentro da cabine.

— Eu sabia — cuspiu Harper.

Puxei o cobertor em volta de mim, me abaixando para a escuridão, atrapalhando-me para encontrar minhas roupas.

— Eu devia ter vindo mais cedo. Sabia que havia algo errado quando você não apareceu no hangar. São quase 8h30. Ela tem que sair daqui.

Eu só conseguia ver o dedo dele apontando para as profundezas do avião. Vesti minhas calças e meias e fechei meu sutiã. Enfiei os pés nas botas pretas, abotoando a blusa enquanto me dirigia à porta.

Oito e meia. Beatrice já devia ter entrado no meu quarto para me acordar; provavelmente estava enrolando agora enquanto as empregadas arrumavam o café da manhã. Em menos de meia hora o Rei entraria a passos largos na sala de jantar e se sentaria na enorme cadeira à cabeceira da mesa de banquete. A refeição sempre começava às 9h, nem um minuto depois. Sempre.

— Estou indo — falei, a garganta seca. Abaixei-me para sair pela porta, apertando o braço de Caleb como despedida. — Vou voltar do jeito que vim. — Harper estava retorcendo as mãos. Disparei pela escada de metal abaixo, remexendo em meus bolsos, procurando pelo mapa dobrado.

— Espere! — gritou Caleb para mim. Ele calçava o sapato enquanto corria, pulando por metade do caminho. — Você não pode ir por aquelas ruas. Pode haver pontos de verificação armados. Eu vou levar você. — Ele esticou a mão para mim.

— Você não deve. — Balancei a cabeça enquanto nos dirigíamos para a porta do hangar. Corremos debaixo de avião após avião, nossos passos ecoando no chão de concreto. — Você corre mais risco do que eu. Não quero que se envolva nisso.

Mas ele seguiu de qualquer maneira, andando atrás de mim conforme eu empurrava a porta e saía para a luz ofuscante. Ele esticou a mão para segurar meu braço, me contendo. Os olhos encontraram os meus por um breve segundo.

— Não posso deixá-la ir sozinha — implorou. Ele arrancou o mapa das minhas mãos e o rasgou ao meio. — Por favor, só me siga. Fique alguns metros atrás.

Aí ele partiu, disparando através da Periferia, o primeiro turno de trabalhadores deixando os prédios decrépitos. A manhã estava mais fria do que o normal, o vento chutando poeira e lixo para o alto. Uma sacola de papel-alumínio passou voando, DORITOS impresso no lado. Mantive minha cabeça baixa para me misturar aos outros. Estávamos todos andando em direção ao centro da Cidade, usando coletes vermelhos idênticos, uma rapidez em nossos passos. Passamos por outro velho hotel e um prédio de escritórios com janelas queimadas. Uma fileira de casas estava fechada com tapumes, as paredes rachadas, areia empilhada nos beirais das janelas. Em menos de dez minutos chegamos aos limites da Cidade e Caleb entrou em uma rua estreita ladeada de árvores. Eu o segui, sentindo a rua pavimentada dura debaixo de meus pés.

Conforme nos aproximávamos do Palácio, a multidão diminuía. Era difícil evitar ser percebida. Uma mulher passou com duas crianças pequenas. A menininha apontou para o meu rosto.

— É a Princesa, mamãe — falou, olhando para mim por cima do ombro enquanto eu passava.

Continuei andando, o vento jogando meus cabelos para longe do rosto. Fiquei grata quando ouvi o *Shhh* frustrado da mãe dela.

— Já chega, Lizzie — ralhou ela. — Pare de dizer bobagens.

Dez minutos se passaram, então vinte. Nesse momento o Rei estava se sentando à mesa, olhando para o assento vazio ao seu lado, o garfo batendo nervosamente na beirada do prato. Talvez ele estivesse revistando meu quarto. Beatrice lhes diria que eu estava lá quando ela saíra na noite anterior, e não estaria mentindo — eu estava. Eu havia ficado na cama até ela estar do outro lado do corredor, no próprio quarto, a porta fechada. Eu podia inventar uma história. Necessidade de uma bebida no meio da noite, sensação de claustrofobia dentro da suíte. Talvez a tranca da porta tivesse quebrado, permitindo que eu saísse. Mas o que quer acontecesse, qualquer que fosse a história que eu escolhesse, uma coisa era certa: de agora em diante seria quase impossível deixar o Palácio.

Estávamos chegando perto. Caleb andava confiantemente, sem pressa, as mãos nos bolsos. Ele olhava por cima do ombro ocasionalmente para se assegurar de que eu ainda estava ali. Passamos por um campo de beisebol do qual eu me lembrava da minha volta do hangar para casa. *Não podemos estar longe agora*, pensei, apressando o passo.

Começamos a atravessar um velho estacionamento e a descer uma rua estreita. O trem passou voando acima de nossas cabeças, os cidadãos bem-vestidos sentados confortavelmente nos vagões largos. O vento estava implacável, o sol escondido atrás de um cobertor cinza e plano de nuvens. Quando nos esgueiramos pelo velho hotel Flamingo, a interseção se abriu diante de nós para revelar um pedacinho da rua principal. *Mais um quarteirão*, pensei, observando Caleb ir em direção à esquina, onde a rua estreita se abria para o chafariz da frente do Palácio. Ele viraria para a direita, e eu tomaria a passarela para o outro lado da rua, me misturando aos trabalhadores do shopping do Palácio.

Quando estava a passos da esquina, ele se ajoelhou, fingindo amarrar o sapato. Olhou para mim, a boca em um meio sorriso, os olhos verdes brilhantes. Nós havíamos conseguido. Eu não sabia quando o veria novamente, ou como, mas encontraríamos um jeito. Toquei a aba do meu boné, uma continência quase imperceptível.

Ele se levantou. Deu seus últimos passos, virando à direita na rua principal para voltar à Periferia. Subi as escadas da passarela, mantendo a cabeça baixa para evitar ser vista. Levei um segundo para ouvir as vozes altas dos soldados, para ver a multidão que havia se reunido perto da entrada dianteira do Palácio, tanto de trabalhadores quanto de clientes, todos tentando entrar. As tropas haviam fechado o prédio, bloqueando a rua ao norte e ao sul. Estávamos encurralados.

Congelei na passarela, vendo o rosto apavorado de Caleb conforme ele se aproximava do Palácio. Ele disparou atrás de alguns trabalhadores, então virou-se, tentando voltar pelo caminho pelo qual tínhamos vindo, pela rua estreita abaixo. Era tarde demais. Um soldado no fim do ponto de verificação já estava saindo da fila, os olhos fixos no estranho de calças amarrotadas e camisa parcialmente para fora das calças — o único que viera na direção do Palácio e depois se virara para o outro lado.

Eu não pensei. Só corri. Atravessei a passarela lotada e desci a escada aos empurrões, disparando pela rua. Caleb estava andando rapidamente na direção oposta, a cabeça baixa, tentando desaparecer na multidão. O soldado estava quase alcançando-o. Ele esticou a mão e agarrou o colarinho de Caleb, puxando-o para trás.

— É ele! — gritou para os outros.

Corri o mais rápido que podia, sem parar até estar bem atrás dele. Pulei nas costas do soldado, tentando derrubá-lo para dar a Caleb alguns segundos — uma chance —, mas meu corpo era leve demais para causar dano.

Outro soldado me agarrou por trás.

— Peguei a Princesa — gritou ele, e então estávamos no meio de todos eles, soldados formando um enxame à nossa volta, um segurando minhas mãos; outro, minhas pernas.

— Caleb! — berrei, me esforçando para enxergar entre homens que se movimentavam freneticamente em torno de mim. — Onde você está?

Torci os pulsos, tentando me soltar, mas o aperto era forte demais. Eles me arrastaram de volta à entrada do Palácio, pela fileira baixa de arbustos, passando pelos chafarizes e estátuas aladas de mármore. A última coisa que vi foi o cassetete de um soldado, o bastão preto subindo acima da multidão febril e então aterrissando, com um baque terrível, nas costas de Caleb.

VINTE E OITO

— Então Clara estava certa. Ela realmente viu você saindo do palácio naquela noite — começou o Rei. Não respondi. Ele caminhava pelo escritório, as mãos atrás das costas. — Há quanto tempo você vem saindo escondida assim, mentindo para mim, para todos nós?

Quando fui arrastada para dentro do shopping do Palácio, ele estava esperando por mim. Ordenou aos homens que me soltassem para não assustarem os empregados dentro das lojas. Uma mulher na joalheria restaurada espiou de trás de uma vitrine de colares, observando-os desamarrarem minhas mãos enquanto meu pai mantinha uma pegada firme em meu braço.

— Genevieve — disse ele, a voz inexpressiva. — Eu lhe fiz uma pergunta.

— Eu não sei — consegui dizer. Esfreguei meus pulsos, a pele ainda vermelha onde eles haviam prendido as amarras. Eu continuava vendo o corpo de Caleb no chão. As tropas em volta dele. Um soldado havia virado de costas para o bando e cuspido na rua. *Queria poder matá-lo eu mesmo.*

O Rei bufou.

— Você não sabe. Bem, vai ter que descobrir. Poderia ter sido sequestrada, raptada em troca de resgate... tem ideia de como isso foi perigoso? Há pessoas nesta Cidade que me querem morto, que acreditam que estou destruindo este país. Tem sorte de não ter sido assassinada.

Olhei pela janela. Eu não conseguia ver a Cidade. Além do vidro, o mundo era todo céu, uma expansão cinza que se estendia infinitamente.

— Onde ele está? — perguntei. — Para onde o estão levando?

— Isso não é mais problema seu — falou o Rei. — Eu quero saber como você saiu, onde esteve, o que esteve fazendo e com quem estava. Quero os nomes das pessoas que a ajudaram. Você tem que entender, ele só a estava usando para chegar a mim.

— Você entendeu errado. — Balancei a cabeça. Fiquei olhando para o carpete, para as linhas certinhas e aspiradas agora esmagadas por pegadas — Você não o conhece. Não faz ideia do que está falando.

Ao ouvir isso, ele explodiu, o rosto ganhando um tom rosado intenso.

— Não *me* diga o que *eu* sei — berrou. — Aquele garoto tem vivido em território selvagem há anos, sem nenhum respeito pela lei. Você sabia que esses não são os primeiros soldados que ele atacou? Quando fugiu dos campos de trabalhos forçados, ele quase matou um dos guardas.

— Não acredito nisso — repliquei.

— Você precisa entender, Genevieve. Pessoas que vivem fora do regime têm perpetuado o caos. Estamos tentando construir, e eles estão tentando destruir.

— Construir a que custo? — desafiei, incapaz de aguentar mais. Girei o boné, amassando a aba até ela quase se dobrar ao meio. — A questão não é sempre essa? Quando você vai ficar satisfeito? Quando todas as pessoas neste país estiverem sob seu controle? Minhas amigas deram suas vidas. Arden, Pip e Ruby ainda estão lá. — O Rei virou de costas à menção dos nomes delas.

O silêncio pesou à nossa volta. Fiquei olhando para as costas dele, a resposta tornando-se clara antes mesmo de eu fazer a pergunta.

— Você não vai libertá-las, vai? Não pretendia libertá-las nunca. — falei.

Ele ainda não olhava para mim. Respirou comedidamente, cada respiração lenta, arrastada, marcando o tempo de maneira terrível.

— Não posso — disse ele finalmente. — Não posso abrir uma exceção para elas. Tantas moças prestaram seus serviços. Não seria correto.

— Você abriu uma exceção para mim — tentei.

Ele balançou a cabeça.

— Você é minha *filha*.

Senti como se estivesse engasgando. Lembrei-me do rosto de Pip quando ela se enroscava ao meu lado, a bochecha de encontro ao meu travesseiro. As luzes já haviam se apagado na Escola. Ruby estava dormindo. Nós ficávamos ali, nossas mãos entrelaçadas, o luar entrando pela janela. *Prometa que assim que chegarmos à Cidade vamos encontrar uma loja de vestidos.* Ela beliscou seu colarinho, a mesma camisola branca engomada que todas as outras usavam. *Espero nunca mais ver uma dessas.*

— De sangue — murmurei agora. — Sou sua filha de sangue. Meu lugar não é aqui, nesse local. Não com você.

Finalmente ele me encarou. Algo em seu rosto mudou. Seus olhos estavam contraídos e calculistas, olhando para mim como se fosse a primeira vez.

— Então onde é o seu lugar? Com ele?

Assenti, lágrimas ameaçando rolar pelas minhas bochechas.

O Rei esfregou as têmporas, soltando uma risadinha triste.

— Isso *não pode* acontecer. As pessoas esperam que você fique com alguém como Charles, não com algum fugitivo dos campos. Charles é o tipo de homem com quem deve se casar.

— Quem é você para dizer o que devo fazer? Com quem devo ficar? — rebati. — Você me conhece há menos de uma semana. Onde você estava quando fiquei sozinha naquela casa com minha mãe, quando eu a estava ouvindo morrer?

— Eu já disse — falou o Rei, um tom cortante na voz. — Eu teria estado lá se pudesse.

— Certo — falei. — E teria contado à sua mulher sobre ela; só não era a hora. E vai restaurar a Periferia em algum momento, para oferecer moradias decentes aos trabalhadores, assim que terminar de construir os zoológicos, museus, parques de diversão e restaurar as três colônias no leste.

O Rei ergueu a mão para me calar.

— Chega. O que quer que tenham dito a você, Genevieve, o que quer que tenham falado sobre mim... eles têm objetivos que você não pode nem começar a entender. Querem botá-la contra mim.

— Não é assim. — Balancei a cabeça, odiando o quanto a certeza na voz dele criava tantas dúvidas na minha. — Caleb teria morrido naquele campo de trabalhos forçados se não tivesse fugido. Você não o conhece.

— Não preciso conhecer — falou o Rei, andando em minha direção. — Eu sei o bastante. Agora, vou perguntar a você mais uma vez. Preciso saber se ele estava trabalhando com alguém, se você ouviu alguma coisa sobre qualquer plano para atacar o Palácio. Alguém ameaçou você?

Fixei as palavras de Caleb em minha mente, todas as coisas que ele dissera naquela primeira noite no subsolo, quando me contou sobre os dissidentes que haviam sido torturados.

— Ele não estava trabalhando com ninguém — falei baixinho, desejando que o Rei olhasse para o outro lado. — Ele só estava na Cidade por minha causa.

— Como você saiu da sua suíte? — perguntou ele. — Beatrice a ajudou?

— Não, ela não fazia ideia — expliquei, as palmas das mãos apertadas uma contra a outra. — Eu descobri o código. Uma porta na escada leste estava destrancada. Roubei o uniforme de um apartamento na Periferia. — Pensei no avião abandonado no hangar, nos cobertores embolados, na claridade fraca das lamparinas. Eles iam mudar o código agora, botariam soldados de plantão à minha porta. Seria impossível sair do Palácio. Isso teria sido insuportável se Caleb ainda estivesse na Periferia. Se eu tivesse algum motivo para fugir.

— O que quer que ele tenha lhe contado, Genevieve, o que tenha dito... ele a está usando. Há centenas de dissidentes na Cidade. Alguns estão trabalhando com Perdidos do lado de fora. É possível que ele soubesse que é minha filha antes mesmo de você saber.

— Você não sabe nada sobre nós.

Dei um passo para trás, odiando a facilidade com que todas as advertências da Escola retornavam, enchendo minha cabeça, colorindo tudo no passado e no presente. Caleb tinha aquela foto de mim quando nos conhecemos. Ele havia ficado comigo à beira do rio, me ajudando a me esconder, apesar de as tropas estarem bem atrás de nós. Não era verdade, eu sabia que não podia ser, mas as acusações ficaram pairando no ar.

— Você não está mais associada a ele — disse o Rei. — Não existe "nós". Você é a Princesa da Nova América. Já é ruim o bastante os cidadãos a terem visto sendo contida perto do Palácio no mesmo instante em que ele foi preso. Ele cometeu um crime contra o Estado.

— Eu já disse, não foi ele — falei. — Ele não pode ser punido por isso.

— Dois soldados foram mortos em um ponto de verificação do governo. Alguém tem que ser responsabilizado — disse o Rei, a voz inexpressiva.

— Eu posso explicar o que aconteceu, como foi em legítima defesa.

— Estas leis existem por um motivo: qualquer um que ameace a Nova América ameaça a todos. — Ele olhou para mim. — Você não pode defendê-lo, Genevieve. Não vai falar com ninguém sobre isso.

— O povo não precisa saber — tentei. — Você pode soltá-lo. Que importância tem para você se ele estiver fora da Cidade? Todo mundo vai acreditar que ele está morto.

O rei andou de um lado para o outro da sala. Percebi sua hesitação momentânea, a maneira como as sobrancelhas se uniam, os dedos tocando o próprio rosto. Eu ainda estava usando o uniforme, a mesma blusa que Caleb havia desabotoado, o colete que ele puxara dos meus ombros. Ainda podia sentir as mãos dele correndo pela minha pele. Nada tivera importância naquele momento — o resto do mundo tão longe, as advertências das professoras perdendo todo o significado.

Agora o resto da minha vida passava diante de mim, uma interminável sucessão de dias no Palácio, de noites solitárias na cama. A única coisa que me estimulava em Califia era a possibilidade de encontrar Caleb, de ficarmos juntos novamente, em algum lugar e momento futuros.

— Você não pode matá-lo — protestei, minhas mãos úmidas e frias.

O Rei se dirigiu à porta.

— Não posso mais discutir isso — decidiu. Ele esticou a mão para o teclado ao lado.

Corri para diante dele, minhas mãos na soleira da porta.

— Não faça isso. — Eu não parava de imaginar Caleb em algum aposento horrível, um soldado batendo nele com um cassetete de metal. Eles não iam parar até o rosto dele, aquele que eu amava tanto, estar inchado e ensanguentado. Até o corpo dele estar terrivelmente imóvel. — Você disse que nós éramos uma família. Foi o que disse. Se você se importa comigo, não vai fazer isso.

O Rei soltou meus dedos da moldura da porta e os segurou.

— Ele vai a julgamento amanhã. Com o testemunho do tenente, vai estar tudo concluído em três dias. Eu a avisarei quando tiver acabado. — Ele se inclinou a fim de olhar nos meus olhos. A voz era suave, as mãos apertando as minhas, como se aquela oferta pequena e patética fosse alguma espécie de consolo.

A porta se abriu. Ele saiu para o corredor silencioso e disse algo ao soldado posicionado do lado de fora. As palavras pareciam distantes, em algum lugar além de mim. Eu estava presa dentro da minha própria cabeça, as lembranças da manhã voltando. A escuridão do avião, as costas de Caleb enquanto atravessávamos a Cidade. O vento levantando poeira e areia, cobrindo tudo com uma camada fina de sujeira.

Acabou, pensei, o cheiro da pele dele ainda impregnado nas minhas roupas. Em três dias, Caleb estaria morto.

VINTE E NOVE

O SILÊNCIO DA SUÍTE ERA INSUPORTÁVEL. TARDE DAQUELA NOITE, eu me sentei na beirada da cama, sentindo os minutos passando lentamente. O luar lançava formas estranhas no chão, sombras negras ameaçadoras que me rodeavam, minha única companhia. O faz de conta havia acabado. Agora um soldado ficava do lado de fora da minha porta. Caleb estava em algum lugar além do centro da Cidade, sentado em alguma cela, nós dois esperando, cada hora nos levando mais para perto do fim.

Passos ecoaram no corredor. A batida à porta eriçou os pelos finos de meus braços. O Rei entrou, acendendo as luzes, a claridade fez meus olhos arderem.

— Disseram que você queria conversar, Genevieve. — Ele se sentou na poltrona no canto, as mãos entrelaçadas, o queixo descansando sobre os nós dos dedos enquanto me observava. — Pensou no que falei? É uma questão de segurança... sua e minha.

— Pensei — respondi. Do lado de fora, o céu estava salpicado de estrelas. O sol havia desaparecido horas antes, descendo atrás das montanhas. Fiquei puxando minhas cutículas, imaginando se realmente conseguiria me expressar em voz alta. Se eu tinha coragem de transformar minhas palavras em algo real. — Não posso deixá-lo punir Caleb por algo que ele não fez. Fui eu. Eu disse. Fui eu quem atirou naqueles soldados.

O Rei balançou a cabeça.

— Não vou ter essa conversa de novo. Não vou...

— Você disse que eu devia ficar com alguém como Charles, que há expectativas em relação a mim como Princesa. Mas não posso passar nem mais um dia aqui sabendo que Caleb está morto. Que ele foi punido por algo que eu fiz.

Minha voz falhou quando disse aquilo. Os soldados estavam em todos os lugares agora, alguns perambulando pelos corredores, outros posicionados do lado da porta. Não havia saída. Respirei fundo, pensando no que aconteceria com Caleb depois que o tenente testemunhasse, se ele seria torturado, como seria morto.

— Eu me caso com Charles se é isso o que você quer... se é o que você acha que *devo* fazer. Mas vai ter que soltar Caleb.

O Rei ficou olhando para mim.

— Não é só o que eu quero, é o que a Cidade quer. É o que faz sentido. Você seria feliz com ele. Sei que seria.

— Então você concorda?

O Rei soltou um suspiro longo e ruidoso.

— Sei que você não consegue enxergar agora, mas isso vai ser o melhor para todo mundo. Charles e um bom homem, tem sido tão leal e...

— Diga-me que não vai machucá-lo. — Minha garganta estava apertada. Eu não podia escutar mais nada sobre Charles, como se me casar com ele fosse abrir algo dentro de mim subitamente, uma corredeira de sentimentos, ameaçando tudo que eu jamais conhecera. Como se o amor fosse uma escolha.

O Rei se levantou e veio em minha direção. Ele pôs a mão em meu ombro.

— Vou mandar os soldados soltarem-no além dos muros. Mas, de agora em diante, não vai haver mais conversas sobre esse rapaz. Você vai seguir seu futuro com Charles.

Assenti, sabendo que no dia seguinte tudo pareceria tão mais pesado. Mas naquele momento, sentada em minha suíte, era tolerável. Caleb seria libertado. Havia possibilidade nisso — esperança, até. Desde que Caleb estivesse vivo, sempre haveria esperança.

— Eu quero me despedir — falei. — Só uma última vez. Pode me levar até ele?

O Rei ficou olhando pela janela, para além da Cidade. Fechei os olhos, ouvindo o ar entrar pelo duto de ventilação, esperando que ele respondesse. Tudo que eu conseguia enxergar era o rosto de Caleb. Na noite anterior havíamos ficado deitados acordados, a cabeça dele descansando sobre o meu coração. O avião estava em silêncio. *Estou quase conseguindo*, dissera ele, os olhos semicerrados. *Mais uma vez*. Enfiei a mão embaixo do cobertor, pressionando meu dedo nas costas dele e arrastando-o por sua pele, escrevendo as letras uma por uma, mais devagar do que antes. Quando terminei, ele olhou para cima, o nariz praticamente tocando o meu, um sorriso nos lábios. *Eu sei*, ele dissera, enterrando o rosto no meu pescoço. *Eu também te amo*.

Quando abri os olhos, o Rei ainda estava lá. Ele se afastou da janela. Sem dizer uma palavra, ele abriu a porta, a mão erguida, fazendo um gesto para irmos.

A prisão, um complexo gigantesco cercado por um muro de tijolos, ficava a dez minutos de carro do centro da Cidade. Duas das sete torres de vigilância estavam em uso, os guardas posicionados no alto, os rifles preparados. Eles me levaram até uma sala de concreto com uma mesa e cadeiras aparafusadas ao chão. O Rei ficou do lado de fora junto a um guarda, ambos me observando. Fiquei sentada ali, os dedos tamborilando nervosamente no metal.

Um minuto se passou. Talvez dois. Lembranças de momentos entre nós se acumulavam: a sensação do cavalo debaixo de nós enquanto saltávamos sobre o desfiladeiro, o cheiro úmido de terra da caverna em nossas peles. Ele segurando minha mão naquela noite enquanto atravessávamos o corredor frio, seu calor enviando uma carga ardente pelo meu braço. Uma carga que se espalhou no meu peito, disparou pelas minhas pernas, despertando sentidos em cada centímetro do meu corpo, eletrificando inclusive meus dedos dos pés. Até então eu estivera morta-viva; o toque dele era a única coisa capaz de me acordar daquele sono.

Um guarda guiou Caleb para dentro. Eles haviam destruído seu rosto. Um corte ensanguentado se estendia da sobrancelha direita até a linha do couro cabeludo, dividindo a pele. A bochecha estava rosada e inchada. Ele estava encurvado, ainda com a mesma camisa amarrotada que vestia naquela manhã, abotoada toda errada, com sangue seco enegrecendo o colarinho.

— Quem fez isso? — perguntei, quase incapaz de pronunciar as palavras. Eu o puxei para perto, odiando o fato de não terem desamarrado suas mãos, de ele não poder tocar meu rosto ou passar os dedos pelos meus cabelos.

— Todos eles — respondeu Caleb, as palavras lentas. Ele pôs o queixo em meu ombro. Passei minha mão pelas suas costas, estremecendo quando senti os calombos onde o cassetete havia acertado. Toquei cada um, desejando que pudéssemos voltar à noite anterior, desejando que pudéssemos desfazer tudo que havia acontecido desde a hora em que acordamos.

— Eles me disseram que vão me soltar do lado de fora dos muros — continuou. — Que não posso voltar a me aproximar 800 quilômetros da Cidade. O que você disse a eles?

O Rei estava bem do outro lado da porta, seu perfil visível na janelinha. Olhei para o concreto no chão.

— Sinto muito — sussurrei. — Foi o único jeito de fazer com que eles o libertassem.

Caleb baixou a cabeça.

— Eva, me conta. O que você disse? — perguntou, o rosto contorcido de preocupação.

Eu me inclinei para a frente, meus braços em volta dele.

— Eu disse que me casaria com Charles Harris — sussurrei. — Que se o deixassem ir, eu iria... — Deixei a frase morrer, minha garganta apertada. De pé ao lado do chafariz naquele dia, Charles parecera inofensivo, até mesmo doce. O momento fora uma pausa bem-vinda do Palácio. Mas agora cada palavra dita por ele parecia cheia de segundas intenções. Fiquei imaginando quantas conversas ele tivera com o Rei; se sempre soubera que nós dois estávamos caminhando inevitavelmente em direção a isso, um futuro que nos unia.

Caleb balançou a cabeça em negativa.

— Não pode, Eva — disse ele. — Você não pode.

— Não temos opção — falei.

O olhar do guarda estava em mim, perfurando minha pele.

Caleb inclinou-se, tentando olhar nos meus olhos.

— Podemos encontrar um jeito. Depois que você se casar com ele, não vai mais existir você e eu, não vai mais existir nós. Você não pode.

— Eu também não quero — respondi, minha voz ameaçando falhar. — Mas que outra escolha nós temos?

— Eu só preciso de mais tempo. — A voz dele estava suplicante, desesperada. — Tem que haver um jeito.

O Rei bateu duas vezes à porta.

— O tempo acabou — gritou o guarda. Ele deu um passo à frente, olhando para meu pai do lado de fora. Eu me inclinei para perto, tentando puxar Caleb para mim uma última vez, segurando sua nuca para trazer seu queixo até meu ombro. Beijei-lhe a bochecha, senti a pele delicada em volta do corte, deixei meus dedos acariciarem sua têmpora.

— Você precisa ficar longe daqui. Prometa-me que vai fazer isso — falei, meus olhos se enchendo de lágrimas. Eu sabia que, se ele tivesse a mínima chance, usaria os túneis para vir me encontrar. — Não podemos fazer isso de novo.

O guarda se aproximou dele, puxando seu braço. Caleb se inclinou para a frente, os lábios bem na minha orelha. Ele falou tão baixo que mal consegui entender o que ele disse:

— Você não é a única no jornal, Eva.

Olhei para ele, tentando decifrar o significado por trás daquelas palavras, mas o guarda já o estava levando embora. Enquanto ele o arrastava pelo braço, Caleb tropeçava para trás, tentando manter o equilíbrio, os olhos procurando a compreensão em meu rosto.

TRINTA

Charles pôs a mão em minhas costas. Eu podia sentir seus dedos tremendo através do vestido fino de cetim.

— Você se incomoda? — perguntou, a voz insegura. Ele estava agindo daquele jeito havia dias, querendo saber se podia sentar-se ao meu lado, se eu gostaria de passear com ele pelas novas lojas parisienses ou fazer um tour pelos andares mais altos do shopping do Palácio. Isso me fazia gostar ainda menos dele, o fato de pedir permissão constantemente, como se estivéssemos almejando um relacionamento de verdade. Seria tudo tolerável se não nos déssemos ao trabalho de fingir um para o outro, se pudéssemos simplesmente dizer a verdade em voz alta: eu nunca ficaria com ele por opção.

— Se você precisa fazer isso... — sussurrei, virando-me para a pequena multidão que havia se reunido em torno de nós. O restaurante ficava na Torre Eiffel, uma réplica de quase 150 metros da original de Paris, com tapetes vermelhos exuberantes e uma parede de vidro que se abria para a rua principal. Uns poucos escolhidos estavam sentados a mesas cobertas com toalhas brancas, cortando filés macios e cor-de-rosa. Alguns homens tragavam charutos. A fumaça branca pairava à nossa volta, fazendo com que parecesse que estávamos vendo tudo através de um véu pesado.

Charles pegou minha mão. Ele segurava o anel, o diamante absorvendo a luz. Eu não havia comido o dia inteiro. Meu estômago se revirava ao pensar na infinidade daquilo, das semanas que se arrastariam como as anteriores haviam se arrastado, a troca obrigatória de conversa educada. Não era culpa dele — parte de mim sabia disso —, mas eu odiava Charles por concordar com aquilo. Ele se sentava comigo todas as noites ao jantar, contando histórias sobre a vida antes da praga, sobre como ele havia passado verões na praia perto da casa dos pais, deixando as ondas o carregarem até a areia. Ele me contou sobre seu mais recente projeto na Cidade. Nunca mencionou Caleb ou nosso noivado iminente, como se ignorar isso fosse desfazer os fatos. Não importava o que ele dissesse, não importava o quanto tentasse, éramos apenas dois estranhos sentados frente a frente, em uma terrível rota de colisão.

Oito dias haviam se passado. O Rei me levou de volta à prisão para me mostrar a cela vazia de Caleb. Ele apontara no mapa o local exato onde Caleb fora libertado, uma cidade abandonada logo ao norte de Califia chamada Ashland. Eu me debrucei sobre as fotos que eles haviam tirado da soltura — a única prova que eu tinha de que ela acontecera. Caleb já estava no meio da floresta, uma mochila nas costas, o rosto virado de perfil. Estava vestindo a mesma camisa azul que usava na última vez em que o vi. Reconheci as manchas no colarinho.

Suas palavras ainda me assombravam. Eu havia olhado o jornal todos os dias, esperando descobrir que algo havia acontecido do lado de fora dos muros da Cidade, que Caleb fora visto em algum lugar apesar do "relatório" público da execução. Mas todo dia era o mesmo absurdo fútil. Eles especulavam a respeito de meu relacionamento crescente com Charles, se um pedido de casamento estava próximo. As pessoas escreviam dizendo onde tínhamos sido vistos dentro da Cidade. Eu passava as noites sozinha em meu quarto, olhando para o teto, lágrimas rolando e formando poças. Em pouco mais de uma semana, minha vida tinha sido sugada de qualquer coisa real.

O Rei bateu o garfo contra o copo, o tinido cortando o ar. Clara estava do outro lado do aposento com Rose, o rosto pálido. Ela me evitava desde que Charles e eu fôramos apresentados como um casal. Eu só a via nos eventos sociais obrigatórios — jantares e coquetéis na Cidade. Os olhos dela pareciam permanentemente vermelhos. Ela falava baixinho e sempre pedia licença para se retirar cedo. Eu ouvira que sua mãe agora a estava empurrando para o Diretor de Finanças, um homem de 40 e poucos anos que cuspia constantemente em seu lenço. Sempre que eu tinha certeza de que não podia haver ninguém no Palácio tão infeliz quanto eu, pensava em Clara.

Charles esticou o braço para pegar minha mão, esperando até eu descansar a palma na dele. Aí pigarreou, o som enchendo o aposento silencioso.

— Alguns de vocês podem ter percebido que as coisas andam diferentes para mim ultimamente. Que estou mais feliz desde que Genevieve chegou ao Palácio. Agora que temos passado mais tempo juntos, não consigo me imaginar sem ela. — Ele se ajoelhou na minha frente, os olhos focados nos meus. — Sei que seremos felizes juntos. Tenho certeza. — Enquanto ele falava, o resto da multidão desapareceu. Ele estava falando só comigo, dizendo todas as coisas não ditas entre nós. *Desculpe por ter acontecido desse jeito.* Charles apertou minha mão, os lábios ainda se movimentando enquanto ele continuava falando sobre quando me viu pela primeira vez, sobre a tarde perto do chafariz, sobre como havia adorado o som da minha risada, a maneira como eu só fiquei ali de pé, sem me importar que a água ensopasse meu vestido. *Mas ainda fico feliz que tenha acontecido.*

— Só o que realmente preciso agora é que ela diga sim. — Ele soltou uma risada constrangida e ergueu o anel para que as pessoas o vissem. Eu vi Clara pelo canto do olho. Ela estava caminhando depressa em direção à saída, espremendo-se pelo meio da multidão, tentando esconder o rosto com a mão. — Quer se casar comigo?

O ambiente ficou em silêncio, esperando pela minha resposta.

— Sim — falei baixinho, mal conseguindo ouvir minhas próprias palavras. — Sim, quero.

O Rei aplaudiu. Os outros acompanharam. Então todo mundo nos cercou, as mãos me dando tapinhas nas costas e segurando meus dedos, pedindo para ver o anel.

— Estou tão orgulhoso de você — falou o Rei. Tentei não me encolher quando seus lábios finos pressionaram minha testa. — Este é um dia feliz — anunciou, como se dizer aquilo fosse transformar a afirmativa em verdade.

— Podemos tirar uma foto? — Reginald, o Diretor de Imprensa, veio até mim. A fotógrafa dele, uma mulher baixinha de cabelos ruivos ouriçados, estava bem atrás dele.

— Imagino que não tenha problema — ofereceu Charles. Ele colocou a mão em minhas costas. Eu tentava sorrir, mas meu rosto parecia rígido. A câmera continuou disparando, machucando meus olhos.

Reginald abriu seu bloquinho de anotações, rabiscando na margem até a caneta funcionar.

— Você deve estar entusiasmada, Genevieve — disse ele, meio pergunta, meio resposta. O Rei estava bem ao meu lado. Eu girava o anel no dedo, sem parar até queimar.

— É uma alegria — falei.

Os traços de Reginald se suavizaram, como se a minha resposta o agradasse.

— Recebi um retorno tremendo nas matérias que publiquei sobre vocês dois. Esqueçam o noivado, as pessoas já estão perguntando quando vai ser o casamento.

— Gostaríamos de realizá-lo o mais brevemente possível — respondeu o Rei. — A equipe já está falando sobre o cortejo através da Cidade. Será espetacular. Pode assegurar isso às pessoas.

— Não tenho dúvida — falou Reginald. Ele apertou o polegar na extremidade da caneta, fechando-a com um clique. — Estou ansioso para publicar a matéria amanhã de manhã. Todo mundo vai ficar entusiasmado.

A fumaça circundava a minha cabeça. Ali estava eu, de pé ao lado de Charles Harris como sua noiva, toda arrumada em um vestido e saltos altos, fazendo o que havia dito que nunca faria. Revivi aquele momento na prisão tantas vezes, o rosto machucado de Caleb, os hematomas nas costas dele. Eles iam matá-lo, continuei me lembrando. Eu impedira do único jeito possível.

E, ainda assim, agora eu era parte do regime, sem dúvida uma traidora aos olhos dos dissidentes. Imaginei Curtis na fábrica lendo sobre meu noivado, erguendo o jornal para os outros como prova de que ele estava certo a meu respeito o tempo todo. Mesmo quando os túneis estivessem terminados, eles nunca me deixariam fugir agora.

O Diretor de Finanças fez um sinal para Reginald do outro lado da sala. Ele estava com um grupo de homens, os cabelos louros penteados para trás com gel, formando um capacete duro.

— Se me dão licença, há algo que preciso resolver. — Reginald ergueu sua taça mais uma vez. Então saiu a passos largos, desviando de uma mulher com uma estola de pele.

O restaurante estava quente demais. A fumaça serpenteava pelo ar e se acumulava no teto. Cobri a boca, incapaz de respirar.

— Tenho que voltar para o meu quarto — falei, afastando a mão de Charles.

O Rei largou o copo na bandeja de um garçom.

— Não pode simplesmente ir embora — repreendeu. — Todas essas pessoas estão aqui por você, Genevieve. O que vou dizer a elas? — Ele fez um gesto para o salão. Uma parte das pessoas havia se acomodado em suas cadeiras, outras formavam grupos, especulando se a mãe de Charles estaria bem o suficiente para comparecer ao casamento.

Charles assentiu para o Rei.

— Eu posso levá-la — sussurrou. Ele esticou o braço para pegar minha mão, apertando-a tão suavemente que me sobressaltou. — Acho que todos vão entender se sairmos cedo. Foi uma noite longa. A maioria dos convidados irá embora em breve, de qualquer modo.

O Rei olhou em volta do aposento, para as poucas pessoas de pé ao nosso lado, assegurando-se de que não tinham ouvido nossa conversa.

— Suponho que se saírem juntos será melhor. Apenas se despeçam de alguns, por favor. — Ele apertou a mão de Charles e me ofereceu um abraço. Meu rosto ficou pressionado contra seu peito, os braços dele em volta do meu pescoço, me sufocando. Depois ele começou a atravessar a multidão. Rose estava acenando para ele se aproximar, um copo extra na mão.

Charles e eu nos dirigimos à porta. Oferecemos explicações rápidas aos convidados que encontramos — todas as emoções haviam sido demais para um dia só. Quando finalmente estávamos do lado de fora, na área aberta do shopping, longe das pessoas, Charles ainda não tinha largado minha mão. O rosto dele estava próximo, os dedos entrelaçados aos meus.

— O que foi? — perguntei.

— Continuo esperando que algo mude entre nós — sussurrou ele, os olhos azuis encontrando os meus. Olhei por cima dos nossos ombros para os dois soldados seguindo atrás de nós. Eles estavam a 10 metros de distância, passando pela loja de utilidades domésticas, as vitrines exibindo panelas e frigideiras de cobre. — Sei que isso não é o ideal...

— *Ideal?* — falei. A palavra me fez rir. — É uma forma de dizer.

Ele se recusou a desviar o olhar.

— Só acho que precisamos de mais tempo. Para realmente conhecer um ao outro. Disseram-me que você gostava dele, mas não significa que isto não pode ser mais do que é. Que não pode se transformar em... *algo*.

Fiquei grata por ele não dizer a palavra na qual sabíamos que ele estava pensando: *amor*.

Puxei minha mão do aperto dele. Ela parecia estranha com o anel cintilante, como uma foto de um livro.

— Não vai — murmurei, andando na frente. Fechei os olhos e, por um segundo, quase pude sentir Caleb ao meu lado, ouvir sua risada grave, sentir o cheiro doce do suor na sua pele. Estávamos de volta ao avião, o ouvido dele ao meu coração, agarrados no escuro. — Não acho que isso possa acontecer mais de uma vez.

Charles me seguiu.

— Eu não acredito nisso — falou. Ele ficou olhando para o chão de mármore. — Não posso.

— Por que não? — perguntei, erguendo a voz. Soou tão estranha no corredor largo e vazio. — Por que é tão difícil para você acreditar que alguém não iria querer ficar com você?

Descemos as escadas rolantes. Charles ficou no degrau acima de mim e passou a mão pelos cabelos.

— Você me faz parecer tão horrível — murmurou ele. — Não é assim. Desde que consigo me lembrar, as pessoas têm falado sobre como eu iria me casar com Clara, como se isso fosse algo predeterminado. Eu tinha 16 anos e todo mundo já havia planejado minha vida por mim. — Os soldados nos seguiam. Ele baixou a voz, assegurando-se de que eles não ouviriam. — E aí você chegou ao Palácio. Você era diferente. Não havia passado os últimos dez anos dentro da Cidade, fazendo a mesma coisa todos os dias, vendo as mesmas pessoas. Sinto muito se gosto disso em você. Eu não sabia que não tinha permissão para ter sentimentos a respeito dessa história toda.

— Tenha todos os sentimentos que quiser — concedi, um tom cortante na voz. — Mas isso não significa que consigo fingir que isso é o que sempre desejei. Não para você.

Quando atravessamos a rua em direção ao Palácio, o olhar dele desviou para os chafarizes, as estátuas das deusas gregas de 5 metros de altura esculpidas em mármore branco como osso. Todos os traços do homem que eu conhecera no conservatório haviam sumido — ele parecia tão inseguro agora. Falou devagar, como se estivesse tomando muito cuidado com a escolha de cada palavra:

— É isso o que quero. Você é o que eu quero — disse finalmente. — Tenho que acreditar que você também vai querer. Talvez não agora. Mas algum dia. Provavelmente mais cedo do que pensa.

Tomamos o elevador para a torre, em silêncio. Dois soldados se juntaram a nós, entrando casualmente, como se não estivessem observando cada movimento meu. Desprezei Charles naquela hora. Eu só conseguia pensar nas conversas que deviam ter ocorrido entre ele e o Rei, imaginando se aquilo era algo que fora discutido o tempo inteiro.

Quando chegamos ao andar dele, Charles inclinou-se para me beijar na bochecha. Eu virei o rosto, sem me importar se os soldados estavam vendo. Ele deu um passo para trás, a expressão magoada. Simplesmente apertei o botão na cabine, de novo e de novo, sem parar até as portas se fecharem atrás dele, trancando-o do lado de fora.

TRINTA E UM

Beatrice me encontrou no elevador. Ela me acompanhou até minha suíte e me ajudou a despir o vestido, o tempo todo me perguntando sobre a festa. Era um alívio estar fora daquelas roupas justíssimas. Meu rosto foi limpo, meu reflexo finalmente reconhecível sem toda a maquiagem. Nós nos sentamos na cama. Tirei o anel e o coloquei na mesinha de cabeceira; uma leve marca rosada ficou no dedo, a última lembrança do que havia acontecido naquela noite.

— Eu nunca teria conseguido aguentar tanto tempo sem você — falei, ajeitando o colarinho da camisola. — Um "obrigada" não parece suficiente.

— Ah, criança — disse ela, me dispensando com um gesto. — Fiz o que pude. Só queria poder ajudar mais.

— Não posso viver assim — falei. Meus pulmões ficavam apertados só de pensar no assunto, dia após dia, cada um mais sufocante do que o anterior. Eu continuava esperando que algo mudasse, que o jornal mostrasse notícias de Caleb. Mas nada aconteceu. Agora haveria planos para o casamento, conversas incessantes e sem sentido sobre buquês e alianças e quais comidas eles trariam de onde. Eu queria toalhas de mesa bege ou brancas? Rosas ou copos-de-leite?

Beatrice pressionou as palmas das mãos uma contra a outra, o rosto tenso de preocupação.

— Você *vai* viver assim — disse ela — como nós todos vivemos. Com as lembranças da vida antes da praga. Com a esperança de que um dia seja melhor.

— Mas como? — perguntei. — Como vai ser melhor?

Ela não respondeu. Coloquei o rosto entre as mãos. Eu não podia mais contatar a Trilha. Ninguém confiaria em mim. Eu estava sob vigilância constante agora. Caleb havia partido para algum lugar além dos muros da Cidade, sem promessa de voltar. Mesmo que os túneis fossem construídos, como eu chegaria até eles? E, se conseguisse fugir, como sobreviveria em território selvagem sozinha, sem armas ou comida, com as tropas do Rei a apenas poucas horas atrás de mim?

Beatrice sentou-se ao meu lado, cutucando a pele fina da própria mão.

— Desde que você chegou, fiquei imaginando... se é possível para alguém ser realmente feliz aqui. Você precisa manter algumas ilusões, suponho. Talvez ter esperança seja tolice — comentou, olhando para um ponto no chão. — Tem havido rumores pelo Palácio. Os funcionários têm falado. É verdade o que dizem, sobre o que você fez por aquele garoto?

Dei um ligeiro aceno de cabeça, sabendo que nunca poderia responder àquela pergunta com honestidade.

— Foi uma coisa corajosa — falou Beatrice, colocando a palma nas minhas costas.

Passei a mão no nariz, a lembrança do rosto quebrado de Caleb voltando a mim, o corte tenro e cor-de-rosa que corria através da testa dele, o vergão na bochecha.

— Não é o que eu sinto — falei. — Posso nunca mais vê-lo.

Beatrice soltou um suspiro profundo. Seus dedos passeavam por cima da colcha, afundando no macio tecido dourado. O cheiro de fumaça de charuto ainda estava grudado em minha pele.

— Você faz qualquer coisa pela pessoa que ama — disse ela finalmente. — E aí, quando acha que não pode dar mais de si, você dá. Você continua. Porque não fazê-lo a mataria. — Ela se virou para mim, os olhos cinzentos vacilantes. O quarto estava repleto de correntes de ar das saídas de ar-condicionado. — Eu também negociei com o Rei. — Uma mecha de cabelo grisalho lhe caiu no rosto, escondendo seus olhos.

— Como assim? — perguntei.

— Quando eles estavam fazendo o censo, você tinha que responder a perguntas. Você queria viver dentro da Cidade? Queria viver fora da Cidade? Que habilidades tinha para oferecer? Com que recursos poderia contribuir? Algumas pessoas tinham empresas, armazéns cheios de produtos. Eu havia limpado casas antes de a praga atacar. Não tinha muito dinheiro, e minha filha e eu não tínhamos nada que os interessasse. Fomos classificadas na categoria mais baixa, com os empregos e moradia mais básicos. Estaríamos morando na Periferia com todos os outros. Após o caos que se seguiu à praga, as pessoas não tinham certeza do que isso significaria, se continuaria do mesmo jeito... Gente brigando por comida e água potável, mais assaltos violentos.

— Mas me disseram que tive sorte. Fui selecionada dentre milhares. Falaram que minha inscrição fora marcada e me ofereceram um emprego no Palácio. Mas minha filha não podia vir comigo. Ela iria para as Escolas. Não seríamos capazes de manter contato, mas ela voltaria para a Cidade depois que se formasse se essa fosse a vida que escolhesse. Agora percebo que eles provavelmente só queriam mais crianças para as Escolas e campos de trabalhos forçados, quantas conseguissem. As Escolas... — Beatrice soltou uma risada curta e triste. Ela esfregou a bochecha. — Deviam ser esses lugares de grande conhecimento, onde as meninas podiam ter uma educação de primeira linha. Eles me disseram que dariam a ela muito mais do que uma vida na Cidade seria capaz de oferecer. Quando ouvi falar na Geração Dourada, todo mundo me assegurou de que não era obrigatório, que os membros da iniciativa de reprodução haviam se oferecido voluntariamente. Disseram que as meninas tinham escolha. Mas aí você veio para cá...

— Quantos anos ela tem? — perguntei. — Sabe em qual Escola ela está?

Beatrice balançou a cabeça.

— Não sei. Eu estava grávida quando a praga começou. Sarah acabou de completar 15 anos no mês passado. — Ela olhou para mim com olhos avermelhados e marejados, os lábios tremendo enquanto tentava não chorar. — Você ainda conhece alguém lá? Alguém com quem você pudesse falar?

Estiquei-me para pegar sua mão, meus dedos tremendo. Pensei na Diretora Burns, o rosto flácido e infeliz, em como ela era ciente do destino das Formandas o tempo todo, em como mantinha a mão em minhas costas enquanto eu tomava aquelas vitaminas, em como me levara à médica toda semana. Eu não sabia o que havia acontecido à professora Florence, se tinham descoberto que ela me ajudou a fugir.

— Não sei — falei. — Posso tentar.

Beatrice apertou meus dedos com tanta força que os dela ficaram brancos.

— Isso seria bom — disse ela, a voz falhando.

Eu a envolvi em um abraço, sentindo como ela era pequena, os ombros curvados, as mãos entrelaçadas apertadamente em minhas costas.

— Sim. — Foi só o que eu consegui dizer enquanto ficávamos sentadas ali na quietude do quarto. — Eu vou tentar.

TRINTA E DOIS

— Ora, olhe só para você, Charles Harris — gritou a sra. Wentworth, cutucando Charles de brincadeira no peito. — Está mais lindo do que nunca. Deve ser o brilho do amoooooor — falou de modo arrastado, sacudindo os quadris imensos. Haviam me dito que Amelda Wentworth era uma viúva proeminente na Cidade, uma das fundadoras originais que dera ao Rei acesso aos bens de seu finado marido, incluindo sua empresa de caminhões. Ela fora como uma tia para Charles, cuidando do jovem desde que ele era adolescente, quando havia chegado à Cidade.

— E a senhorita, Sua Alteza Real — acrescentou ela, fazendo uma reverência. — Que emoção deve ser para você. Um dia está morando nas Escolas e no seguinte está aqui, dentro dos muros do Palácio. Princesa Genevieve. — Ela estava de pé ao nosso lado, virando-se de vez em quando para dar uma olhada na festa lotada.

Estávamos na cobertura de Gregor Sparks, um dos homens que haviam doado recursos depois da praga. O apartamento de três andares no alto do prédio Cosmopolitan tinha uma cascata no meio da sala e pinturas recuperadas de Matisse nas paredes. Era mais uma festa de noivado, no entanto, esta com bolachinhas delicadas pinceladas com queijo e um leitão assado inteiro em uma baixela de prata. Era maior dos que havia nas cerimônias da Escola, as coxas espalhadas enquanto um empregado cortava a carne macia.

— Tem sido um sonho — falei, meu sorriso rígido enquanto eu notava os cachos, duros de laquê, e o batom ressecado nos cantos da boca da Sra. Wentworth.

Alguns convidados se reclinavam no sofá comprido e em forma de S de Gregor, a conversa alegre preenchendo o ar. As mulheres usavam vestidos longos e xales de seda, enquanto os homens vestiam camisas engomadas, gravatas e coletes abotoados. Era um mundo diferente do que havia além dos muros, e, em momentos como aquele, cercada pelos cheiros de cidra quente e carneiro, o território selvagem parecia distante, outro planeta em alguma galáxia longínqua.

— Costeleta de cordeiro? — perguntou um garçom, apresentando-me uma bandeja de prata.

Peguei, pelo osso, um pedaço de carne rosada e o levei à boca, o cheiro de hortelã fazendo minhas narinas arderem. Enquanto o segurava entre meu indicador e polegar, uma lembrança surgiu: Pip e eu no gramado da Escola, inclinadas por cima do monte cinza que havíamos descoberto nos arbustos. Um amontoado de pelo, a cauda escondendo o restante do corpo. Pip rastejou até ele, determinada a pegá-lo, a descobrir se estava doente ou morto. Ela esticou a mão para baixo e segurou a pata, então puxou, e a carne podre se soltou. Começamos a gritar, disparando para fora dos arbustos, mas ela o segurou só por um segundo — o osso magro e ensanguentado.

Bílis subiu do fundo da minha garganta. Eu ainda podia ouvir o grito de Pip. Larguei a costeleta de carneiro na bandeja e me afastei.

— O que foi? — perguntou Charles, a mão ainda na minha lombar.

— Estou enjoada — respondi, me esquivando dele. Pressionei um guardanapo na testa e nos lábios, tentando me acalmar. Eu havia sonhado com ela na noite anterior. Pip naquelas camas de metal, Ruby e Arden ao lado. Outra garota havia aparecido, uma garota mais jovem, os traços indistintos na névoa do sonho. *Quando você vai voltar?*, perguntava Pip, a barriga protuberante com quase 60 centímetros, seios inchados e cabelo ruivo grudado na testa. *Você se esqueceu de nós.*

— Quer uma bebida? — perguntou Charles. — Água, talvez? — Ele fez sinal para um garçom no canto.

— Só preciso de espaço — falei, afastando-me. — Me dê um minuto. — Ergui um dedo. Aí fugi da sala lotada, sem parar até estar do outro lado do corredor, além da cozinha, minhas costas descansando contra a parede.

Fiquei ali até minha respiração diminuir de ritmo. Eu havia prometido a Beatrice. Prometera a ela que a ajudaria a encontrar sua filha e, ainda assim, nos dias que se passaram, fiquei ao lado de Charles estupidamente enquanto ele inaugurava o zoológico no velho hotel Grand. Compareci a festas e bailes de gala, fui anfitriã de um brunch para as esposas da Elite.

— A senhorita está bem, Princesa? — perguntou a Sra. Lemoyne quando passei a caminho do banheiro. — Parece doente. — Ela era uma mulher pequena, de modos rígidos, sempre repreendendo alguém por cometer algum deslize.

Dei tapinhas na testa com o guardanapo.

— Estou, Grace, obrigada. Só precisava respirar.

— Devia ir para a janela, então — sugeriu ela. — Ali. — Ela me direcionou para a sala de jantar formal, onde um garçom estava próximo à mesa, preparando-se para servir o chá da noite. Outro estava ajoelhado perto de um armário de louças, puxando xícaras e pires de uma prateleira. Felizmente a janela estava aberta, o ar frio da noite agitando as cortinas.

Entrei na sala, os murmúrios da festa ainda audíveis pelo corredor.

— Espero que não se importe — falei, enquanto passava pelo homem à mesa. — Só preciso de um minuto.

Um momento se passou. Ele não respondeu. Então me virei e ele estava olhando para mim. Não usava seus óculos. Os cabelos pretos estavam alisados para baixo e o corpo parecia rígido, os ombros para trás, tão diferente da última vez em que eu o vira. Cobri a boca para me impedir de dizer o nome dele em voz alta.

Curtis equilibrava a bandeja. Olhei para o garçom ajoelhado só a alguns metros de distância, cantarolando ligeiramente enquanto arrumava as xícaras em uma bandeja de prata. Um dos chefs desceu o corredor com uma bandeja vazia. A Sra. Lemoyne voltou do banheiro feminino, sorrindo para mim ao passar.

Olhei dentro dos olhos cinza como pedra de Curtis, tentando decifrar o significado por trás do silêncio dele. Queria perguntar se ele soubera mais alguma coisa sobre a soltura de Caleb. Eu queria saber sobre o andamento da construção dos túneis, se eles haviam voltado a trabalhar no primeiro, se as plantas estavam corretas. Se eles tinham acesso a mim no Palácio, eu ainda tinha uma chance — eu podia fugir.

Mas ele só nivelou o olhar ao meu, a expressão fria.

— Chá, Princesa? — perguntou, estendendo a bandeja. Estiquei a mão, meus dedos tremendo enquanto pegava a xícara. Ele inclinou o bule, deixando a água fervente cair, o vapor enevoando o ar entre nós.

Em segundos ele se foi, descendo de volta pelo longo corredor com a louça chacoalhando na bandeja de prata. Não olhou para trás. Eu fiquei ali, a bebida quente em minhas mãos, até ouvir o Rei chamando da outra sala.

— Genevieve! — disse ele, a voz alegre e leve. — Venha. Está na hora do brinde.

TRINTA E TRÊS

Fiquei olhando pela janela, do outro lado da cidade, para o ponto onde a Periferia encontrava o muro. De cinquenta andares acima parecia tão pequeno, uma coisa inócua sobre a qual você podia jogar uma pedra. Passei a noite inteira revivendo aquele momento. A expressão de Curtis era a mesma do dia em que nos conhecemos. Eu o imaginara voltando aos outros e dizendo-lhes que eu desfilara alegre pelo apartamento, conversando com Gregor Sparks, ou sobre como eu ficara sorrindo estupidamente enquanto o Rei falava sobre o novo casal real.

Eu odiava o que ele pensava de mim — o que todos deviam pensar. Que, tendo Caleb ido embora, eu havia retornado ao Palácio e decidido me casar com Charles. Não havia como explicar. O que quer que eu tivesse feito para provar minha lealdade não importava agora. Eu era uma traidora aos olhos deles. Aceitava isso um pouco mais a cada dia, e uma tristeza se estabeleceu —

tornando todos os cafés da manhã, todos os eventos de gala, todos os brindes tão mais solitários.

— Vossa Alteza Real — falou Beatrice, fazendo uma reverência enquanto entrava na suíte. — Mandei entregarem os vestidos na sala lá embaixo. Eles estão esperando por você.

Estudei meu reflexo no vidro, imaginando como alguém podia acreditar que eu estava feliz. A pele abaixo dos meus olhos parecia inchada. Minhas bochechas exibiam a mesma aparência cavada que tinham naqueles primeiros dias depois que cheguei. Pisquei algumas vezes, tentando conter as lágrimas.

— Você não precisa fazer isso — falei finalmente.

— Prefere que eu os traga para a sala do andar de cima? — perguntou ela.

— Não, me refiro a essa idiotice de "Alteza Real" — falei, virando-me de frente para ela. — É desnecessário aqui.

Beatrice suspirou.

— Bem, não posso andar pelo Palácio chamando-a de Genevieve. O Rei não vai aceitar.

Puxei a bainha do meu vestido azul, sentindo-me satisfeita quando um fio solto cedeu, enrugando a seda. Eu sabia que Beatrice tinha razão. Ainda assim, estava desesperada para ouvir meu nome de verdade falado em voz alta — não *Princesa Genevieve*, não *Princesa* ou *Sua Alteza Real*, só *Eva*.

— Tenho pensado sobre sua filha — comentei. — Só preciso de algum tempo. Tenho que descobrir em que Escola ela está, quem é a Diretora. Talvez, depois que eu estiver casada — tropecei nessa palavra —, eu tenha maiores chances de negociar a liberdade dela. Felizmente temos tempo antes...

Beatrice caminhou em minha direção.

— Sim, eu sei... — falou, a voz num sussurro. Ficamos ali em silêncio, então peguei a mão dela, envolvendo-a na minha.

Apertei, tentando conter o tremor nos dedos dela e as lágrimas acumuladas em seus olhos, que ameaçavam rolar. — Temos que ir — disse ela finalmente, virando-se para a porta.

O corredor estava silencioso. Charles e o Rei estavam na Cidade, visitando uma das novas fazendas de produção perto do muro. Sons baixos de um aspirador de pó vinham de outro aposento.

A porta do elevador se abriu no andar inferior, onde caixas brancas gigantescas se empilhavam a um canto. Rose e Clara estavam sentadas em outro canto, comendo muffins de mirtilo e bebericando café, uma bebida que eu ainda não havia experimentado. Rose permanecia em seu pijama de seda, os cabelos louros presos no alto da cabeça, segurando o jornal do dia. Nenhuma das duas ergueu os olhos quando entramos.

— Então, estes são os vestidos — falou Beatrice, andando até a pilha. — São todos de antes da praga, mas foram tratados e preservados, portanto o tecido ainda está em bom estado. Você verá que toda a renda está intacta. É incrível.

Ela tirou a tampa de uma caixa comprida no chão, revelando um vestido branco recheado de papel. O corpete era coberto de continhas minúsculas. Eu devia estar entusiasmada, sabia, mas quando meus dedos tocaram o decote, passando pelas mangas duras e bufantes, não senti nada além de pavor.

— Você tem que fazer isso agora? — disse Rose, largando o jornal. — Estamos tomando o café da manhã. — Ela remexeu o café antes de bebericar outro gole.

Beatrice soltou um suspiro.

— Sinto muito, senhora, mas são ordens do Rei. Isso precisa ser feito esta manhã e acho que não podemos transportar estas caixas agora.

Clara revirou os olhos. Ela empurrou o prato para longe e se levantou, me encarando antes de se dirigir à porta. A mãe a seguiu. Mesmo depois de terem atravessado o corredor, eu podia ouvir os sussurros zangados, Clara resmungando algo sobre minha ousadia.

Beatrice puxou o primeiro vestido da caixa.

— Aquela garota quer ficar com Charles há anos. A empregada dela diz que não está lidando bem com isso, com a coisa de seguir a vida e tudo mais.

Quando Beatrice fechou as tampas pesadas de madeira, eu me despi até ficar apenas com a roupa de baixo, o ar condicionado causando arrepios na minha pele. Entrei no vestido, e Beatrice fechou o zíper, me girando para que ficasse de frente para o espelho na parede mais distante. Ele tinha um decote em um V profundo na frente, o tecido transparente com miçangas brancas agarrando-se aos meus braços e peito. Puxei o colarinho, quase rasgando-o.

— Não consigo respirar — murmurei.

— Há outros, meu amor — falou Beatrice.

Ela o abriu e tirou outro vestido da caixa. Era um negócio bufante com uma cauda que seguia atrás de mim por quase 3 metros. Andei na frente do espelho, odiando a maneira como expunha a pele clara dos meus ombros.

— Que importância tem? — comentei tristemente enquanto Beatrice o guardava. — Qualquer um serve.

Ainda assim, outro traje foi tirado da caixa. Outro foi testado. Meus pensamentos vagaram para fora do aposento, do Palácio, dos vestidos e do som incessante de zíperes subindo e descendo. Caleb provavelmente havia chegado a uma parada na Trilha a esta altura. Ele estaria se comunicando com Moss em breve. Não levaria muito tempo antes que ele fosse capaz de contar às pessoas do lado de dentro do muro o que havia acontecido.

Beatrice abotoou outro vestido. Era justo, a parte de cima espremendo meu peito, me sufocando.

— Desculpe, Beatrice — sussurrei. — Posso fazer uma pausa, por favor?

— Não peça desculpas. — Beatrice suspirou, abrindo as costas do vestido. — É claro que pode. — Ela desabotoou metade e me libertou, entregando-me o vestido simples que eu estava usando no andar inferior. Andei em direção à mesa, desabando no assento vazio de Clara. — Vou pedir à cozinha um copo de água gelada — disse ela, desaparecendo porta afora.

O sol da manhã entrava pela janela, quente em minha pele. Eu me imaginei na procissão do casamento, o carro brilhante que serpentearia pelas ruas da Cidade, a multidão entusiasmada esticando as mãos do outro lado das barricadas de metal, batendo contra a passarela de vidro. Em uma semana eu seria a esposa de Charles Harris. Eu me mudaria da minha suíte para a dele. Iria me deitar ao lado dele todas as noites, suas mãos se esticando para mim na escuridão, os lábios procurando os meus.

Eu estava olhando para o jornal, parte de mim na sala, parte em outro lugar quando a tipologia em negrito entrou em foco — CHÁ DA PRINCESA. As mesmas palavras que Curtis pronunciara estavam bem à minha frente, impressas em uma das páginas de trás do jornal.

A seção de anúncios era o único lugar onde os cidadãos podiam postar mensagens uns para os outros. Ali eles se ofereciam para trocar ou vender coisas que haviam feito, trazido ou adquirido na Cidade, sob consentimento do Rei. Corri os dedos pelas letras em negrito, sabendo imediatamente o que era. A Trilha frequentemente usava mensagens em código para se comunicar. Eu me lembrei do que Caleb dissera na prisão, quando havia se inclinado para perto e sussurrado em minha orelha. *Você não é a única no jornal.* Pensei no rosto de Curtis na sala de jantar. Ele vasculhava ao redor quando falou comigo, a voz tensa. Era estranho que só tivesse dito aquelas duas palavras e nada mais. Agora tudo fazia sentido.

Olhei para as letras pequenas que descreviam o chá — quatro caixas haviam sido recuperadas de um velho armazém na Periferia. O anúncio listava o ano, a data em que haviam sido adquiridas, a marca e a cidade de onde tinham vindo, além de um preço desejado. *Perfeito para comemorar o casamento real,* as últimas linhas diziam. *Aproveite com os amigos depois de assistir à procissão.* Continuei olhando para ele, estudando a maneira como as letras se alinhavam em cima umas das outras, tentando descobrir o código, se corria vertical ou horizontalmente.

Beatrice voltou com dois copos d'água, colocando-os diante de mim.

— Você tem uma caneta? — perguntei, contando cada segunda letra, aí cada terceira, tentando encontrar um padrão.

Ela puxou uma de seu colete e sentou-se ao meu lado, observando enquanto eu contava cada quinta, depois cada sexta letra, copiando-as uma ao lado da outra para ver se diziam alguma coisa. Linha após linha, nada fazia o menor sentido. Finalmente encontrei o código, correndo diretamente para baixo, da segunda para a última coluna. *C, E, N, P, R, $, O,* eu copiei nas margens do jornal. *R, M, N, T, I.*

— Caleb está na prisão — repeti, rasgando o anúncio do jornal. — O Rei mentiu.

— Quem é Caleb? — perguntou uma voz.

Eu me virei. Clara estava no corredor, a mão apoiada no vão da porta. Antes que eu pudesse pensar, ela correu em minha direção, esticando-se para pegar o anúncio. Ela o arrancou da minha mão em um único movimento. Pulei, me colocando de pé, tentando tirá-lo das mãos dela, mas não consegui. Era tarde demais. Ela disparou pelo corredor e entrou no próprio quarto, batendo a porta ao passar.

TRINTA E QUATRO

Fiquei do lado de fora, batendo até os nós dos meus dedos doerem.

— Abra a porta, Clara — berrei. — Isso não é uma brincadeira. — Olhei pelo corredor. Um soldado posicionado perto da sala me observava. Beatrice, parada ao lado dele, sussurrava algo, tentando explicar a briga. Eu finalmente desisti, apoiando a testa contra a porta de madeira. Eu podia ouvi-la andando de um lado para o outro, as batidas abafadas dos pés descalços contra o piso.

Ela fez uma pausa do outro lado da porta. Houve o som eletrônico familiar do teclado. Ela a abriu alguns centímetros, revelando uma faixa do rosto. Não estava mais com o papel rabiscado nas mãos.

— Uau, Princesa — disse, quase incapaz de soltar as palavras sem rir. — Eu nunca teria pensado em você como uma subversiva.

Dei um forte empurrão na porta, abrindo caminho. Ela esfregou o braço onde a porta havia batido.

—– Onde você colocou o papel? — Abri a gaveta de cima da escrivaninha, folheando uma pilha de cadernos finos. Ao lado deles havia uma fotografia vincada de um casal de crianças sentado em um balanço de madeira de uma varanda, um gatinho enroscado no colo do menino. Levei um instante para perceber que a menina era Clara. O garoto parecia só alguns anos mais jovem, com cabelos negros densos e pele cor de marfim.

— Você perdeu completamente a cabeça? — perguntou ela. Bateu a gaveta com força, quase fechando meus dedos dentro. — Saia do meu quarto.

— Não até você me devolver aquilo — falei, varrendo as mesinhas de cabeceira ao lado da cama com os olhos. O edredom cor-de-rosa fofinho estava coberto por almofadas de todos os tamanhos. Algumas eram de renda, outras bordadas com lírios brancos delicados. Não havia nada em cima das cômodas nem na lata de lixo ao lado da mesa. Ela provavelmente o havia escondido em algum lugar, esperando pela oportunidade perfeita de me expor.

— Qual é a importância? Eu já li. — Clara cruzou os braços. — É aquele garoto, não é? Aquele você estava encontrando à noite?

Balancei a cabeça.

— Apenas deixe isso para lá, Clara.

— Fico imaginando o que Charles pensaria disso. Você mandando recados pelo jornal. — As bochechas dela estavam vermelhas e manchadas, os dedos ainda esfregando o ponto dolorido no braço. — Pelo menos dessa vez você não pode me chamar de mentirosa. Tenho provas.

Soltei um suspiro longo e ruidoso, incapaz de me conter.

— Você acha que escolhi isso? Se dependesse de mim, nunca teria vindo para a Cidade, para começo de conversa. Jamais quis estar aqui.

Clara franziu as sobrancelhas finas.

— Então por que você vai casar com ele? Eu estava de pé bem ali quando ele pediu sua mão. Ninguém obrigou você a dizer sim.

Fiquei olhando para minha sombra no chão, em um debate interno sobre o que contar a ela. Ela já possuía o suficiente para me entregar. A verdade não poderia piorar as coisas.

— Porque eles iam matá-lo... Caleb. Concordar em me casar com Charles era o único jeito que eu tinha de impedir.

Clara andou em minha direção, a cabeça inclinada para o lado ligeiramente.

— Então me ajude a entender isso. Você iria embora agora mesmo do Palácio se pudesse?

— É claro — falei baixinho. — Mas não posso nem sair do meu quarto. Para todo lugar que vou há alguém me observando. Quando eu pisar no corredor, Beatrice vai estar lá esperando com o soldado perto do salão. Charles me acompanha em todas as refeições. — Olhei para a janela dela, que estava aberta só um pouquinho, as cortinas adejando na brisa. — Não percebeu que nunca estou sozinha?

Ficamos ali no quarto silencioso, frente a frente. Ela parecia mais esperançosa do que parecera em dias. Eu me aprumei, percebendo que tinha algo a lhe oferecer, afinal de contas.

— Portanto, se quiser contar ao Charles — continuei — ou ao Rei ou à sua mãe sobre a mensagem, tudo bem. Vou me casar com Charles em uma semana e estará acabado. Mas se você quer que eu vá embora, esses códigos são minha única chance.

Eu podia vê-la pensando, comparando o que tinha a ganhar me entregando contra o que aconteceria se eu fugisse. Franziu os lábios.

— Você não ama Charles? — perguntou. Seus olhos estavam claros quando olharam nos meus, o ressentimento neles diminuído.

— Não — falei. — Não amo.

Ela foi até um cofre de porquinho feito de cerâmica em cima da mesinha de cabeceira. A tinta estava lascada em alguns lugares e um olho estava quase apagado. Ela o levantou, um sorriso fraco cruzando os lábios.

— Eu tenho isso desde os 3 anos. — Ela deu de ombros. — Recusei-me a me mudar para a Cidade sem ele. — Ela o virou de cabeça para baixo, tirando um pedaço quebrado de rolha. O jornal rasgado estava dentro, minha letra rabiscada nas margens. Ela o devolveu para mim. — Tem minha promessa, então. Não vou contar a ninguém.

Rasguei o papel nos menores pedaços possíveis, enfiando-os no bolso do meu vestido. Ela o devolvera. Dissera que não iria contar a eles. E não tinha motivos para tal — isso garantiria que eu nunca poderia deixar o Palácio. Clara abriu a porta para mim, e eu olhei pelo corredor, revirando os pedacinhos de papel no bolso, finalmente capaz de respirar.

TRINTA E CINCO

Naquela noite, não consegui comer. Fiquei sentada à mesa de jantar pensando em Caleb na prisão. Imaginei o talho na testa dele, um soldado lhe dando outra pancada nas costas, lhe torcendo o braço de tal forma que este tocava na omoplata. Eles iam querer nomes. Eu sabia que iam. Era só uma questão de tempo antes que desistissem, percebendo que ele nunca revelaria as informações de que precisavam. Quanto tempo eu tinha até que o matassem?

— Qual é o problema, querida? — perguntou o Rei, olhando para meu prato. — Você queria outra coisa? Podemos mandar o chef preparar o que você quiser. — Ele se esticou e pôs a mão no meu braço. Meu corpo inteiro ficou tenso com o toque.

Respirei fundo, tentando acalmar minha voz.

— Não estou com fome — expliquei. O frango assado em meu prato me dava ânsias.

A mesa estava cheia. Clara e Rose sentavam-se ao lado do Diretor de Finanças. Clara conversava alegremente com ele agora, seus olhos encontrando os meus enquanto ela o metralhava com perguntas sobre uma nova empreitada de negócios. Charles se encontrava ao meu lado, conversando com Reginald, o Diretor de Imprensa, sobre uma inauguração iminente na Cidade.

— Estou feliz que vocês estejam se dando tão bem. — O Rei deu um ligeiro aceno de cabeça em direção a Charles. — Sempre achei que iriam. — Ele apertou meu braço, depois voltou para seu prato.

Tive o ímpeto repentino de pegar meu copo d'água e jogá-lo no rosto dele. Enfiar meu garfo na carne macia de sua mão. Ele tinha mentido. Achava que eu nunca iria saber, que eu atravessaria a procissão do casamento com leveza nos passos, satisfeita em imaginar Caleb vivo em algum lugar do território selvagem.

O Rei se afastou da mesa e ficou de pé, sinalizando que estava pronto para ir embora. Senti o pedaço de papel no bolso do meu cardigã, passando os dedos nos cantos gastos para me reconfortar. Depois de minha conversa com Clara, acabei retornando à sala e escolhendo um vestido de noiva. Fiquei com o seguinte que provei, sem me incomodar em olhar no espelho para ver como ficara. Segui Beatrice de volta à suíte, parando na sala do andar superior para atirar o jornal rasgado na lareira, olhando enquanto o anúncio e a mensagem que ele continha se retorciam nas chamas. Então me sentei à minha escrivaninha e escrevi.

Tomei cuidado com cada palavra que escolhi, montando a sequência para que o código pudesse ser aplicado de trás para frente, do final do texto até o começo, usando cada nona letra. Levei duas horas rearrumando, movendo palavras e frases até conseguir alguma coisa. O texto era uma mensagem formal para o povo da Nova América, uma missiva sobre a grande honra que era estar servindo como Princesa. Falei do casamento vindouro, de meu grande entusiasmo com as núpcias e sobre como conhecera Charles no Palácio semanas antes. Eu o reli, me demorando na palavra *amor*. Um enjoo se estabeleceu em meu estômago. Eu não parava de pensar em Caleb, sozinho em alguma prisão fria, a pele incrustada de sangue.

PODEMU NUS INCONTRA?, a mensagem soletrava. SEM TEMP PRA ADIA. Eu queria ter mais para oferecer — um plano, uma promessa de que eu podia garantir a liberdade de Caleb. Mas, se confrontasse o Rei sobre suas mentiras, ele saberia que eu tinha um contato externo, que estava me informando sobre o paradeiro de Caleb. Tudo que eu fizesse seria suspeito novamente e todo o trabalho que eu havia feito nas últimas semanas para garantir a confiança dele não serviria de nada.

— Quer ir até o mercado para comer a sobremesa? — perguntou Charles enquanto me ajudava a me levantar da cadeira. Ele andava mais calado nos últimos dias, parecendo envergonhado da nossa conversa. Clara foi embora com o Diretor de Finanças, olhando para mim por cima do ombro.

Puxei o papel dobrado do bolso.

— Na verdade, eu gostaria de falar com Reginald. — Ele se virou quando ouviu seu nome.

— Para quê? — indagou o Rei. Ele e Charles me cercaram, o aposento tornou-se menor à presença dele. O Diretor de Educação ficou parado perto da porta para ouvir.

Soltei um suspiro profundo.

— Gostaria de me dirigir ao povo da Nova América pela primeira vez. Estou aqui para ficar, como sua Princesa. Gostaria que eles pelo menos soubessem quem sou. — Não olhei para o Rei. Não tomei conhecimento de Charles. Em vez disso, mantive meus olhos em Reginald enquanto lhe entregava o pedaço de papel.

— Acho que não tem problema — falou o Rei, a voz um pouco insegura. — Desde que não haja nada condenável nela, Reginald.

Reginald pegou a folha entre os dedos, os olhos se movendo pelo papel. As sobrancelhas dele franziram em algumas linhas e relaxaram em outras. Engoli em seco, meu peito tremendo de pânico. *Ele não teria como saber*, disse a mim, *ele não seria capaz de enxergar*. E, ainda assim, a lembrança daquela noite na casa de Marjorie e Otis voltou. Vi as mãos trêmulas de Marjorie segurando o rádio, suas perguntas tão urgentes enquanto Otis enfiava os pratos extras debaixo da pia. *Que código você usou?*, eu a ouvi perguntar, e então o som daquele primeiro tiro fatal.

Reginald apertou os lábios, pensativo.

— Tem certeza de que quer publicar isso? — Os olhos escuros encontraram os meus. O Rei nos circundou, olhando sobre o ombro dele para revisar o conteúdo.

Soltei o fôlego, tentando diminuir o ritmo das batidas em meu peito.

— Tenho — respondi finalmente.

Reginald sorriu e passou o papel para o Rei.

— É adorável — declarou. Ele fez uma ligeira reverência para mostrar seu respeito. — O povo vai ficar encantado ao ler isto no jornal de amanhã.

TRINTA E SEIS

A GERAÇÃO DOURADA ESTAVA SENDO MANTIDA EM UM COMPLEXO à nordeste da rua principal, uma seção fechada da Cidade que outrora fora um clube de campo. Os vastos gramados haviam sido convertidos em jardins, e os grandes lagos eram usados como reservatórios. Prédios gigantescos de pedra agora abrigavam os quartos das crianças, refeitório e escola. Estacionamos na entrada longa e curva. Havia soldados pelo perímetro, os rifles nas mãos.

— Princesa Genevieve! — gritou uma voz às minhas costas enquanto eu andava em direção às portas de vidro. — Princesa, aqui, por favor! — A fotógrafa de Reginald saiu do carro atrás de nós, uma câmera na mão. Ela clicou incessantemente, me flagrando no momento em que eu subia cada degrau, o Rei seguindo só alguns centímetros atrás.

Eu não consegui dar um sorriso. Em vez disso, fiquei olhando para a lente, pensando em Pip, Ruby e Arden. Aquela visita tinha sido sugestão minha. Eu queria ver onde as crianças ficavam, conhecê-las, saber das condições em que eram mantidas. Uma grande matéria a respeito da ex-estudante transformada em Princesa seria publicada no jornal do dia seguinte — a garota que entendia as voluntárias mais do que qualquer outra pessoa. Eu planejara dar outra citação para Reginald, outra mensagem para os dissidentes. E, ainda assim, agora que o dia havia chegado e o edifício de pedra estava bem diante de mim, era difícil dar até mesmo um passo.

— Acho que você vai ficar satisfeita — disse o Rei para mim quando chegamos à porta. Reginald seguia atrás de nós, juntamente a três soldados armados. — Os sacrifícios feitos por aquelas garotas não foram em vão. As crianças estão sendo criadas adequadamente.

Eu tentava sorrir, mas uma sensação enjoada e inquietante revirava minhas entranhas. Fazia três dias desde que minha declaração tinha sido publicada no jornal. As pessoas haviam escrito elogiando minhas palavras e expressando entusiasmo a respeito de minha união vindoura com Charles. A cada carta entregue no Palácio, o Rei ficava um pouco mais brando. A risada dele era ouvida mais vezes pelos corredores. As palavras eram mais gentis, mais entusiasmadas conforme ele relaxava em sua mentira. Caleb ainda estava sob custódia. Eu ia me casar com Charles. Tudo estava certo no mundo dele.

— Nós a estávamos esperando, Princesa — falou uma mulher em um vestido branco reto e sem mangas. Ela era só alguns anos mais nova do que as professoras da Escola, mas a pele era fina como papel crepom. Um minúsculo brasão da Nova América estava preso em seu colarinho. — Sou Margaret, a chefe do centro.

— Obrigada por nos receber — agradeci. — Passei minha vida inteira em uma daquelas Escolas. Eu precisava vir aqui para ver isto por conta própria.

Entrei no hall de mármore, as paredes ecoando com os sons de crianças pequenas. No saguão, um buquê de 1 metro de altura descansava em uma mesa redonda gigantesca, os botões explodindo em todas as direções, preenchendo o ar com o aroma dos lírios.

Ela apertava as palmas das mãos enquanto me acompanhava até uma porta na parede dos fundos.

— Trabalhamos duro nos últimos anos para garantir que as crianças estejam bem-cuidadas, que tenham os melhores médicos. Nós nos asseguramos de que elas façam os exercícios adequados e se beneficiem de uma dieta balanceada.

O Rei e Reginald pairavam atrás de mim enquanto eu olhava para dentro da sala ampla. Reginald sacou o bloquinho do bolso de seu terno e anotou algo. Crianças pequenas estavam reunidas no chão, empurrando carrinhos de plástico e empilhando blocos em pequenas torres. No canto, uma mulher da idade de Margaret estava sentada com uma menininha cujo rosto parecia inchado e marcado por lágrimas, acariciando suas costas enquanto ela chorava.

— Esta é nossa maior sala de jogos — disse Margaret. — Costumava ser um dos salões de festa. Nós mantemos as crianças aqui durante o dia na esperança de que os cidadãos passem por aqui e deem uma olhada. Com um pouco de sorte, muitas dessas crianças serão adotadas nos próximos meses. — Uma menina com marias-chiquinhas douradas veio gingando, tinha o bumbum gordo por causa da fralda. Ela olhou para nós com grandes olhos verdes da cor do mar.

— Esta é Maya — ofereceu Margaret. — Ela tem 2 anos e meio.

Olhei para o rostinho dela, para o narizinho lindo e as bochechas gorduchas e coradas. Toquei-lhe a mão, e os dedinhos minúsculos se dobraram em volta dos meus, o sorriso revelando dois dentes na frente.

— Ela é linda, não é? — perguntou Margaret. Atrás de nós eu ouvia o clique da câmera.

Enquanto olhava em seus olhos, eu só conseguia pensar em Sophia naquele quarto horrível, seu olhar encontrando o meu enquanto eu espiava pela janela coberta de sujeira. Pensei na garota que havia gritado, seus pulsos forçando o couro até a médica silenciá-la com uma agulha. Todas aquelas crianças tinham nascido de uma garota igual às minhas amigas. Talvez a mãe de Maya tivesse se sentado ao meu lado no refeitório da Escola. Ela podia ter sido uma das garotas que Pip e eu havíamos admirado, mais alta do que as demais, o rabo de cavalo brilhoso balançando para a frente e para trás enquanto ela passava com a bandeja nas mãos.

— Temos esperanças de que mesmo aqueles que não forem adotados cresçam felizes e saudáveis, sentindo como se sempre tivessem sido amados — continuou Margaret. Ela caminhou até a porta lateral e a destrancou.

Nós descemos um caminho de pedra, serpenteando por um milharal que estava sendo cultivado por um grupo de trabalhadores, até um prédio do outro lado do reservatório.

— Essas crianças vão se tornar cidadãos responsáveis da Nova América. Vão amar este lugar e saber do papel que tiveram na história do país — acrescentou o Rei. — A cada criança nascida nós crescemos em números. Nos tornamos menos vulneráveis. Ficamos mais perto de voltar a ser a nação poderosa que fomos um dia.

Subimos os degraus de pedra, e Margaret destrancou uma segunda porta, nos levando para dentro de outra sala grande. Enfermeiras andavam em meio a um berçário. Os bebês estavam embrulhados em cobertores apertados. Apenas seus rostinhos redondos e rosados eram visíveis.

— Estes são nossos mais novos recém-chegados — acrescentou Margaret. Uma funcionária andava para cima e para baixo pelas fileiras, embalando um neném com um cobertor azul-escuro. — Gostaria de segurar um, Princesa?

— Sim — respondeu Reginald por mim. — Seria bom ter uma foto para o jornal.

Margaret entrou na sala e manobrou pelo meio dos berços, escolhendo um bebê adormecido enrolado em um cobertor vermelho. Ela a pegou e a entregou em meus braços. Minha garganta ficou apertada só de olhar para a criaturinha, que sem dúvida havia sido trazida em algum caminhão, viajando por quilômetros até aquela sala fria para esperar que alguém a quisesse.

Era verdade que o prédio era muito diferente do que eu havia imaginado. Mais limpo, mais claro, mais alegre. Todos os andares eram repletos de funcionárias que falavam com as crianças em vozes sussurradas, que gentilmente lhes embalavam com tapinhas nas costas para impedi-las de chorar. Mas eu não podia olhar para nada daquilo — para as camas e chupetas de plástico e cobertores de tricô — sem pensar em minhas amigas.

— Aqui, Princesa — gritou a fotógrafa de Reginald. — Sorria.

Olhei para a lente e me lembrei da mensagem, um consolo silencioso. Os dissidentes haviam mandado um recado pelo jornal no dia seguinte ao da publicação da minha matéria, respondendo sob o nome familiar de Mona Mash. Era uma carta longa e floreada, um relato efusivo do desfile visto pelos olhos de uma mulher. Ela falava de seu entusiasmo com o casamento real, especulando a respeito dos melhores lugares para ficar durante a procissão. Levei um dia inteiro para entender seu significado. Copiando cuidadosamente as letras em quase cinquenta maneiras diferentes, finalmente descobri a mensagem criptografada: *Temos um contato na prisão. Há um plano em andamento que garantirá a liberdade dele. Um túnel completo.*

— Veja como vocês são adoráveis — arrulhou o Rei, enquanto eu mantinha o bebê nos braços. A fotógrafa não parava de tirar fotos, captando a luz da manhã que entrava pelas persianas. O rosto da menininha estava calmo. Ela abriu um pouco os olhos cinzentos, os lábios franzindo ligeiramente. Eu não senti as palpitações da maternidade ou uma erupção de calor dentro do peito. Só conseguia pensar no futuro diante de mim, no que aconteceria na semana seguinte. Era só uma questão de tempo, eu continuava dizendo a mim. Um fim estava próximo.

Margaret tirou a bebê dos meus braços e a colocou de volta na cama.

— Eu adoraria lhe mostrar mais uma coisa — falou, saindo pela porta.

Nós a seguimos escada acima, o Rei apoiando a mão no meu ombro.

— Estas crianças terão vidas de verdade dentro da Cidade. Mesmo as que não forem adotadas irão se sair melhor do que qualquer criança poderia conseguir do outro lado do muro. Elas são criadas aqui, recebem uma educação adequada — disse ele baixinho. — São bem-cuidadas. Os sacrifícios de suas mães foram honrados.

— Posso ver isso agora — menti, as palavras arranhando minha garganta. — Tudo faz muito sentido.

Margaret caminhou a passos largos para o segundo andar. Reginald, a fotógrafa e os dois soldados a seguiram. Por um instante, o Rei e eu ficamos sozinhos à porta.

Ele se virou para mim e colocou a mão no meu ombro.

— Eu sei que não tem sido fácil para você — falou, abaixando a cabeça para me olhar nos olhos. — Mas aprecio o esforço que está fazendo. Acho que vai realmente gostar da vida aqui, com Charles. Adaptar-se é só uma questão de tempo.

— Está ficando mais fácil — falei, sem olhá-lo nos olhos. Era a primeira coisa que eu havia dito que continha alguma parcela de verdade. Desde que descobrira a mensagem no jornal, as coisas pareciam mais leves. Eu podia enxergar uma saída daquele mundo e estava indo em direção a ela, passo a passo, dia a dia. Eu tinha mais uma mensagem para postar no jornal, uma resposta à minha visita ao centro, que conteria a semente de um plano. Se Harper e Curtis pudessem ajudar a soltar Caleb, eu o encontraria na manhã do casamento. Com a Cidade em tamanha agitação, teríamos melhores chances de fugir.

Beatrice me dera sua palavra de que iria ajudar. Ela deixaria a suíte nupcial por um longo período, destrancando a porta para a escada leste a fim de me dar acesso. Eu passara dias observando Clara, esperando que ela divulgasse meus segredos para Charles ou para o Rei. Depois de não ver sinais de traição, pedi sua ajuda. Ela distrairia os soldados posicionados do lado de fora do meu quarto para eu poder fugir sem ser detectada. Tentei não ficar ofendida com a empolgação dela por eu estar indo embora da Cidade para sempre.

O Rei mantinha a mão no meu ombro enquanto atravessávamos o corredor.

— Estes são nossos escritórios de adoção — continuou Margaret. Ela bateu a uma das portas, e uma mulher de meia-idade usando terno azul-marinho abriu. Elas trocaram algumas palavras, e a mulher deu um passo para trás, nos deixando entrar. Um casal estava sentado diante de uma mesa. Eles eram um pouco mais velhos do que Beatrice, os cabelos evidenciando os primeiros sinais de grisalho. Ambos se levantaram quando viram o Rei e eu, o homem se curvando, a mulher fazendo uma reverência.

— Estes são o Sr. e a Sra. Sherman — disse Margaret, fazendo um gesto para o casal. — Eles estão começando uma família.

— Parabéns — falei, olhando-os.

Os olhos da mulher estavam avermelhados e marejados. O homem segurava um boné com força, dobrando a aba fina de algodão.

— Eles estão adotando duas crianças — continuou Margaret. — Estivemos no processo por um mês, e hoje é o dia em que eles vão levá-las para casa.

— Duas menininhas. Gêmeas. — A Sra. Sherman sorriu, mas seu rosto parecia triste, a testa enrugada de preocupação. — É realmente um sonho para nós. — O marido passou um braço em volta dos ombros dela e apertou.

— Eu estava imaginando casais como vocês quando comecei o programa — disse o Rei. — Pessoas que queriam uma segunda chance na vida após a praga. Esse programa foi projetado para fazer a Nova América crescer enquanto permite às pessoas experimentarem novamente a alegria de ter uma família. Nós lhes desejamos sorte.

— Isso significa muito — disse em tom baixo o homem antes de beijar a esposa na testa. Ele não usava uniforme, o que me fazia imaginá-lo como um membro da classe média. Alguns trabalhavam nos escritórios no Venetian, outros tinham negócios no shopping do Palácio ou nos prédios de apartamentos na avenida principal. As roupas dele estavam levemente usadas, as bainhas refeitas, um buraquinho minúsculo visível no cotovelo da camisa.

Margaret deu um passo para o lado, nos guiando de volta ao corredor, a porta se fechando com um clique. Quando estávamos a alguns passos de distância, ela se virou.

— É difícil — disse, a voz baixa. — A Sra. Sherman perdeu a família inteira durante a praga, um marido e dois filhos, um com apenas 1 ano e quatro meses. O Sr. Sherman perdeu a esposa. Agora que o tempo passou e eles se estabeleceram na Cidade, se casaram de novo, querem começar uma família. Mas isso abre feridas antigas, sabe.

O Rei ficou em silêncio.

— É claro — falou depois de uma longa pausa. — Nós todos podemos entender isso.

Descemos as escadas em silêncio, o som de nossos passos ecoando nas paredes frias. Quando retornamos ao saguão principal, nos despedimos de Margaret, a câmera clicando quando apertei a mão dela. Deixamos Reginald na entrada, rabiscando em seu bloquinho. Pensei naquele bebê, em seu rosto doce, na maneira como ela abrira os olhos e olhara para mim por um breve instante. Depois que eu fosse embora da Cidade, não haveria volta. O Rei ficaria atrás de mim, e Caleb e eu estaríamos em fuga para sempre. Eu não poderia voltar às Escolas. Nunca retornaria para Pip ou Arden. Elas estariam presas naquele prédio, os filhos enviados para aquele centro estéril. Eu via o rosto de Ruby novamente, olhos vítreos enquanto ela se apoiava na cerca.

Eu tinha que mandar um recado para eles agora, antes de ir embora.

Comecei a descer os degraus, envolta pelo calor do dia. O sol queimava meus olhos, parecendo mais brilhante, mais severo até, conforme refletia no prédio de arenito.

— Pai — falei, consciente do título que eu evitara por tanto tempo. O Rei ergueu a cabeça. Os carros encostaram na entrada circular. Soldados se enfileiraram para nos acompanhar para fora. — Eu gostaria de visitar minha velha Escola, nem que fosse só para ver as meninas mais jovens ali. Quero voltar uma última vez.

Reginald e sua equipe entraram no segundo carro enquanto os soldados se mantiveram na rua, esperando por nós.

— Não sei se isso é prático. Você tem que se preparar para o casamento, e ir até lá pode suscitar...

— Por favor — tentei. — Quero vê-la só uma última vez. Passei ali 12 anos da minha vida. É importante para mim. Além do mais, posso falar às alunas como a Princesa de Nova América.

Eu tentava manter a voz firme. Os soldados estavam todos olhando para cima, esperando que descêssemos a escada. Algumas pessoas na rua haviam parado para ver o espetáculo: o Rei e sua filha passeando pela Cidade.

Ele chegou mais perto, o braço em volta do meu ombro.

— Acho que não é má ideia — disse ele. — Ouvi relatos de que as meninas ficaram muito confusas com seu desaparecimento repentino. — Deslizamos para dentro do carro fresco, a mão dele pesava sobre a minha. — Acho que sim, tudo bem — completou. — Mas vamos ter que mandar soldados com você. E você vai levar Beatrice.

Eu sorri, o primeiro sorriso genuíno do dia.

— Obrigada — falei, enquanto o carro começava a retornar para o Palácio. — Obrigada, Pai. Obrigada.

TRINTA E SETE

A CHUVA CORRIA PELAS JANELAS DO JIPE EM RIACHOS ESTREITOS. Beatrice estava sentada ao meu lado, a mão na minha enquanto a selva escura se estendia diante de nós. Eu absorvia tudo: as casas cobertas de hera, a estrada rachada que serpenteava por quilômetros, salpicada de cones de trânsito laranja. Havia carros velhos abandonados ao lado da autoestrada, os tanques de gasolina abertos por viajantes que tentaram coletar combustível. Cada parte parecia familiar, mais como meu lar do que qualquer outra coisa — até mesmo o Palácio, minha suíte, a Escola.

— Não vejo isso há quase uma década — falou Beatrice. — É pior do que eu me lembrava.

Duas soldados estavam sentadas no banco da frente. A motorista, uma jovem loura com uma marca de nascença na bochecha, varria o horizonte com os olhos, procurando por algum sinal de gangues.

— Eu adoro — falei sem fôlego, olhando fixamente para as flores silvestres roxas que nasciam nas rachaduras de um velho estacionamento. Havia uma fábrica gigantesca ao longe, HOME DEPOT escrito na lateral em letras desbotadas.

Estávamos viajando havia horas, mas o tempo passava sossegadamente. Árvores serpenteavam em torno umas das outras, se retorcendo em direção ao céu. Rodas de bicicletas estavam emaranhadas com flores, e a chuva se acumulava em buracos, formando poças rasas e escuras. O outro jipe estava bem atrás de nós, quicando por cima dos mesmos montes de asfalto pelos quais nós havíamos passado, diminuindo a velocidade quando nós reduzíamos, nos observando por trás.

Estaríamos na floresta novamente. Os barracões e lojas abandonados nos esconderiam enquanto Caleb e eu nos dirigíssemos para leste, para longe da Cidade, das Escolas e dos campos de trabalhos forçados. O plano havia sido posto em andamento. Na manhã do meu casamento, enquanto eu percorresse as ruas congestionadas da Cidade, me misturando à multidão, os dissidentes trabalhariam com seu contato dentro da prisão para assegurar a soltura de Caleb.

Aí nós atravessaríamos o túnel, deixaríamos a Cidade e esperaríamos. Moraríamos na margem leste do país, onde os soldados não iam com frequência. Manteríamos contato com a Trilha até os dissidentes estarem mobilizados, até os próximos passos serem planejados. Pela primeira vez em semanas eu experimentava uma sensação de propósito, de controle. O futuro não era só uma sucessão de jantares, coquetéis e pronunciamentos públicos, de mentiras proferidas com um sorriso tenso e falso.

— É ali em cima — disse a soldado no banco do carona, apontando para o muro alto de pedra. Ela era mais baixa do que a outra e tinha a metralhadora apoiada sobre as pernas musculosas.

O Rei enviara conosco as poucas tropas femininas que possuía, sabendo que a diretora Burns jamais permitiria homens dentro do complexo.

Beatrice apertou minha mão.

— Estas escolas eram reformatórios juvenis antes da praga. — Ela apontou para o arame farpado, enrolado no topo do edifício. — Carceragem para crianças que haviam cometido crimes.

A chuva esmurrava o carro. Quando chegamos ao muro, as soldados trocaram documentos com as guardas femininas de uniformes encharcados. Após alguns minutos recebemos permissão para entrar. O jipe encostou ao lado do edifício de pedra onde eu fizera minhas refeições durante 12 anos.

Agora que estávamos do lado de dentro, o entusiasmo da viagem havia sumido. Olhei para o prédio sem janelas do outro lado do lago, o lugar onde Pip, Ruby e Arden estavam presas. O jantar se revirou em meu estômago. Fitei os arbustos ao lado do refeitório, aqueles com uma pequena vala debaixo. Era o local exato onde eu encontrara Arden na noite em que ela fugiu. Quando ela revelou a verdade sobre as Formandas.

Meu passado se ergueu à minha volta — a Escola, o gramado, o lago, tudo isso me lembrando da minha vida anterior. Eu conseguia enxergar através da chuva as janelas da biblioteca no quarto andar, onde Pip e eu nos sentávamos para ler, parando de vez em quando para observar os pardais do lado de fora. A macieira ainda estava ali, do outro lado do complexo. Nós nos deitávamos debaixo dela nos meses de verão, aproveitando a sombra. A trava de metal se projetava do chão onde costumávamos jogar arremesso de ferraduras. Eu tropeçara nela uma vez, o topo cortando minha canela.

— Estou com uma sensação... — começou Beatrice, espiando pela janela salpicada de chuva. As soldados saltaram do jipe para falar com as guardas da Escola. — ...que talvez... Quem sabe, não é? — Ela não precisava continuar. Havia me perguntado naquela manhã, a pergunta feita em frases pela metade, conjecturando se sua filha poderia estar na Escola. Era possível, mas improvável. Eu duvidava que o Rei a deixaria ir se a filha estivesse ali, e não me lembrava de nenhuma menina chamada Sarah. Eu havia lhe dito isso, mas podia ver agora que ela só conseguia pensar nisso enquanto olhava pela janela durante todos aqueles quilômetros, os dedos torcendo uma mecha de cabelo nervosamente.

— Sempre existe a chance — falei, lhe apertando a mão. — Podemos ter esperanças.

Olhei pela janela lateral, através do muro de chuva, para a figura vindo em nossa direção. Ela usava guarda-chuva preto enorme, o casaco impermeável cinza batendo abaixo dos joelhos. Mesmo a 6 metros de distância, eu a reconhecia, seus passos lentos e desiguais, o maxilar quadrado, os cabelos que estavam sempre amarrados para trás em um coque apertado.

Diretora Burns.

Ela se aproximou da lateral do jipe, olhando para mim através da chuva. Uma soldado abriu a porta e me ajudou a descer o degrau alto.

— Princesa Genevieve — falou a diretora, a voz lenta e ponderada, demorando-se no título. — Que adorável nos agraciar com sua presença. — Ela pegou outro guarda-chuva ao seu lado e passou a mão pelo cabo, abrindo lentamente o domo de pano.

— Olá, diretora — cumprimentei, enquanto a guarda ajudava Beatrice a saltar atrás de mim. — É encantador estar aqui. — Mantive o queixo erguido, meus ombros para trás, tomando cuidado para não revelar o terror que sentia. Eu odiava que ela tivesse tal efeito sobre mim, mesmo agora, quando eu não estava mais sob sua supervisão.

Beatrice pegou o guarda-chuva e o segurou acima de nós. Sua presença ao meu lado me reconfortou.

— Esta é Beatrice — apresentei, enquanto andávamos em direção ao refeitório. — Ela vai passar a noite comigo.

— Foi o que me disseram — comentou a diretora Burns, olhando diretamente para a frente. — Eles liberaram um quarto no andar de cima para vocês duas, assim como outro para sua escolta armada. Não é nada de mais, só as mesmas camas nas quais você dormia quando estava aqui. Espero que não fique terrivelmente ofendida com elas agora. — Todas as palavras tinham um tom de malícia. Eu não tinha como responder.

Ela abriu a porta para o prédio e fez um gesto para que entrássemos. O corredor estava em silêncio a não ser pelo zumbido baixo dos geradores. Sacudi a água dos meus pés enquanto pendurávamos nossos casacos no armário.

— As meninas a estão esperando no refeitório principal — continuou a diretora. — Pode imaginar como ficaram confusas quando você desapareceu na noite antes da formatura. Primeiro Arden, depois você. Suscitou muitas perguntas, especialmente para as mais novas.

— Compreendo.

— Seu pai me procurou em relação a esta visita. Fui informada de que você vai falar esta noite sobre o valor de sua educação e de suas obrigações como parte da realeza na Nova América. E que vai assegurar a essas jovens sobre o presente que receberam só por estarem aqui.

— Está correto — confirmei, o calor subindo para minhas bochechas. — Estas são todas as garotas na Escola? — Olhei de soslaio para Beatrice.

— São — falou a diretora, dando meia-volta. — Vamos começar, então? Só temos uma hora antes de apagarmos as luzes.

Descemos o mesmo corredor azulejado pelo qual eu andara centenas de vezes de braços dados com Pip e Ruby enquanto íamos para o café da manhã, almoço e jantar. Certa noite, bem tarde, nos esgueirávamos para tentar roubar pudins da cozinha quando Ruby gritou, jurando que um rato havia passado por seus pés. Nós corremos o caminho todo até o quarto do dormitório, sem parar até estarmos amontoadas em minha cama, o cobertor sobre nossas cabeças.

Beatrice estava torcendo os dedos. Coloquei minha mão nas costas dela para acalmá-la, mas não ajudou. Eu podia sentir cada respiração, curta e rápida, por baixo de seu suéter. Nós finalmente chegamos ao salão principal, um aposento gigantesco com mesas de metal aparafusadas ao chão. Havia mais de cem meninas sentadas ali, todas com mais de 12 anos. As mais jovens provavelmente haviam sido entregues por pais que agora moravam na Cidade — pais como Beatrice, que haviam acreditado que suas filhas teriam uma vida melhor. As mais velhas eram órfãs como eu.

Elas se aprumaram em seus lugares quando me viram, os sussurros dando lugar a um silêncio absoluto.

— Vocês todas conhecem a Princesa Genevieve — falou a diretora Burns, a voz isenta de qualquer entusiasmo. — Por favor, levantem-se e demonstrem seu respeito.

As meninas se levantaram e fizeram reverência ao mesmo tempo. Estavam usando um vestido idêntico ao que eu usara todos os dias em que estivera ali, o brasão da Nova América colado desfavoravelmente na frente.

— Boa noite, Vossa Alteza Real — disseram em uníssono.

Reconheci uma aluna de cabelos pretos do décimo primeiro ano na frente. Ela havia tocado na banda na noite antes da formatura, fazendo a música rodopiar pelo ar acima do lago.

Fiz um gesto para elas se sentarem.

— Boa noite — falei, minha voz ecoando pela sala. Varri a multidão com os olhos, reconhecendo os rostos de algumas das alunas que tinham estado em turmas abaixo da minha. Seema, uma garota de olhos escuros com pele lisa cor de amêndoa, me deu um pequeno aceno. Ela ajudava a professora Fran na biblioteca, entregando os livros surrados de História da Arte que eu adorava. Estava sempre pedindo desculpas pelos volumes ausentes. — Obrigada por me convidarem a voltar. Eu reconheço muitas de vocês da minha época aqui. Durante tantos anos este lugar foi meu lar. Eu me sentia segura e amada aqui. — A diretora Burns cruzou os braços, me observando da lateral da sala. Beatrice estava parada ao lado dela, mexendo nos botões da blusa enquanto examinava o aposento, estudando cada rosto. — Sei que eu ter ido embora da Escola causou uma certa confusão em todas vocês. E agora já ouviram as notícias vindas da Cidade: meu pai é o Rei, e eu sou a Princesa da Nova América.

Com isso, as garotas aplaudiram. Fiquei ali, tentando sorrir, mas meu rosto parecia duro. Meu estômago estava revirado e tenso, meu jantar ameaçando voltar.

— Eu queria falar com vocês diretamente e dizer que não terão defensora maior do que eu dentro da Cidade de Areia. Vou fazer tudo que puder para defender suas necessidades.

Eu estava sendo sincera. Era vago o bastante para acomodar interpretações. Eu não podia mentir para elas, aqueles rostos entusiasmados fazendo eu me lembrar do meu próprio tantos anos antes.

— Tive bastante tempo para os meus estudos. Eu me tornei uma artista, uma pianista, uma leitora, uma escritora, entre muitas outras coisas. Tirem proveito disso. — Uma pequena mão se ergueu no fundo da multidão, depois outra e então uma terceira, até um quarto das meninas estar com as mãos levantadas, esperando que eu as chamasse. — Acho que estamos prontas para as perguntas — falei. *É só uma questão de tempo*, eu não parava de dizer a mim, olhando para as carinhas delas. Os túneis seriam finalizados, o restante das armas contrabandeado para dentro. Os dissidentes iriam se organizar em breve. Só precisávamos esperar.

Apontei para uma baixinha ao fundo, que usava uma trança comprida nos cabelos negros.

— Quais são os seus deveres como Princesa?

Fiquei cutucando a pele do meu dedo. Eu queria contar a ela sobre como todo o poder fora tirado de mim no instante em que botei os pés no Palácio, sobre como o Rei só me deixava falar se fosse para apoiar o regime.

— Tenho visitado muitas pessoas na Cidade e em outros lugares, para lhes contar sobre a visão do Rei para a Nova América

— Quem são seus amigos? — perguntou outra menina.

Eu me virei para Beatrice, que estava de pé ao lado da diretora Burns. Ela mordiscava o dedo enquanto olhava a primeira fileira de meninas, procurando por Sarah em cada rosto. Eu não conseguia falar, mal percebi o *Com licença, Princesa?* da garota. Quando Beatrice chegou ao final da fileira, suas mãos tremeram, seus traços se retorcendo em uma expressão dolorida. Então ela começou a chorar, as lágrimas vindo tão depressa que ela não teve tempo de detê-las. Em vez disso, virou-se e correu para fora, enxugando os olhos na manga.

Eu não pensei. Só disparei para o corredor, passando pelas duas soldados que estavam de cada lado da porta.

— Beatrice? — chamei, descendo o corredor de azulejos. — Beatrice? — Mas o único som era o de minha própria voz, ecoando no corredor, repetindo o nome dela.

TRINTA E OITO

— Vocês vão ficar no terceiro andar — disse a professora Agnes ao começarmos a subir as escadas. De vez em quando, ela olhava para Beatrice, cujo rosto ainda estava inchado e vermelho. — É bom vê-la de novo — acrescentou. Seu olhar encontrou o meu.

Os ombros da professora Agnes se curvavam para a frente enquanto ela vencia cada degrau, andando lentamente ao meu lado, os dedos nodosos agarrando o corrimão. Ela fora uma presença constante em minha vida, mesmo depois que eu deixara a escola. Eu ouvia sua voz às vezes quando Caleb tocava minha nuca, quando seus dedos dançavam sobre minha barriga. Eu a odiara, a fúria me tomando conforme eu me lembrava de tudo o que ela dissera naquelas aulas, de como ela falara sobre a natureza manipuladora de todos os homens, de como o amor era só uma mentira, a maior arma empunhada contra as mulheres para deixá-las vulneráveis.

Mas agora ela parecia tão pequena ao meu lado. Seu pescoço estava curvado, como se ela estivesse constantemente olhando para o chão. Sua respiração era rouca e lenta. Fiquei imaginando se ela realmente havia envelhecido ou se o tempo havia passado de fato, se foram os meses em território selvagem que me permitiam vê-la através dos olhos de uma estranha.

— É, já faz bastante tempo — comentei.

Estiquei o braço e peguei a mão de Beatrice enquanto subíamos rumo ao terceiro andar. Eu a havia encontrado escondida no vão da porta da cozinha, o suéter contra o rosto, tentando acalmar os soluços. Sarah não estava lá. Não havia nada que eu pudesse dizer, nada que pudesse fazer a não ser abraçá-la, colocar sua bochecha contra meu peito enquanto ela chorava. Após alguns minutos, eu havia voltado para as meninas e para a diretora Burns, respondido às suas perguntas e assegurado a elas que minha amiga estava bem, só enjoada depois de todas aquelas horas presa na cabine abafada do jipe.

— As guardas trouxeram suas malas aqui para cima. — A professora Agnes entrou em um quarto à direita, caminhando por ele e acendendo as lamparinas nas mesinhas de cabeceira. Os sons familiares das alunas enchia o corredor. As meninas estavam aglomeradas no banheiro, escovando os dentes, as risadas mais altas contra as paredes de azulejos. Uma professora saiu do banheiro, virando-se ao me ver. Ficamos nos encarando por um momento antes que seu rosto se abrisse em um sorriso, que desapareceu tão depressa que fiquei pensando se não o havia imaginado.

Era a professora Florence.

— Só um minuto — falei, erguendo um dedo para Beatrice, que havia se sentado na cama. A professora Florence ainda estava usando sua blusa vermelha e calças azuis, os cabelos grisalhos ondulados por causa da umidade. — Eu estava imaginando se a veria. — Olhei pelo corredor, para as escadas, a fim de me assegurar de que a diretora Burns não estava à vista. — Você está bem?

Estávamos paradas no corredor, onde eu ficara tantas vezes nas noites em que Ruby e eu esperávamos do lado de fora do banheiro por uma pia livre. A professora Florence fez um gesto para uma porta ao final do corredor — meu antigo quarto —, e entramos escondidas. Estava vazio. Ela não falou até estarmos sozinhas, a porta de metal fechada atrás de nós.

— Eu estou bem — disse ela. — E você também, espero.

Os olhos dela avaliaram meu rosto.

Eu não respondi. Não conseguia parar de olhar para o quarto. Elas haviam mudado as camas de lugar para que ficassem em fila contra uma parede. As três estavam desarrumadas, cobertas de livros aos pedaços e uniformes amarrotados. Um bloco em uma mesinha de cabeceira estava coberto de rabiscos. Preso com tachinhas na parede acima da escrivaninha, havia um papel com um desenho em preto e branco de duas meninas, as palavras ANNIKA & BESS: AMIGAS PARA SEMPRE escritas abaixo em letras grandes e grossas. Todos os traços de mim, Pip e Ruby haviam sumido.

— Estou. A vida é muito diferente na Cidade — falei, ignorando o nó ao fundo de minha garganta.

— Eu não sabia que você era filha do Rei — declarou a professora Florence. — Era algo que só a diretora Burns sabia. — Ela se sentou em uma cama estreita, os dedos beliscando o duro cobertor cinza.

Fiquei imaginando se isso teria mudado as coisas — se ela ainda teria me ajudado a fugir naquela noite, me levando até a porta secreta no muro.

— Imaginei — falei lentamente.

— Ouvi dizer que Arden foi trazida de volta, que está do outro lado do lago agora. Você sabia? — perguntou ela.

Eu me sentei ao seu lado.

— Sabia. — Olhamos para a frente, sem enxergar os olhos uma da outra. — Eu a vi quando estava em território selvagem. Ela me salvou.

Olhei para o ladrilho quebrado no chão, debaixo do qual Pip e eu costumávamos guardar bilhetes. O pedaço rachado estava faltando agora, o reboco sujo exposto.

Ela ficou de pé, brincando com as chaves em seu bolso.

— Fui eu que levei as meninas para a cerimônia de formatura. Pip não queria sair. Ela começou a chorar. Jurou que algo havia acontecido a você, que nunca teria ido embora. Ela não parava de pedir à diretora Burns para mandar os guardas procurarem do lado de fora do muro. Isso me fez pensar sobre o que eu havia dito a você... — Ela deixou a frase morrer, a mão se remexendo no bolso, preenchendo o silêncio com o tilintar de chaves. — Talvez pudesse ter sido diferente.

Eu havia repassado aquele momento na cabeça tantas vezes antes, relembrando as palavras da professora Florence, seus comandos para eu ir sozinha. Imaginara todas as coisas diferentes que poderia ter feito, me imaginava acordando Pip e Ruby ou me escondendo em algum lugar além do muro. Eu me imaginara voltando no dia seguinte, quando elas se reuniam no gramado, gritando para elas a respeito das Formandas e de todos os planos do Rei.

A professora Florence andou até o canto mais afastado, onde havia uma única cadeira encostada na parede. Ela a deslizou para a frente.

— Só depois que as meninas atravessaram a ponte, descobri isso. Quando voltei para desocupar o quarto.

Eu me ajoelhei atrás da cadeira com ela, meus dedos correndo pelas letras entalhadas. EVE + PIP + RUBY ESTIVERAM AQUI, dizia. Havia me esquecido completamente daquilo. Pip entrara no quarto certa manhã depois do café, entusiasmada por causa de Violet, outra garota de nossa classe que escrevera na parede do armário, atrás das roupas, onde ninguém descobriria. Ela encostou nossa cama contra a porta enquanto nos sentávamos ali, com uma faca roubada, entalhando nossos nomes. Fiquei olhando para aquilo agora, os olhos turvos, lembrando-me da forma como ela havia sorrido naquele dia, tão satisfeita quando completamos nossa pequena obra-prima.

Antes que eu pudesse dizer qualquer coisa, a mão da professora Florence estava na minha, pressionando um objeto frio em minha palma. Ela assentiu como se para confirmar o que era. Depois ela empurrou meu punho para baixo, fazendo um gesto para eu guardá-lo. Eu o enfiei no bolso, sentindo imediatamente que era uma chave. *A* chave.

A porta se abriu de supetão, o metal batendo contra a parede de cimento.

— Você ficou assustada demais para perguntar a ela! — A voz de uma menina quebrou o silêncio entre nós. — Você é tão covarde às vezes.

Duas garotas de 15 anos haviam entrado, as frentes de suas camisolas molhadas depois de terem lavado o rosto. Elas congelaram quando nos viram. Uma das meninas corou tanto que suas orelhas ficaram vermelhas.

— Vocês queriam me perguntar alguma coisa? — falei, sorrindo enquanto saía de trás da cadeira. As meninas não responderam. — Este era o meu antigo quarto aqui na Escola. Espero que não se importem; a professora Florence estava me mostrando.

A garota que estivera falando tinha uma franja preta grossa que lhe caía nos olhos.

— Não — murmurou, sacudindo a cabeça. — É claro que não.

Agarrei a mão da professora Florence, querendo lhe agradecer — por entender, por me ajudar, por não me pedir para explicar nada —, mas aí a diretora Burns apareceu à porta, os lábios franzidos.

— Eu a estava procurando, Princesa — falou, o olhar passando de mim para a professora Florence. — Gostaria de conversar com você em meu gabinete, a sós. — Ela se virou para a professora Florence. — Por favor, faça com que estas meninas estejam na cama em tempo hábil.

E desapareceu no corredor, sem se dar ao trabalho de ver se eu a seguiria. Não ousei olhar para a professora Florence enquanto saía. Em vez disso, senti a chave no bolso, virando-a entre os dedos, o peso me acalmando. Pouco antes de atravessar a porta para o corredor, eu a tirei e a enfiei pelo colarinho do vestido.

As luzes do corredor estavam apagadas. A diretora Burns segurava uma lamparina enquanto descíamos as escadas até seu gabinete. Minhas bochechas queimavam com a ideia de me sentar naquela sala. Ninguém ia até lá a não ser que estivesse sendo punido. Eu me sentia como uma criança agora, nervosa e com medo, querendo confessar tudo que já havia feito para desagradá-la.

Quando chegamos ao seu gabinete, ela colocou a lamparina na mesa e fez um gesto para que eu me sentasse. A porta se fechou com força, fazendo a lâmpada dentro do vidro tremeluzir. Mantive meus olhos sobre ela, meus ombros para trás, recusando-me a desviar o olhar.

— Posso ajudá-la com alguma coisa, diretora? — perguntei.
— A viagem me deixou muito cansada. Estou ansiosa para ir para a cama.

Ela soltou uma risadinha.

— Sim, Princesa — falou ela, uma ponta de sarcasmo na voz.

— Tenho certeza de que está. — Ela se sentou à minha frente, os quadris gorduchos espremidos sobre a quina da mesa. Sua perna balançava para a frente e para trás, para a frente e para trás, um metrônomo marcando o tempo.

Minhas mãos estavam escorregadias de suor. Eu mantinha meus olhos nos dela. Ela podia me acusar do que quisesse. Não importava mais. Pensei apenas em Pip, Arden e Ruby, e na chave apertada contra meu peito — a única chance delas.

— Deve ter pensado que seria mais esperta do que todas nós — disse ela friamente. — Que éramos mentirosas, que a havíamos enganado. Mas agora aqui está você, filha de seu pai, falando entusiasmadamente sobre a educação que recebeu.

— Pretende chegar a algum lugar? — questionei. — A senhora me chamou aqui apenas para brigar comigo?

A diretora se inclinou, o rosto nivelado ao meu.

— Eu a chamei aqui porque quero saber quem a ajudou. Diga-me quem foi.

— Não tive ajuda — murmurei. — Eu não...

— Está mentindo na minha cara. — Ela riu. — Espera que eu acredite que pulou aquele muro sozinha?

Então ela pensava que eu o havia escalado. Isso era impossível — ele tinha quase 10 metros de altura —, mas não a corrigi; vi minha saída e fui em frente.

— Eu havia encontrado corda no armário das professoras. Metros de corda. Cortei o braço no arame no alto. — Mostrei a ela onde a porta do armazém havia me cortado quando eu fugia do tenente. A cicatriz ainda estava rosada.

Ela inclinou a cabeça como se estivesse pensando a respeito.

— Como sabia sobre as Formandas? — perguntou.

— Sempre tive suspeitas — falei friamente. O controle estava mudando, minha voz mais calma conforme cada pergunta era respondida à satisfação dela. — Mas não interessa como fugi. O que interessa é que estou aqui. E falei com as meninas. Expliquei meu desaparecimento e falei elogiosamente sobre sua Escola. Amanhã de manhã eu gostaria de ver as minhas amigas.

— Isso não pode ser providenciado — retrucou rapidamente. Ela se levantou e foi até a janela, os braços cruzados. Do lado de fora, o complexo estava escuro. Algumas lamparinas brilhavam no alto do muro, o arame farpado cintilando sob a luz. — Isso levantaria todo tipo de perguntas. Confundiria as alunas.

— Não seria mais confuso para elas se eu fosse para a Cidade e nunca mais voltasse, se eu nem mesmo quisesse ver minhas amigas para saber como elas estavam indo em sua escola de ofícios do outro lado do lago?

A diretora Burns me encarou. Ela soltou um suspiro profundo, o polegar passando por cima das veias grossas no dorso da mão. Olhei para os bibelôs alinhados em sua prateleira: crianças brilhantes e espalhafatosas que pareciam ameaçadoras agora, seus traços contorcidos em um êxtase estranho e artificial. Ela não falou por um longo tempo.

— Tenho que lembrá-la de que um dia serei Rainha? — Endureci minha voz quando disse aquilo.

A expressão da diretora mudou. Ela deu alguns passos para a frente, o nariz se franzindo como se ela tivesse sentido o cheiro de algo podre.

— Está bem. Você vai ver suas amigas amanhã. — Ela se virou para a porta e a abriu, indicando que eu devia sair.

Eu me levantei, alisando meu vestido.

— Obrigada, diretora — falei, tentando não sorrir. Saí a passos largos e desci o corredor escuro, tateando pelo caminho como havia feito tantas vezes antes.

— Mas lembre-se, Eva — chamou ela, quando eu estava quase alcançando as escadas. Ainda de pé no vão da porta, a lamparina lançando sombras em seu rosto. — Você ainda não é Rainha.

TRINTA E NOVE

Na manhã seguinte, a tempestade havia passado. Atravessei a ponte, um passo de cada vez, sentindo as tábuas finas de madeira cederem ligeiramente sob meus pés. Ela era levemente mais larga do que meus ombros, com cordas dos dois lados; uma coisa levíssima estendida por cima da superfície imóvel do lago. Joby, uma das guardas da Escola, seguia atrás de mim. Eu olhava para trás de vez em quando, para as meninas estudando no gramado. Beatrice estava parada perto do prédio do refeitório, conversando com a professora Agnes.

Imaginei como aquele dia devia ter sido, com as cadeiras posicionadas na grama, o pódio em frente ao lago. As professoras formariam uma fila na margem, os dedos dos pés na beirada da água, como haviam feito todos os anos anteriores. Quem fizera o discurso? Dizendo às garotas sobre a grande promessa de seu futuro? Quem as guiara para o outro lado? Imaginei Pip virando-se para trás, esperando por mim, certa de que eu apareceria no último momento possível.

Quando chegamos do outro lado, o chão ainda estava molhado. Joby foi na frente e circundou o edifício, fazendo um gesto para que eu a seguisse. As duas guardas em terra puxaram a corda para erguer a ponte para o outro lado. Viramos na esquina e vi as janelas altas pelas quais eu espiara na noite em que havia fugido. O balde em cima do qual eu subira não estava lá.

— Deve ser estranho estar aqui novamente — disse Joby, os cabelos negros longos enfiados debaixo do boné de guarda. Ela olhou nos meus olhos, como se para confirmar o último dia em que eu a vira, naquele mesmo lugar, quando Arden estava sendo retirada do jipe e eu sendo levada embora por Stark.

Assenti, sem querer arriscar uma resposta. Antes de Joby me revistar do outro lado da ponte, eu enfiara a chave debaixo da língua. Agora ela estava lá, esperando para ser entregue a Arden, enchendo minha boca com um forte gosto metálico.

Ela se aproximou da área fechada por uma cerca alta, para onde eles haviam levado Arden. Joby abriu a primeira porta e me guiou pelo caminho curto de cascalho. Continuamos andando, passando pela porta seguinte e adentrando no jardim onde eu vira Ruby. Havia duas mesas de pedra do lado de fora, mas nenhum sinal das Formandas.

— Espere aqui — falou. — Ela vai sair em um instante. — Então desapareceu dentro do prédio.

Fiquei caminhando de um lado a outro pelo jardim, tentando acalmar meus nervos. Logo além da cerca, perto do portão fechado, mais duas guardas me observavam, seus rifles pendurados nos ombros. Revirei a chave na boca. Eu não havia dormido. Em vez disso, fiquei imaginando Pip, do jeito que a vira pela última vez, girando pelo gramado, as tochas emprestando um brilho quente em sua pele. Eu me lembrei dela me provocando enquanto ficava ao meu lado na pia, ou assoviando loucamente, os braços erguidos, depois de vencer no jogo de arremesso de ferraduras.

A porta se abriu de supetão, e Arden saiu, com Joby seguindo bem de perto. Os olhos dela ficaram iluminados quando me olhou de cima a baixo, observando o vestido curto azul, os brincos de ouro pendurados em cada orelha. Meus cabelos escuros estavam penteados para trás em um coque.

— Espero que não tenha se arrumado toda só para me ver — disse ela, os lábios rachados soltando apenas um ligeiro sorriso. A camisola verde de papel ia só até seus joelhos.

Olhei para meu vestido, desejando ter permissão para usar roupas mais casuais em público. Eu não falei, mas fui até ela, abraçando-a e beijando-a na bochecha. Durante todo o tempo mantive os olhos em Joby e nas duas guardas de pé perto do portão fechado, consciente de que estavam sempre nos observando.

Segurei a mão dela e a ergui na minha frente. Fechei meus olhos enquanto beijava sua palma, soltando a chavezinha nela. Aí fechei seu punho junto ao meu peito.

— É claro que sim. — Eu ri.

Arden sentou-se no banco. Seus cabelos haviam crescido, o couro cabeludo não estava mais visível. Os braços pálidos estavam cobertos por pequenos hematomas por causa de todas as injeções. Ela manteve o punho na mesa, a palma para baixo, a chave apertada dentro da mão.

— Estou aliviada em vê-la — falou. — Ele não machucou você, não é? — Atrás dela, Joby se mexeu para nos ver melhor.

Balancei a cabeça.

— Também andei preocupada com você. — Estudei a pulseira de plástico que ela estava usando, coberta de números. — Você está...? — Não terminei a frase.

— Ainda não — respondeu. — Acho que não. — Ficamos sentadas em silêncio por um instante. Eu continuava balançando a cabeça, com lágrimas nos olhos, grata por ela não estar grávida.

Joby verificou seu relógio de pulso. Toquei o topo da mão de Arden.

— Lembra-se de quando costumávamos brincar perto da macieira no jardim? — perguntei, sabendo que Arden não se lembraria de nada daquilo. Nós nos odiávamos quando estávamos ali juntas, fizemos questão de evitar uma à outra naqueles últimos anos. Mas, nas primeiras noites em que estávamos na caverna, eu lhe contara sobre como a professora Florence havia me ajudado, sobre como eu havia passado por uma porta secreta. Fiquei imaginando se ela se lembraria, ou se estava doente demais para processar os detalhes. — Nós costumávamos brincar bem ali, ao lado do muro. Eu adorava quando nos deixavam sair do gramado.

Arden sorriu, um som fraco escapando dos lábios. Ela baixou os olhos para nossas mãos, confirmando a chave entre elas.

— Sim, eu me lembro disso — falou.

Olhei em seus olhos, procurando reconhecimento. Ela assentiu.

— Não sei quando vai ser minha próxima visita — acrescentei, sem desviar o olhar. — Tenho muitas obrigações no Palácio, deveres para com o Rei. Eu quis vir agora porque posso não voltar por algum tempo. — Minha voz tremia enquanto eu falava. — Eu queria que você cuidasse de Ruby e Pip para mim.

— Eu entendo. — Os olhos de Arden estavam vermelhos e úmidos. Ela cobriu minha mão com a dela, a mesa de pedra quente em nossa pele. — É muito bom ver você — disse, assentindo. — Não sabia se algum dia a veria novamente. — Ela enxugou o rosto com a camisola.

Ficamos sentadas daquele jeito por um minuto. Acima de nós, um bando de pássaros voava pelo céu, ora se dispersando, depois se reunindo de novo, em seguida se dispersando de novo.

— Senti saudades de você — falei. Arden seria capaz de fugir, eu não parava de dizer a mim. Ela já havia atravessado os muros da Escola antes. Conseguira chegar à Califia. Se havia alguém capaz de escapar daquele prédio de tijolos, alguém que podia ajudar Ruby e Pip, esse alguém era ela.

Joby se aproximou, fazendo um gesto para que Arden se levantasse.

— Vou trazer as outras — disse.

Arden me abraçou. Seu corpo pareceu menor junto ao meu. De costas para Joby, ela levou os dedos à boca e enfiou a chave dentro, como se estivesse comendo uma bala. Aí sorriu, apertando minha mão enquanto ia embora.

Fiquei de pé ali, vendo-a voltar para aquele prédio, as mãos atrás do corpo para que Joby pudesse ver. Pensei em seu sorrisinho sutil enquanto ela achatava a chave debaixo da palma, enquanto me ouvia falar sobre a macieira e o muro ao lado. Ela havia entendido. Eu sabia. Mas, olhando para o jardim cercado, para os rifles das guardas, eu me perguntava quanto tempo levaria até que conseguisse fugir, se os dias se passariam rápido demais. Se, em breve, ela estaria presa ali indefinidamente.

A porta se abriu, as dobradiças enferrujadas produzindo um som horrível. Ruby apareceu primeiro. Seus passos eram equilibrados, os cabelos negros e longos amarrados em um rabo de cavalo.

— Você voltou — disse ela. Ela me apertou num abraço até me deixar sem fôlego, a barriga contra a minha, a pequena protuberância ainda imperceptível debaixo da camisola verde larga.

Quando recuou, seus olhos estavam um pouco tristes. — Eu sabia que você ainda estava viva. Sabia que não tinha desaparecido. Eu tinha essa lembrança de você. Você estava de pé bem ali, ao lado do portão. — Ela apontou para o lugar onde eu a vira pela última vez, onde ela se agarrara à cerca, olhado vagamente para além de mim.

— Sim, eu estava — falei, apertando o braço de Ruby. Quaisquer comprimidos que estivessem lhe dando na época não estavam mais fazendo efeito. — Eu a vi naquele dia. Foi o dia em que eles trouxeram Arden para cá.

— Eu falei para Pip que tinha visto você. — Ruby assentiu. — Falei várias vezes, mas ela não acreditou em mim.

Pip estava saindo do prédio, a cabeça baixa. Ela manteve as mãos junto às costas. A porta se fechou com força, o som alto o bastante para fazer com que eu me encolhesse. Ela brincava com as pontas de seus cabelos ruivos cacheados, que haviam crescido tanto nos últimos meses.

— Pip, estou aqui — chamei. Ela não respondeu. — Vim para ver vocês. — Ela se aproximou um pouquinho. Eu a abracei, mas seu corpo parecia de pedra. Em vez disso, ela se esquivou, libertando-se do meu abraço.

Ela esfregou o braço onde eu a havia tocado.

— Machucou — falou baixinho. — Tudo machuca.

— Sente-se no banco — disse Joby, guiando Pip pelo cotovelo.

— Por que você está usando isso? — perguntou Ruby, apontando para meu vestido. — Onde esteve?

Minha boca estava seca. Eu não queria contar a verdade a elas — que eu estava morando na Cidade de Areia. Que era filha da mesma pessoa que as enfiara ali, naquele prédio. Do homem que havia mentido para elas — para todas nós — durante tantos anos. Não era como eu queria que as coisas começassem naquele breve encontro entre nós.

— Fui levada para a Cidade de Areia — falei. — Descobri que sou filha do Rei.

Pip levantou a cabeça.

— Você foi à Cidade de Areia sem mim. — Era uma declaração, não uma pergunta. — Você esteve na Cidade de Areia esse tempo todo.

— Sei como isso deve parecer — justifiquei, esticando-me para lhe segurar a mão. Ela a puxou para trás antes que eu pudesse tocá-la. — Mas não é assim. — Eu me contive, sabendo que não podia revelar muito na frente de Joby. — Estou aqui agora — ofereci. Mas soou tão pequeno, tão patético, até mesmo para mim.

Ruby estava olhando fixamente para mim. Ela roía as unhas.

— Por que você está aqui? — perguntou.

Para ajudá-las a fugir, pensei, as palavras perigosamente quase saindo da minha boca. *Porque não sei quando vou ser capaz de vê-las novamente. Porque pensei em vocês duas todos os dias desde que fui embora.*

— Eu tinha que vir — falei em vez disso. — Eu precisava saber que vocês estavam bem.

— Não estamos — balbuciou Pip. Ela ficou olhando para a mesa, o dedo fazendo círculos preguiçosos. Suas cutículas estavam sangrentas e inchadas. Sua barriga de grávida ficou visível quando ela se sentou, a camisola verde se projetando no meio do corpo. — Podemos nos sentar aqui fora uma vez por dia, durante uma hora. Só isso. — Ela baixou a voz, seus olhos voando para Joby. — Uma vez por dia. As garotas que estão de cama ficam amarradas. Às vezes elas nos dão comprimidos que tornam o raciocínio complicado.

— Disseram que não vai demorar — ofereceu Ruby. — Disseram que vamos ser soltas em breve.

Eu tentava manter a calma, ao perceber as guardas olhando para mim. O Rei ainda não havia decidido o que aconteceria à primeira geração de garotas da iniciativa de reprodução, mas eu ouvira que ainda se passariam anos até que fossem libertadas. Pensei na chave que havia dado para Arden. Nos dissidentes em algum lugar embaixo da Cidade, trabalhando nos túneis. No resto da Trilha, levando para longe das Escolas, serpenteando por território selvagem, até Califia. Arden as tiraria dali. E, se ela não as tirasse, se não conseguisse, eu encontraria um modo.

— É, vai ficar tudo bem.

— É o que eles dizem — continuou Pip. — É o que todas as meninas não param de dizer. Maxine e Violet e as médicas. Todo mundo acha que vai ficar tudo bem. — Ela deu uma risadinha triste. — Não vai.

Eu a observava enquanto ela passava os dedos por cima da mesa de pedra, os joelhos balançando. Ela não era a mesma pessoa que dormira na cama ao lado da minha durante todos aqueles anos, que brincara de plantar bananeira no jardim, a pessoa a quem eu flagrava cantarolando para si de vez em quando, enquanto se vestia, dando um passo para o lado, aí para trás, em uma dança secreta solitária.

— Pip, você precisa acreditar nisso — tentei. — Vai ficar tudo bem.

— Vamos levar vocês duas de volta para dentro — falou Joby, aproximando-se. Pip continuou olhando fixamente para a mesa.

— Pip? — perguntei, esperando até que seu olhar finalmente encontrasse o meu. A pele dela estava pálida, as sardas desbotadas por tantas horas a portas fechadas. — Prometo que vai ficar tudo bem. — Eu queria continuar, mas elas já estavam se levantando, as mãos cruzadas na altura dos pulsos atrás do corpo, prontas para entrar.

— Você vai voltar? — perguntou Ruby, virando-se para mim.

— Vou fazer o possível.

Pip entrou rapidamente no prédio sem dizer adeus. Ruby foi em seguida, olhando por cima do ombro uma última vez. Então se foram, a porta se fechando atrás delas, o clique oco da tranca enrijecendo minha espinha.

QUARENTA

Quando retornei para a cidade, concedi mais entrevistas a Reginald. Falei de meu grande entusiasmo com o casamento, do compromisso de Charles com a Nova América e de minha visita à Escola, o tempo todo reconfortada pelas perguntas que surgiriam depois que eu desaparecesse. As pessoas teriam que imaginar o que havia acontecido comigo, sua Princesa, por que eu sumira em um dos dias mais importantes da História recente. O Rei não seria capaz de explicar isso com tanta facilidade quanto havia esclarecido todo o restante. Cada dia que eu passasse em território selvagem, em fuga, significava mais um dia para a Cidade pensar sobre onde eu estava, para questionar o que eu havia dito, para se lembrar de todos os boatos que haviam circulado após a captura de Caleb. Pessoas suficientes tinham visto os soldados me agarrarem, haviam observado enquanto minhas mãos eram amarradas e eu era levada para dentro.

Harper havia me contatado através do jornal só mais uma vez, para confirmar que o plano estava em andamento. Agora eu permanecia na suíte, olhando pela janela para a Cidade apinhada abaixo pela última vez. O sol da manhã refletia nas barricadas de metal que cercavam as calçadas, mostrando a extensa rota que serpenteava pelo centro da Cidade. As pessoas já se reuniam na avenida principal. As ruas estavam lotadas até a Periferia.

A porta se abriu atrás de mim. Beatrice estava com um vestido azul cerúleo, apertando as mãos nervosamente. Eu me aproximei e entrelacei os dedos dela aos meus.

— Eu já disse, você não tem que fazer isso. Não precisa me ajudar. Pode ser perigoso.

— Eu quero — disse ela. — Você tem que ir embora hoje, isto não está em discussão. Acabei de esconder o anel. — Eu a abracei, sem querer deixá-la. Dentro de apenas uma hora o Rei viria à minha suíte, pronto para me acompanhar até o carro lá embaixo, o motor ligado, esperando para começar a longa procissão. Ele encontraria o quarto vazio, aquele vestido branco idiota em cima da cama. Circularia pelo Palácio, vasculhando a sala de jantar, o salão, seu escritório. Em um dos andares ele encontraria Beatrice, também fazendo sua busca, frenética para encontrar meu anel antes que a procissão começasse. Ela lhe diria que havia acabado de me deixar em meu quarto, que eu insistira para ela procurar a joia que havia sumido, temendo que tivesse caído em algum lugar do lado de fora da suíte.

— Obrigada — sussurrei, a palavra parecendo inadequada. — Por tudo. — Olhei em volta do quarto, lembrando-me de como ela havia lavado as feridas dos meus pulsos assim que eu chegara, como havia se sentado na cama comigo, a mão em minhas costas enquanto eu adormecia. — Assim que eu chegar à Trilha, vou procurar por Sarah — sussurrei. — Vamos libertá-la a tempo.

— Espero que sim — respondeu ela, o rosto ficando sombrio com a menção à filha.

— Ela vai voltar para você — insisti. — Eu prometo.

Beatrice sorriu, então pressionou os olhos com os dedos.

— Clara está do outro lado do corredor; espere pelo sinal dela antes de sair. Vou ficar aqui por mais quarenta minutos — disse ela. — Todas as entradas devem estar livres agora. Não vou deixar ninguém entrar. — Ela foi para o fundo do quarto, fazendo um gesto para eu ir.

Eu me esgueirei em direção à porta. O trinco tinha sido preso da mesma maneira que o da escada; uma bolinha de papel enfiada no vão, impedindo que trancasse. Fiquei escutando o soldado. Ele estava bem ao lado da porta, a respiração pesada enchendo o ar. Minha mão apoiada na maçaneta, esperando ouvir a voz de Clara.

Depois de alguns minutos, o som de passos ecoou no piso de madeira.

— Preciso de ajuda! — gritou Clara do outro lado do corredor. — Você aí. Alguém invadiu minha suíte.

Ouvi a resposta abafada do soldado e a discussão que se seguiu, Clara insistindo para que ele fosse com ela imediatamente, que sua vida estava em perigo. Quando eles desceram o corredor, abri a porta um pouquinho. Clara estava andando depressa, erguendo a bainha do vestido, tagarelando sobre a fechadura do cofre quebrada, sobre como alguém devia ter arrombado sua suíte durante o café da manhã. O soldado escutava atentamente, esfregando a testa com a mão. Antes de eles virarem a esquina, Clara olhou por cima do ombro, os olhos encontrando os meus.

Disparei em direção à escada leste. Estava usando o suéter e jeans que usara naquela primeira noite em que saí do Palácio, o cabelo preso em um coque baixo. Sentia falta do boné que eu botava por cima dos olhos, sentindo-me mais exposta agora, mais reconhecível enquanto descia as escadas. Mantive o olhar nos pés, tomando o cuidado de me abaixar ao passar pelas janelinhas que davam para cada andar.

Lá embaixo, o shopping do Palácio estava lotado. Funcionários estavam fechando suas lojas durante a manhã, abaixando as imensas grades de metal que cobriam as vitrines. Compradores saíam para as ruas. Soldados direcionavam todo mundo para as várias saídas, esvaziando o andar principal para a procissão. Mantive a cabeça baixa enquanto andava em direção à mesma porta pela qual eu saíra naquela primeira noite, sentindo os olhos dos soldados em mim.

— Continuem andando! — gritou um deles, as palavras fazendo meu corpo inteiro ficar tenso. — Peguem a direita quando chegarem à avenida principal.

Segui a multidão, espremida no espaço entre o chafariz do Palácio e as barricadas de metal. O homem ao meu lado estava com o filho, o braço passado em volta dos ombros do menino enquanto davam passos pequenos, formando fila do lado de fora. Levei minha mão ao rosto, tentando evitar ser percebida pelas duas mulheres mais velhas à minha esquerda, com lenços azuis e vermelhos amarrados festivamente em volta dos pescoços.

— Paradise Road vai ter a melhor vista — falou uma delas. — Se formos pelo lado direito, de frente para a Torre Wynn, podemos evitar o congestionamento. Não vou ficar presa atrás da multidão como aconteceu durante o desfile.

Finalmente havíamos descido os degraus de mármore do Palácio, andando mais rápido conforme formávamos fila pela avenida principal e através da passarela. Eu me afastei, aliviada quando já estava longe das mulheres, perdida na corrente inconstante da multidão. Levaria tempo até chegar à Periferia. Eu previra isso, mas era ainda mais aparente agora, com todo mundo amontoado do lado de dentro das barricadas, arrastando os pés pelas calçadas. Algumas ruas foram fechadas. A rota da procissão estava salpicada de soldados, muitos de pé na rua estreita, examinando os telhados dos edifícios, os rifles nas mãos.

Eu me espremi por entre as pessoas, desviando de um homem que parara a fim de amarrar o sapato. Quando passei por um restaurante, verifiquei a hora no relógio ali dentro. Eram 9h15. Caleb tinha sido solto da prisão pelo contato de Harper. Os dissidentes já deviam tê-lo encontrado na Periferia a esta altura. Provavelmente já estavam no hangar. Com os soldados concentrados no centro da Cidade, haveria menos segurança perto do muro. Ninguém passaria pelos canteiros de obra. Poderia levar uma hora ou mais até que o punhado de soldados na prisão percebesse que Caleb havia sumido e mandasse a mensagem para a patrulha da torre.

O dia estava opressivamente quente. Puxei a gola do suéter, desejando fugir do sol. À minha volta as pessoas falavam entusiasmadamente a respeito da procissão de casamento, do vestido da Princesa e da cerimônia que seria transmitida em telões pela Cidade. As vozes pareciam distantes, um coro sumindo ao fundo, enquanto meus pensamentos se voltavam a Caleb. Harper havia me dito que ele não tinha sido ferido. Dissera que o libertariam. Havia me prometido que Jo garantiria lugares para nós na Trilha, que esperaria por mim no hangar quando eu chegasse. Conforme eu me esgueirava para mais perto da Periferia, os minutos se passavam mais rapidamente. Eu me permiti imaginá-lo ali, dentro do aposento amplo. Nossos dedos entrelaçados enquanto caminhávamos pelo túnel escuro, deixando a Cidade para trás.

Apressei os passos, serpenteando pela multidão enquanto me aproximava do velho aeroporto. Não olhei para ninguém. Em vez disso, fixei meu olhar naquele ponto ao sul, exatamente fora da rua principal, onde os edifícios se abriam para o asfalto rachado.

A Periferia estava silenciosa. Do outro lado do cascalho, dois homens estavam sentados em baldes virados, compartilhando um cigarro. Alguém estava pendurando lençóis molhados em uma janela no andar de cima. Atravessei o estacionamento do aeroporto, incapaz de não sorrir. O Rei provavelmente estava na minha suíte. Devia ter acabado de perceber que eu fora embora. Era tarde demais agora. Ali estava eu, a minutos do hangar, com Caleb tão perto, em pé do outro lado daquela porta, nossas mochilas cheias, esperando por mim.

Corri para dentro do velho hangar, os aviões gigantescos acima de mim. Quando cheguei ao aposento dos fundos, as caixas haviam sido postas de lado, o túnel exposto, mas Jo não estava lá. Examinei o outro lado, mas não havia sinal de Harper ou Caleb. Não havia nenhum mapa aberto na mesa. Nenhuma lamparina dispersa no chão. A luz entrava por uma janela quebrada, lançando formas estranhas no concreto.

O silêncio foi suficiente para arrepiar os pelinhos do meu braço. Duas mochilas descansavam no chão ao lado dos meus pés, o zíper aberto, o conteúdo revirado. Eu soube imediatamente que algo dera errado. Saí da sala. Observei o hangar — as escadas enferrujadas espalhadas pelos cantos, os enormes aviões acima. No avião à minha esquerda, todas as persianas estavam abaixadas, menos uma. Algo — ou alguém — se mexeu lá dentro. Eu me virei e andei em direção à porta, mantendo o rosto abaixado.

Estava quase na saída quando uma voz familiar gritou, ecoando nas paredes.

— Não se mexa, Genevieve.

Olhei para cima. Os primeiros soldados saíam do avião, as armas miradas em mim. Os rostos deles estavam cobertos por máscaras de plástico duro.

— Mantenha as mãos onde possamos vê-las. — Stark permanecia na dianteira, me circundando de longe.

Mais dois apareceram de trás de uma escada no canto, enquanto outro emergia do túnel. Eles se espalharam pelo hangar, andando junto às paredes de concreto até os dois lados da entrada.

Stark estava em cima de mim agora, puxando meus pulsos para trás e passando uma amarra de plástico em volta deles. Eu me ajoelhei, temendo que minhas pernas pudessem ceder. Só pensava em Caleb, esperando que um dos dissidentes o tivesse avisado sobre a batida.

Enquanto Stark me levava para a sala dos fundos, ouvi passos se aproximando da porta do hangar. Alguém estava chegando. Os soldados se agacharam ao lado da entrada, as armas na mão, esperando. Antes que eu pudesse agir, a porta se abriu. Harper entrou. Eu o vi processar a cena, só um segundo tarde demais. Ele caiu primeiro. Aconteceu tão depressa que não percebi que ele fora baleado. Somente o vi se apoiar na moldura da porta, a ferida aberta no peito onde a primeira bala o atingiu.

Eu me levantei do chão.

— Caleb! *Eles estão aqui!* — guinchei, minha voz estranha. — Volte!

Stark botou a mão sobre a minha boca. Caleb estava dobrando a esquina, o rosto quase fora do campo de visão. Seus olhos encontraram os meus e então ouvi a arma, o tiro que lhe rasgou a lateral do corpo. Soou mais alto no gigantesco espaço de concreto, ricocheteando pelas paredes. Eu o vi cambalear para trás. Ele caiu, o braço esmagado debaixo do corpo, o rosto contorcido e estranho. Eu me ajoelhei ali, recusando-me a desviar o olhar enquanto ele se contorcia, os olhos fechados de dor. Então os soldados se aproximaram, a massa enorme engolindo-o.

QUARENTA E UM

O JIPE ANDAVA RAPIDAMENTE, CORRENDO PELAS RUAS ISOLADAS para o desfile. Milhares de pessoas se inclinavam sobre as barricadas, ainda vibrando por sua Princesa, procurando por ela em meio à rota. Eu estava encurvada na banco de trás, encolhida, incapaz de acreditar no que havia acontecido. Minhas mãos estavam arranhadas no local onde eles haviam me segurado para me tirar do hangar. Eu me debatera para escapar da pegada dos soldados, tentando me agarrar a qualquer coisa que pudesse, mas eles me arrastaram para longe antes que eu conseguisse chegar a Caleb.

Caleb levou um tiro, eu pensava. Via o rosto dele de novo enquanto a bala o atravessava. Ele estava sozinho ali, naquele chão frio de concreto, o sangue se espalhando debaixo dele.

Aceleramos pela longa entrada do Palácio. Eles me guiaram para dentro, passando pelos chafarizes de mármore. O andar principal havia sido esvaziado para o casamento, nossos passos soando pelo corredor oco. Reginald era o único ali. Estava andando de um lado para o outro na frente do elevador, aquele bloquinho idiota nas mãos. Ele mordia a ponta do lápis.

— Fique longe de mim — falei, já imaginado a história que seria publicada no dia seguinte: como inimigos da Nova América haviam sido capturados na manhã do casamento. Como os cidadãos estavam tão mais seguros agora. — Nem tente.

— Posso ter um minuto com a Princesa? — perguntou Reginald aos soldados, ignorando meu comentário. — Ela precisa ser entrevistada antes de subir. — Os soldados cortaram minhas algemas e se afastaram, nos observando.

— O que você quer? — perguntei, quando estávamos sozinhos. Esfreguei os pulsos. — Alguma declaração de como o dia de hoje está sendo uma alegria?

Ele pôs a mão em meu ombro. Seus olhos voaram para os soldados, agora juntos às paredes do saguão circular.

— Escute — falou devagar, as palavras pouco acima de um sussurro. O rosto dele estava calmo. — Não temos muito tempo.

— O que você está fazendo? — Tentei empurrá-lo, mas ele chegou mais perto, a mão ainda em mim, os dedos se enterrando em minha pele.

— Acabou — disse ele baixinho. — No que diz respeito a você, não existe Trilha, não existem outros túneis. Você nunca conheceu Harper ou Curtis, ou nenhum dos outros dissidentes. Até onde você sabe, Caleb estava trabalhando sozinho.

— O que você sabe sobre Caleb?

Reginald baixou os olhos.

— Muita coisa. Harper e Caleb morreram hoje, lutando contra este regime.

Balancei a cabeça.

— Você não sabe do que está falando.

— Olhe para mim — disse ele, apertando meu ombro. Não parou até eu fitá-lo nos olhos. — Você me conhece como Reginald... mas outros me conhecem como *Moss*.

Ele recuou, deixando as palavras fazerem sentido. Olhei para seu rosto, vendo-o pela primeira vez, o homem que estava sempre rabiscando naquele bloco, publicando matérias no jornal, cortando declarações para se adequarem às suas necessidades. Aquele era o mesmo homem que ajudara Caleb a fugir do campo de trabalhos forçados, que ajudara a construir a caverna. Foi ele quem organizou a Trilha.

— Caleb está morto — repeti. Um torpor se espalhou pelo meu peito.

— Você tem que ir em frente como se isso nunca tivesse acontecido — continuou ele. — Tem que se casar com Charles.

— Não tenho que fazer nada. — Eu me libertei das mãos dele. — O que isso vai resolver? — O som de vivas crescia diante do Palácio.

— Você precisa estar aqui como Princesa — sussurrou ele, seus lábios a um centímetro de minha orelha. — Para poder matar seu pai.

Ele olhou para mim intensamente. Não falou mais nada; em vez disso, abriu o bloco e fingiu tomar notas de nossa conversa. Então fez um sinal para os soldados voltarem, nos seguindo para dentro do elevador em silêncio absoluto.

QUARENTA E DOIS

Quando voltei para minha suíte, o Rei estava esperando por mim. Ele ficou olhando para o vestido de noiva arrumado na cama, um bolo de papéis apertados na mão.

— Você disse que o soltaria. Você me mostrou fotografias, me levou à cela dele — falei, incapaz de continuar contendo a raiva. — Você mentiu para mim.

O Rei andava de um lado para o outro.

— Não preciso me explicar, certamente não para você. Não entende este país. Sabia sobre pessoas que estavam construindo um túnel para o lado de fora e não me contou. — Ele se virou, apontando o dedo para meu rosto. — Faz ideia do tipo de perigo em que botou os civis? Ter uma passagem aberta para território selvagem?

— Os soldados atiraram neles — falei, minha voz tremendo.

O Rei amassou os papéis na mão.

— Aqueles homens estão organizando dissidentes há meses, planejando trazer armas e quem sabe mais o que para dentro desta Cidade. Eles tinham que ser detidos.

— *Mortos* — explodi, as lágrimas quentes em meus olhos. — Você quer dizer mortos, não "detidos". Diga sem rodeios.

— Não fale comigo desse jeito. — Todo o sangue subiu para o rosto dele. — Já aguentei o suficiente. Vim aqui hoje de manhã cedo para lhe trazer isto — falou, jogando o monte de papéis em cima de mim. Eles caíram no chão. — Vim lhe dizer como estava orgulhoso de você e da mulher em que está se tornando. — Ele soltou uma risada baixa e triste.

Mas eu mal estava escutando; em vez disso minha mente repassava os eventos da manhã. Ele ordenara que Harper e Caleb fossem mortos. Mas quem havia lhe contado sobre o túnel por baixo do muro? Como Stark chegara lá antes de mim? As perguntas passavam pela minha cabeça em um ciclo sem fim. *Caleb está morto*, eu não parava de repetir, mas nada podia fazer com que parecesse real.

— Há quase meio milhão de pessoas lá embaixo — continuou ele —, esperando que sua Princesa atravesse a rua com seu pai, para oferecer seus votos de felicidade antes que ela se case. Não vou deixá-las esperando. — Ele se dirigiu para a porta, os dedos batendo com força no painel. — Beatrice! Venha ajudar a Princesa a se arrumar! — berrou antes de desaparecer pelo corredor.

A porta bateu com força atrás dele. Soltei um suspiro profundo, sentindo o quarto se expandir em sua ausência. Olhei para minhas mãos, que queimavam agora, meus pulsos vermelhos onde as algemas tinham estado. Eu continuava vendo Caleb, seu rosto antes de ele cair, a maneira como o braço ficou esmagado embaixo dele. Fechei os olhos. Era demais. Eu sabia que ele não poderia ter sobrevivido, mas a ideia de que ele se fora, que nunca mais tomaria minha cabeça nas mãos, nunca mais sorriria para mim, nunca mais implicaria comigo por eu me levar tão a sério...

Ouvi Beatrice entrar, mas não conseguia parar de olhar para a pele arranhada em meus pulsos, a única prova de que as últimas horas realmente haviam acontecido. Quando ergui os olhos, ela estava parada ali, olhando fixamente para um ponto no carpete.

— Foi a Clara, não foi? — falei devagar. — O que ela disse a eles? O quanto eles sabem?

Mas Beatrice ficou em silêncio. Quando olhou para cima, seus olhos estavam inchados. Não parava de balançar a cabeça de um lado para o outro, fazendo "Eu sinto tanto" com a boca. Então finalmente falou em voz alta.

— Eu tive que fazer aquilo.

Algo em sua expressão me assustou. Os lábios estavam contorcidos e trêmulos.

— Você teve que fazer o quê?

— Ele falou que ia matar você — disse ela, vindo em minha direção, segurando minhas mãos. — Ele veio cedo, logo depois que você saiu. Você não estava aqui. Eles haviam descoberto a cela vazia de Caleb. Ele falou que a mataria se eu não revelasse onde você estava. Eu contei a ele sobre o túnel.

Eu me afastei, minhas mãos tremendo.

— Eu sinto tanto, Eva — falou ela, esticando a mão para mim, tentando acariciar meu rosto. — Eu tinha que contar, eu não queria...

— Não — falei. — Por favor, saia.

Ela veio até mim novamente, a mão em meu braço, mas eu recuei. Não era culpa dela. Eu sabia. Mas também não queria que ela me reconfortasse, aquela pessoa que tivera um papel na morte de Caleb. Eu me virei em direção à janela, ouvindo o som de seus soluços entrecortados até eles se transformarem em silêncio. Finalmente escutei a porta se fechar. Quando tive certeza de que ela havia ido embora, eu me virei, avaliando os papéis amassados no chão.

Catei o primeiro, acalmada pela caligrafia familiar. Era o mesmo papel amarelado que eu carregara comigo desde a Escola. A carta antiga, a que eu lera mil vezes, agora estava em uma mochila ao lado da Estrada Oitenta, fora do armazém. Eu nunca mais a veria.

A folha estava gasta nas bordas. *Dia do casamento* estava rabiscado na frente, em letras trêmulas. Sentei-me na cama, apertando o papel entre os dedos, tentando alisar o vinco profundo onde ele o amassara.

Minha doce menina,

É impossível saber se e quando você irá ler isto, onde você vai estar ou quantos anos terá. Nos últimos dias eu imaginei isso várias vezes. O mundo é sempre como era antigamente. Às vezes as portas da igreja se abrem para uma rua movimentada e você sai andando, seu novo marido ao seu lado. Alguém a ajuda a entrar em um carro que a espera. Outras vezes é só você e ele e um pequeno grupo de amigos. Posso ver os copos levantados em sua homenagem. E uma vez eu imaginei que não havia casamento — nenhuma cerimônia, nenhum vestido branco, nada da tradição —, só você e ele deitados ao lado um do outro uma noite e decidindo que era isso. Dali em diante, vocês sempre estariam juntos.

Qualquer que seja a circunstância, onde quer que você esteja, sei que está feliz. Minha esperança é que seja uma felicidade grande e sem fronteiras e que se infiltre em cada canto de sua vida. Saiba que estou com você agora, como sempre estive.

Eu te amo, eu te amo, eu te amo,
Mamãe

Dobrei a carta em meu colo. Não me mexi. Fiquei sentada na cama, o rosto inchado e avermelhado, até ouvir a voz do Rei, como se me sobressaltando de um sonho.

— Genevieve — disse ele, a voz severa. — Está na hora.

QUARENTA E TRÊS

Fiquei no fundo da catedral do palácio, o véu transparente me protegendo de mil olhares fixos. O Rei estava ao meu lado, o rosto congelado em um sorriso grotesco. Ele me ofereceu o braço. Quando a música começou, passei a mão pelo cotovelo dele e dei o primeiro passo em direção ao altar, onde Charles esperava por mim, a aliança de casamento à mostra, apertada entre os dedos magros.

O quarteto de cordas tocava uma nota longa e triste enquanto eu dava um passo, depois outro. Os beirais estavam lotados de pessoas usando seus melhores vestidos de seda, chapéus enfeitados e joias. Seus sorrisos plásticos eram demais para suportar. Clara e Rose estavam em uma fileira, os cabelos penteados para cima em ondas duras e exageradas. O rosto de Clara estava desprovido de cor. Ela não olhou para mim quando passei; em vez disso, ficou enrolando sua faixa de cetim em volta dos dedos apertadamente, drenando todo o sangue das mãos. Varri as fileiras com os olhos procurando por Moss, encontrando-o finalmente no meio da primeira fila. Nos encaramos por um segundo antes de ele desviar o olhar.

Eu estava presa ali. A sensação horrível e sufocante havia voltado. Fechei os olhos só por um instante e a voz de Caleb voltou a mim, o cheiro de fumaça tão real quanto fora horas antes. Devíamos estar saindo do túnel a esta altura, atravessando o bairro abandonado, nossas mochilas cheias de suprimentos. Dei mais um passo, depois outro, todos os "devíamos" passando diante de mim, um após o outro. Devíamos estar saindo da Cidade, nos afastando do muro, dos soldados e do Palácio, andando para leste enquanto o sol fazia seu arco lento pelo céu, finalmente aquecendo nossas costas. Devíamos estar chegando à primeira parada na Trilha.

Nós devíamos estar juntos.

Mas, em vez disso, eu estava ali, mais solitária do que nunca, a tiara de diamantes pesada sobre minha cabeça. O Rei fez uma pausa na frente do altar e ergueu o véu por um momento. Ele olhou para mim, interpretando o papel do pai amoroso, as câmeras clicando, nos congelando para sempre naquele lugar terrível. Ele pressionou os lábios finos contra minha bochecha e deixou o véu cair de novo sobre meu rosto.

Então — finalmente — ele se foi. Subi os três degraus baixos e tomei meu lugar ao lado de Charles. A música parou, as pessoas ficaram em silêncio. Eu me concentrei em minha respiração, o único lembrete de que ainda estava viva. Firmei minhas mãos, lembrando-me das palavras de Moss.

A cerimônia estava prestes a começar.

Agradecimentos

Um grande abraço e um obrigada a todos que tornaram esta série possível: ao engraçado Josh Bank, por ser incrível em todos os aspectos; a Sara Shandler, por seus e-mails espontâneos dizendo "Eu amo Eva", tão aprobativos que me dão vontade de dançar; a Joelle Hobeika, editora fantástica, por ser capaz de conversar sobre desenvolvimento de personagens e reality shows na TV com o mesmo entusiasmo. Para Farrin Jacobs, por todos aqueles bilhetes com "a-há!". E para Sarah Landis, o "terceiro olho" onisciente, por enxergar as coisas que não percebemos (e mais algumas).

Para as mulheres inteligentes que promovem estes livros como se fossem seus: Marisa Russel, pelos tours no blog, retuitadas e noites de autógrafo; Deb Shapiro, por ser a primeira totalmente pró-Eva. Para Kate Lee, minha melhor amiga no Twitter, por todo seu trabalho e orientação. E para Kristin Marang, por seu tempo e amor gastos em tudo que é digital. Aquela "conversa" de duas horas foi mágica.

Muito amor e agradecimentos a todos os meus amigos, em tantas cidades, que ofereceram tudo, de flash mobs a coquetéis só para comemorar o lançamento desta série. Um agradecimento especial àqueles que me mantiveram em atividade durante este processo: Helen Rubenstein e Aaron Kandell, que leram os primeiros esboços deste livro; Ali e Ally (apropriadamente apelidadas de Aliadas), pela compreensão. Para Anna Gilbert, Lanie Davis e Katie Sise — minhas amigas distantes — por conversarem a respeito do livro; Lauren Morphew, para você também. E para T.W.F., por me deixar à vontade em LA.

Como sempre, infinita gratidão ao meu irmão, Kevin, e a meus pais, Tom e Elaine, por me amarem muito.

Este livro foi composto na tipologia Adobe Garamond Pro,
em corpo 11,5/15,3, e impresso em papel off-white,
no Sistema Cameron da Divisão Gráfica
da Distribuidora Record.